A PROPOS DE L'AUTEUR

Auteur de nombreuses fois primée dans le *New York Times* et dans *USA Today*, Jennifer Ryan aime écrire des romances à suspense ainsi que des romances contemporaines se déroulant dans de petites villes. Quand elle ne donne pas vie aux nombreux personnages fictifs présents dans son imagination, elle profite de son temps libre pour se plonger dans une multitude de livres.

La vérité comme seule promesse

JENNIFER RYAN

La vérité comme seule promesse

SAGA

TROIS COW-BOYS À AIMER

Traduction française de
SYLVIE CALMELS-ROUFFET

SAGAS

HARLEQUIN

Collection : SAGAS

Titre original :
AT WOLF RANCH

Ce livre est publié avec l'aimable autorisation de HarperCollins Publishers, LLC, New York, U.S.A.

HARPERCOLLINS FRANCE

83-85, boulevard Vincent-Auriol, 75646 PARIS CEDEX 13

Service Lectrices — Tél. : 01 45 82 47 47

www.harlequin.fr

ISBN 978-2-2803-4886-7 — ISSN 2426-993X

1

New York

Trois jours sans nouvelles de sa sœur. Pas un appel. Pas même un texto.

Ella fixa son téléphone mobile d'un œil inquiet, priant pour qu'il sonne. Nerveusement, elle tapota l'écran du bout des doigts et réprima son envie d'appeler Lela pour la centième fois ce matin.

Le café était bondé de New-Yorkais prenant un petit déjeuner sur le pouce avant d'aller travailler. Indifférente au bruit, Ella sirota une gorgée de son expresso, tout en feuilletant le rapport sur les prévisions de croissance de la nouvelle ligne de produits cosmétiques. Le lancement était prévu début mars et les chiffres semblaient prometteurs.

Elle sursauta quand son téléphone se mit à vibrer sur la table.

— Enfin ! murmura-t-elle avec un sourire soulagé en voyant s'afficher le nom de sa sœur à l'écran.

Elle décrocha.

— Où es-tu allée ? tonna la voix d'oncle Phillip à l'autre bout du fil.

Surprise, elle se figea.

Pourquoi l'appelait-il avec le portable de Lela ? Et pourquoi cette question ? Elle l'avait croisé la veille au soir dans leur appartement new-yorkais.

Comme elle ouvrait la bouche pour répondre, il hurla presque :

— Réponds quand je te pose une question ! Je te rappelle que c'est *moi* qui dirige.

— Erreur, mon oncle. Vous ne dirigez rien du tout. C'est Ella et moi qui détenons la signature pour toute décision concernant Wolf Enterprises et notre patrimoine. Vous êtes là uniquement en qualité de tuteur, pour veiller à ce que nous respections les clauses du testament.

Cette fois, c'était la voix de sa sœur, réalisa Ella, éberluée.

— Vous n'avez jamais eu aucun pouvoir, reprit Lela. Mais vous êtes prêt aux pires abominations pour vous l'approprier, n'est-ce pas ?

Ella n'avait jamais entendu sa sœur parler ainsi à leur oncle. Avec tant d'insolence et de mépris. Et qu'entendait-elle par « pires abominations » ? Et pourquoi avait-elle composé son numéro de portable sans prendre la peine de lui dire un seul mot ?

— Lela, c'est moi. Que se passe-t-il ?

Pas de réponse. Seule la voix d'oncle Phillip retentit de nouveau. Une voix d'une douceur menaçante, à présent.

— Tu ne sais pas ce que tu racontes, chérie. Je ne le répéterai pas deux fois. Sois gentille et dis-moi où tu es allée.

— Je suis allée fouiller dans le passé. Et j'ai découvert ce que vous avez fait. J'ai découvert votre vilain petit secret.

Quel secret ?

Ella sentit son estomac se nouer. La sensation de malaise éprouvée ces trois derniers jours s'intensifia. Sans perdre une seconde, elle se leva, fourra le rapport qu'elle lisait dans son sac, régla l'addition et se précipita vers la sortie, le téléphone collé à l'oreille.

L'appartement n'était qu'à deux minutes de son café favori où elle prenait son petit déjeuner tous les mardis matin, jour de congé des domestiques. Elle se mit à courir le long du trottoir.

— Vous ne vous en tirerez pas comme ça, reprit la voix de sa sœur.

Une voix tremblante de rage. Or il en fallait beaucoup pour exaspérer Lela. Qu'avait donc bien pu faire leur oncle ?

— Tu n'as aucune preuve, répliqua ce dernier avec toujours cette même douceur terrifiante.

Ella sentit l'angoisse la submerger.

La preuve de quoi ?

Il ne s'agissait pas d'une simple dispute à propos de l'entreprise. Bousculant les piétons sans se soucier de leurs protestations, elle se fraya un chemin jusqu'à l'entrée de l'immeuble.

— Justement si, affirma Lela. J'ai la preuve.

— Tu bluffes, répliqua oncle Phillip avec un petit rire méprisant mais où perçait une note d'inquiétude.

Ella entra en trombe dans le hall d'entrée sous le regard médusé du concierge et se rua vers l'ascenseur.

— Où est cette preuve ? Montre-la-moi.

Elle appuya frénétiquement sur le bouton d'appel de l'ascenseur.

Vite… Vite !

Les portes s'ouvrirent. Elle se précipita à l'intérieur en priant pour ne pas perdre le réseau.

— Je ne suis pas idiote au point de l'avoir apportée ici pour que vous puissiez la faire disparaître, mon oncle. Croyez-moi ou non, vous serez derrière les barreaux avant la fin de la journée.

— Et toi, dans une tombe.

Ella sentit son sang se figer dans ses veines. Ce ton menaçant, glacé. Ce n'était pas celui de l'homme qu'elle connaissait. Elle entendit un claquement, puis le cri étranglé de sa sœur.

Impossible. Oncle Phillip ne se serait jamais permis de gifler Lela. Pourtant…

— Qu'as-tu trouvé ? lança ce dernier d'un ton vibrant de rage.

— Tout, répondit Lela.

Mais de quoi parlait-elle ?

— Si tu me mens…

— Lâchez-moi ! C'est trop tard. Je vous en prie, empêchez-le de…

— Inutile de le supplier, rétorqua oncle Phillip.

Il y avait quelqu'un d'autre avec eux ?

Tétanisée, le téléphone collée à l'oreille, Ella avait l'impression de vivre un cauchemar.

— Il ne lèvera pas le petit doigt pour t'aider, espèce d'idiote, reprit leur oncle. Il travaille pour moi. Tout le monde travaille pour moi. Tu es allée fouiner là où il ne fallait pas. Ça va te coûter cher. Très cher.

De nouveau le claquement sec d'une gifle et le cri de Lela.

— C'est ta dernière chance, rugit oncle Phillip. Dis-moi où se trouve cette fichue preuve et peut-être me montrerai-je magnanime. Je ferai en sorte que tu ne souffres pas. Sinon, je prendrai tout mon temps.

— Vous ne vous... en... tirerez... pas... comme... ça, hoqueta Lela. La vérité éclatera au grand jour. Les loups peuvent hurler, je n'ai pas peur. Allez au diable !

Quelque chose dans la façon de s'exprimer de sa sœur frappa Ella, mais là, tout de suite, son cerveau n'arrivait pas à traiter l'information.

« Je t'en supplie, Lela, sors de là. »

Le cœur battant à tout rompre, elle tapa du plat de la main contre les portes de l'ascenseur qui s'ouvrirent brusquement.

— Dernière chance, laissa tomber oncle Phillip d'une voix menaçante. Où l'as-tu cachée ?

Ella sentit le sol se dérober sous elle. Elle courut jusqu'à la porte d'entrée, l'ouvrit et faillit trébucher sur la valise et le sac à main de Lela abandonnés au milieu du hall avec son manteau.

Elle éteignit son téléphone et se tourna vers l'endroit d'où provenaient les voix.

— Je ne vous le dirai pas ! répondit Lela.

Ella traversa le salon et courut vers les portes ouvertes de la bibliothèque. Elle se figea, le regard rivé sur le bras de son oncle et le revolver dans sa main, dirigé sur la poitrine de sa sœur.

Le rubis rouge sang du bouton de manchette qui avait appartenu à leur père étincelait dans la lumière matinale inondant la pièce.

— Dis-le-moi ! hurla son oncle.

— Jamais !

— Dans ce cas, tu ne m'es plus d'aucune utilité.

Un coup de feu claqua.

Ella eut la sensation que ses tympans explosaient. Elle vit sa sœur reculer sous l'impact, osciller, le sang s'étendre sur sa robe de soie crème, tel un coquelicot. Elle la vit s'écrouler lentement sur le sol. Un dernier soubresaut agita ses jambes. Puis plus rien.

Horrifiée, elle se figea à quelques mètres du seuil de la bibliothèque.

— Merde, c'est n'importe quoi ! s'exclama une voix d'homme à l'intérieur de la pièce.

L'inspecteur Robbins.

Que faisait-il ici ? Pourquoi n'était-il pas intervenu ?

L'instinct de survie l'emportant sur la sidération, Ella se retira derrière l'une des portes pour échapper au regard des deux hommes. Elle ne comprenait plus rien. Son oncle venait de tuer Lela. D'assassiner sa propre nièce. Non, ce n'était pas possible… Elle regarda par la fente entre la porte et le chambranle.

Oncle Phillip était à présent penché sur Lela, l'index posé sur son cou.

— Elle est morte, dit-il. Si j'avais eu le temps, je l'aurais fait parler.

— Dites plutôt : si vous n'aviez pas perdu votre sang-froid, intervint Robbins d'un ton rageur.

Ella ferma brièvement les yeux. Elle sentit son cœur enfler comme s'il était sur le point d'être arraché de sa poitrine. Sa sœur jumelle, sa moitié était… morte. Un vide immense l'engloutit. Elle couvrit sa bouche des deux mains pour retenir le cri de souffrance qui montait en elle. Ses yeux s'emplirent de larmes et le visage de Lela s'y noya.

Oncle Phillip se redressa, tira sur ses poignets de chemise et passa la main dans ses cheveux grisonnants. Puis il se tourna vers la porte. Ella retint son souffle, le sang bourdonnant à ses oreilles, le cœur battant.

— Cette idiote n'a pas su s'arrêter, reprit-il en tirant un mouchoir de sa poche pour essuyer son visage en sueur, dépourvu de rides grâce aux injections répetées de Botox.

— Vous avez de la chance qu'elle m'ait appelé, persuadée qu'en tant que flic j'étais forcément de son côté.

— Elle vous a dit ce qu'elle avait trouvé ?

— Non. Elle m'a seulement demandé de passer la voir ici de toute urgence. Elle semblait certaine de ce qu'elle avait découvert sur vous. Si elle en a parlé à qui que ce soit, vous êtes fichu.

— Vous tomberez avec moi, Robbins. N'oubliez pas notre accord.

Ella vit l'inspecteur s'approcher de son oncle et baisser les yeux sur Lela.

— Et maintenant, qu'est-ce qu'on fait, avec ce corps sur les bras ?

Tremblante de peur et de douleur, Ella réprima un haut-le-cœur.

— Laissez-moi réfléchir.

— Il nous faut à tout prix trouver cette preuve, grommela Robbins. Nous devons découvrir ce que votre nièce a fait ces derniers jours. Où elle est allée. Qui elle a vu. Elle a forcément caché cette maudite preuve quelque part. Il suffit de savoir où et de la récupérer.

— Plus facile à dire qu'à faire. C'était une fille intelligente.

— Pas assez futée cependant pour penser que je puisse être dans le coup, observa Robbins avec cynisme en heurtant le corps de Lela du bout de son mocassin italien. Bon sang, où a-t-elle bien pu planquer cette satanée preuve ? Vous croyez qu'elle en a parlé à sa sœur ?

— Cela m'étonnerait. Pas plus tard qu'hier soir, Ella m'a demandé si je savais où était sa sœur. Je suis quasi certain que Lela a agi seule.

— Quasi certain, ça ne suffit pas, maugréa Robbins. Si vous aviez un peu mieux brouillé les pistes, nous n'en serions pas là.

Ella sentait la tête lui tourner. Son cerveau ne traitait plus les informations. Elle devait prévenir la police, leur demander d'arrêter les meurtriers de sa sœur. Mais l'inspecteur Robbins était là… C'était lui, le représentant de la loi… Pourtant…

Il y eut un silence et, l'espace de quelques secondes, elle fut certaine qu'ils entendaient sa respiration hachée. Elle sursauta quand son oncle reprit la parole.

— Voilà le scénario, Robbins, dit-il d'un ton étrangement calme. Notre studieuse et réservée Lela a obtenu son master en droit et travaille comme cadre chez Wolf Enterprises pour satisfaire aux clauses du testament et mériter sa place dans la multinationale créée par son défunt père. Malheureusement, sa jumelle ne se fatigue pas autant. Elle se contente de travailler au service du courrier et d'effectuer des petits boulots pour l'entreprise. Alors, même si les conditions sont remplies pour qu'elles héritent et prennent très prochainement la direction de Wolf Enterprises, le jour de leur vingt-cinquième anniversaire, c'est la pauvre Lela qui se coltine tout le boulot et porte le poids des responsabilités sur ses épaules. Forcément, elle finit par en avoir marre. Elle se dispute avec sa sœur, ici même, dans cette pièce. Comme à son habitude, Ella a fait la fête toute la nuit. Elle a bu et n'a plus toute sa tête. La dispute s'envenime. Tout le monde ici sait que je garde un revolver dans le tiroir de ce bureau. Ella le prend et tire sur sa sœur. Affolée, elle a cependant la présence d'esprit de maquiller son crime en un cambriolage qui a mal tourné.

— Quel horrible drame ! s'exclama Robbins dans un ricanement. Les héritières Wolf étaient promises à un si bel avenir.

— Occupez-vous de la mise en scène du cambriolage. Puis allez chercher Ella et emmenez-la dans un hôtel. Pas un bouge, mais pas un hôtel de luxe non plus. Elle est censée se cacher. Faites en sorte que la chambre soit celle d'une fille qui boit et qui se drogue. Folle de chagrin et de remords, elle finit par se suicider. Personne ne s'en étonnera. Usez de votre influence auprès de vos contacts chez les flics et à la morgue, pour faire en sorte que tout l'accuse du meurtre de sa sœur.

— Tout ceci dépasse largement le cadre de notre accord, observa Robbins.

— Vous ne m'êtes pas indispensable, inspecteur. J'ai d'autres contacts aussi bien placés que vous, prêts à faire le nécessaire sans ciller, du moment que je paie. Alors ?

— C'est bon, je m'en occupe.

— Je veux que toutes les pièces à conviction, tous les rapports de police et les articles de presse viennent corroborer le scénario que je viens de vous indiquer.

L'esprit comme anesthésié par la douleur, Ella vit son oncle s'agenouiller près du corps de Lela et se servir de son mouchoir pour lui ôter ses boucles d'oreilles en diamants et l'émeraude sertie de saphirs qu'elle portait à son doigt. La bague de fiançailles de leur mère… Il dégrafa également le pendentif en forme de cœur.

Ella portait le même. Instinctivement, elle crispa les doigts sur le sien.

Puis il tendit les bijoux à l'inspecteur, sauf le pendentif qu'il glissa dans sa poche.

— Que comptez-vous en faire ? demanda Robbins.

— Ça me regarde. Contentez-vous de faire votre boulot. Celui pour lequel je vous paie une fortune.

Ella vit son oncle se tourner vers le bureau pour y prendre une poignée de mouchoirs en papier avec lesquels il essuya la crosse du revolver, avant de l'y envelopper et de le tendre à l'inspecteur.

— Mettez-le dans la chambre d'hôtel au milieu des bouteilles vides et de la drogue. Faites en sorte que le rapport mentionne les empreintes d'Ella dessus. Vous avez jusqu'à demain matin pour la retrouver et la liquider, avant que les domestiques découvrent le corps de sa sœur.

Glacée d'horreur, Ella n'arrivait toujours pas à croire ce qu'elle entendait, ne *voulait* pas le croire… Mais son instinct lui hurlait de se sauver. Vite.

Elle regarda Lela en suppliant le ciel de toute son âme pour qu'elle ouvre les yeux et que tout ceci ne soit qu'un mauvais rêve. Mais sa sœur ne bougea pas.

Alors, elle inspira profondément, luttant pour garder le contrôle de ses nerfs. Elle s'écarta silencieusement de la porte en longeant le mur pour rester hors de vue, puis se précipita vers le hall d'entrée.

— Nom d'un chien, c'est quoi ça ? entendit-elle tonner Robbins. Merde ! Elle a appelé sa sœur.

Seigneur ! Ils avaient trouvé le téléphone !

Paniquée, elle jeta un coup d'œil vers la porte d'entrée laissée grande ouverte.

« S'ils te découvrent, tu es morte. Ressaisis-toi. Tu dois vivre pour venger Lela… »

Sans perdre une seconde, elle gagna le hall, récupéra la valise, le sac à main et le manteau de sa sœur. Doucement, elle referma la porte d'entrée derrière elle et courut jusqu'à l'ascenseur. Elle s'y engouffra. Adossée à la paroi, elle ferma les yeux pour réprimer ses larmes, ravaler le cri de rage et de terreur qui enflait dans sa gorge. Lorsque les portes s'ouvrirent, elle s'obligea à ralentir en passant devant le concierge.

— Laissez-moi vous aider, mademoiselle Wolf.

Machinalement, elle enfila ses bras dans les manches du manteau préféré de sa sœur — le sien, elle l'avait oublié au café dans son départ précipité. Le parfum de Lela l'enveloppa. Elle refoula ses larmes. Le concierge héla un taxi. Elle jeta ses affaires sur la banquette arrière et s'y glissa, le regard rivé sur l'entrée de l'immeuble, persuadée que l'inspecteur Robbins allait surgir d'une seconde à l'autre.

— Je vous dépose où ?

La question du chauffeur la prit de court. Le chagrin et la peur lui brouillaient l'esprit. Elle ne savait plus où aller, vers qui se tourner, à qui faire confiance. Elle ne pouvait prendre le risque d'aller chez un ami. Ce serait le mettre en danger. De toute évidence, l'inspecteur Robbins ne reculerait devant rien pour la retrouver.

Son regard tomba sur l'étiquette accrochée à la poignée de la valise. BZN. Elle ne connaissait pas ce code d'aéroport. Les doigts tremblants, elle ouvrit le sac à main de Lela posé sur ses genoux. Il contenait un billet d'avion. Aéroport Bozeman, dans le Montana.

« Oh Lela, pourquoi es-tu retournée là-bas ? »

Elles n'avaient pas remis les pieds dans le ranch familial depuis dix longues années, depuis que leur père s'était tué dans un accident d'avion.

— Je vous dépose où ? répéta le chauffeur de taxi en lui jetant un coup d'œil perplexe dans le rétroviseur.

— A l'aéroport de LaGuardia, réussit-elle à répondre d'une voix étranglée.

Puis elle serra les poings et ferma les yeux. Quand elle les rouvrit, son chagrin se mêlait à un sentiment de haine et de détermination.

Elle allait suivre les pas de sa sœur, découvrir où elle était allée et qui elle avait vu. Elle trouverait la preuve pour laquelle Lela avait perdu la vie. Et quand elle l'aurait, leur oncle n'aurait plus qu'à implorer Dieu de lui venir en aide.

2

Three Peaks Ranch, Montana

Deux buses décrivaient des cercles paresseux dans le ciel couvert de nuages qui enveloppaient les sommets montagneux.

Cinq cents mètres plus bas, dans l'enceinte du corral, Gabe Bowden testait le comportement du cheval. Il le faisait pivoter sur place, dans un sens puis dans l'autre, enchaînait les passages du trot au galop, avant de l'arrêter brusquement. L'animal se comportait à merveille, gardant une allure fluide et disciplinée. Son frère, Blake, l'avait parfaitement dressé. Ce cheval serait d'une aide précieuse sur Wolf Ranch pour canaliser le troupeau de bovins dont l'arrivée était prévue dans six semaines.

Gabe bouillait d'impatience de prendre possession de son nouveau ranch. Il avait travaillé dur pour acquérir cet endroit qui était tout ce dont il avait rêvé. Un espace immense avec ses prés, ses collines, ses ruisseaux serpentant à travers un océan d'herbe grasse et de fleurs sauvages à perte de vue. Une terre qui lui permettrait de faire vivre une famille. Une terre qu'il pourrait léguer à ses enfants.

A condition de trouver une épouse, bien sûr.

Ce qui n'était pas gagné. Après ses déboires avec Stacy — qui l'avait plaqué le jour du mariage parce que l'existence qu'il lui offrait n'était pas ce qu'elle attendait —, il était absolument hors de question d'épouser n'importe quelle femme. Il lui fallait dénicher l'oiseau rare. Celle qui aspirerait à la même vie que lui, une vie simple et authentique d'éleveur de bétail.

Il s'arrêta devant Blake et mit pied à terre.

— Tu as fait du beau boulot, dit-il en passant la main sur le flanc du cheval. Où l'as-tu déniché ?

— Chez Ross.

Gabe esquissa une grimace.

— Ce gars-là possède des chevaux magnifiques, mais je n'aime pas la façon dont il fait tourner son ranch.

— Moi non plus, mais tu m'as demandé de te trouver une excellente monture. Je ne pouvais pas trouver mieux que Sully. Il est gentil, attentif, dur à la tâche, et il apprend vite. Il te conviendra parfaitement.

— Sully ? Tu lui as déjà donné un nom.

— J'ai passé ces cinq dernières semaines à le dresser. Je ne pouvais pas l'appeler « cheval », répliqua Blake avec un grand sourire, en flattant l'encolure de Sully qui allongea le cou pour mieux s'offrir à ses caresses.

Pas de doute, son frère savait s'y prendre avec les chevaux, songea Gabe, amusé.

— Tu te plais ici ? demanda-t-il.

— J'adore.

Blake dressait des chevaux pour le bétail, mais il commençait aussi à se faire un nom comme entraîneur de pur-sang.

— Tu n'as pas envie de t'installer à ton compte ?

— Non, je me sens bien ici. J'ai trouvé exactement ce que je voulais et même plus. Je ne pouvais rêver mieux.

— Content de te savoir heureux, mon frère.

— Et toi ? Tu dois être impatient de t'installer à Wolf Ranch. J'ai du mal à t'imaginer dans cette immense demeure.

— C'est surtout les écuries et les pâturages qui m'intéressent.

— Peut-être, mais la maison est impressionnante.

Blake n'avait pas tort. Sans doute exercerait-elle un effet attractif sur une éventuelle candidate au mariage.

— Tu as pris le temps de la vider comme te l'a demandé l'ancien propriétaire ? poursuivit Blake.

— Justement, il s'est passé un truc bizarre. Jusqu'à présent, j'ai négocié uniquement avec Phillip Wolf, mais hier matin, quand je suis passé au ranch, je me suis retrouvé nez à nez avec sa nièce, Lela Wolf.

— De quoi a-t-elle l'air ? D'une riche héritière pourrie gâtée ?

— Comment veux-tu que je le sache ? Je ne lui ai parlé que quelques minutes. Nous nous sommes croisés dans la cour. De toute évidence, elle était surprise de me voir et a voulu savoir ce que je faisais là. Quand je lui ai dit que son oncle m'avait demandé de mettre le contenu de la maison au garde-meuble, elle s'est précipitée vers sa voiture en me criant de ne toucher à rien, avant de filer comme si elle avait le diable aux trousses.

— Alors tu n'as pas vidé la maison ?

— Si. Les camions de déménagement sont arrivés un quart d'heure après.

Blake fronça les sourcils.

— Pourquoi t'a-t-elle dit de ne toucher à rien ?

— Elle n'a pas précisé.

— Tu l'as prévenue que c'était toi le propriétaire, maintenant ?

— Je ne le serai que dans six semaines. Pour l'instant, l'argent est sous séquestre.

— Oui, mais tu lui as expliqué ?

— Elle ne m'en a pas laissé le temps.

— Etrange, murmura Blake.

— Quoi qu'il en soit, j'ai suivi les instructions de Phillip Wolf. De toute façon, il y a plus de dix ans que personne ne s'est inquiété du contenu de cette baraque. Et je suis prêt à parier qu'il va rester stocké de longues années dans le garde-meuble. Ces gens-là ont tellement de fric qu'ils oublient tout ce qu'ils ne voient pas.

Gabe fit rouler ses épaules pour soulager la douleur au niveau des cervicales.

— Toujours tes problèmes de dos, fit remarquer Blake.

— Malheureusement oui. Je suis trop vieux pour monter des chevaux sauvages. Je laisse ça à Dane.

— Tu as pourtant gagné le dernier championnat de rodéo.

— C'était juste histoire de battre une dernière fois notre petit frère trop sûr de lui. Et le prix m'a permis d'acheter une bonne partie du bétail.

— Quand le troupeau doit-il arriver ?

— Dans six semaines, le jour où je m'installe. Ce sera difficile la première année. J'ai mis tout ce que j'avais dans cette affaire.

— Tu as bien fait, approuva Blake en lui assenant une claque sur l'épaule. Viens, on va monter Sully dans la remorque et tu vas vite reprendre la route. La météo a prévu de la neige en fin de journée.

Il ouvrit le portail du corral et Gabe conduisit le cheval directement au van attelé à son pick-up. Il ôta la selle et la tendit à Blake, qui alla la ranger à l'écurie d'où il revint avec une brosse. Gabe étrilla Sully, tandis que son frère plaçait une ration d'avoine dans la remorque en prévision du trajet.

En le voyant faire, Gabe esquissa un sourire nostalgique au souvenir de l'époque où il travaillait avec ses frères sur le ranch de leurs parents. Maintenant qu'ils étaient tous dispersés — Caleb s'était installé dans le Colorado avec sa jeune épouse, Summer, Dane courait les rodéos aux quatre coins des Etats-Unis, et Blake avait choisi de dresser des chevaux ici, dans le nord du Montana —, il était rare qu'ils puissent se retrouver tous ensemble. Ses frères lui manquaient. Blake avait peut-être raison quand il disait avoir du mal à l'imaginer seul dans l'immense maison des Wolf.

Il songeait souvent, ces temps-ci, à fonder une famille. Il rêvait d'une relation sérieuse, pas d'une aventure ou d'une amourette. Il avait envie de se poser, d'avoir une vie normale, comme celle que ses parents avaient partagée et que Caleb avait désormais trouvée avec Summer. La vie qu'il s'imaginait avoir avec Stacy avant que tout s'écroule…

— A quoi penses-tu ?

La question de Blake l'arracha à ses réflexions.

— Je songeais à Caleb et Summer, répondit-il, sans préciser qu'il pensait aussi à son échec avec Stacy.

— Voilà un couple qui fait plaisir à voir. Je n'ai jamais vu deux personnes aussi heureuses d'être ensemble.

— Moi non plus. Notre tour viendra peut-être un jour.

— J'espère bien.

Gabe posa sur lui un regard surpris. D'ordinaire, quand ils discutaient des femmes, c'était pour se taquiner ou se vanter d'une nouvelle conquête. Ils ne parlaient jamais de se marier. Blake était-il en train de changer ?

Une fois Sully installé dans le van, Gabe se tourna vers son frère et sortit son portefeuille.

— Qu'est-ce que je te dois pour la nourriture et le dressage ?

— Rien du tout. C'est cadeau.

— Il n'en est pas question.

— C'est un cadeau pour ta crémaillère, décréta Blake, catégorique. J'ai hâte de venir te voir dans tes nouveaux quartiers.

— J'aurai probablement besoin d'aide, à l'arrivée du bétail.

— Tu peux compter sur moi. Passe un coup de fil et je m'arrangerai pour être là.

Gabe le remercia et le gratifia d'une rapide étreinte virile. Il aurait aimé rester encore un peu avec lui, l'inviter à prendre une bière et manger un morceau, mais la nuit tombait tôt à cette époque de l'année. Dans une heure, il ferait sombre et la neige était annoncée.

Il grimpa dans le pick-up et mit le chauffage à fond.

Blake se pencha par la vitre.

— Dis-moi, elle est jolie ?

— Qui ?

— Lela Wolf.

Pris de court, Gabe fronça les sourcils au souvenir du visage en forme de cœur, des boucles d'or roux contrastant avec la pâleur ivoire de la peau, de la bouche aux lèvres pleines et douces et des immenses yeux verts lumineux…

— Très jolie, oui.

Une beauté incroyable, pour tout dire. Merveilleuse. Inoubliable. Fragile… mais il avait perçu une volonté d'acier quand elle lui avait ordonné de ne toucher à rien dans la maison.

— Elle reviendra peut-être, observa Blake avec un sourire jusqu'aux oreilles, indiquant qu'il avait lu dans ses pensées.

Gabe haussa les épaules en secouant la tête et mit le contact, abandonnant derrière lui son frère dans un nuage de poussière, mais pas l'image de cette femme si belle dans son manteau bleu, dont il n'était pas près d'oublier le visage.

Il n'avait pas atteint l'autoroute que les premiers flocons se mirent à tomber, le forçant à ralentir. La journée avait été longue. Fatigué, il passa la main sur ses joues en réfléchissant à tout ce qu'il lui restait à faire, une fois rentré chez lui. Installer Sully dans le box qu'il lui avait préparé à l'écurie. Ouvrir une brique de soupe en guise de dîner tardif et se préparer un grand bol de café. Lancer une lessive. Remettre de l'ordre dans la chambre d'amis, au cas où Dane passerait.

Son téléphone sonna. Il consulta le numéro d'appel. Justement, en parlant du loup. Il connecta le kit mains libres et décrocha.

— Quoi de neuf, Dane ?

— Je suis passé voir ton troupeau de black angus. Je peux te dire que ce sont des bêtes de toute beauté.

— Normal, vu le prix que je les ai payées ! répliqua Gabe en riant.

— Peut-être, mais une fois qu'elles seront labellisées bio, tu vas faire un carton.

— J'espère bien, même si ça risque de prendre un peu de temps pour obtenir le label et commencer à dégager des bénéfices.

— En tout cas, j'ai confirmé la date de livraison et vérifié les dossiers de traçabilité de chacune des bêtes. Tout est en ordre.

— Merci, Dane. Tu m'épargnes un saut dans le Nevada. Et de ton côté, tu en es où, dans le championnat ?

— Je suis en deuxième position derrière Kurt Collins.

— Tu vas l'avoir.

Gabe ne doutait pas une seconde que son frère gagnerait le championnat de rodéo haut la main. La somme d'argent accompagnant le trophée l'aiderait à s'installer à son tour.

— Sûr, renchérit Dane. Faut que je te laisse, vieux frère.

— Un rencard amoureux ?

— Bien vu ! Tu devrais en faire autant. Tu passes trop de temps avec tes chevaux.

— Ils posent moins de problèmes que les femmes.

— Peut-être, mais je préfère le parfum des femmes !

Gabe éclata de rire.

— J'ai d'autres priorités, en ce moment.

— Ça n'empêche pas de s'amuser.

— Tu t'amuses pour deux, p'tit frère. Voire même pour la moitié de la population masculine du Montana.

Ce fut au tour de Dane d'éclater de rire.

— Je ne te le fais pas dire !

— Alors, cours vite t'amuser.

— Autrefois, on sortait s'amuser ensemble. Ça ne te manque pas ?

— Pas du tout.

Après sa rupture avec Stacy, il avait laissé tomber l'élevage et quitté le ranch pour le circuit des rodéos, s'étourdissant de compétition et de conquêtes féminines, jusqu'à ce fameux matin où il s'était réveillé avec une fille à côté de lui dont il ne connaissait même pas le nom. Il avait soudain réalisé que tout ce qu'il cherchait, c'était à combler le vide en lui. Un vide qui se creusait au fil des conquêtes. Parce que tout ce qu'elles attendaient de lui, c'était du sexe. Il n'avait rien d'autre à leur offrir. Alors il était rentré chez lui, déterminé à construire quelque chose dont il serait fier, quelque chose qu'une femme aurait peut-être envie de partager.

— Ce qui me manque, ce sont les moments passés ensemble, Dane. Pas la fête et les filles. Tout ça, je te le laisse. Je t'attends pour l'arrivée du troupeau.

— J'y serai.

Gabe raccrocha en souriant. Si sa vie amoureuse était au point mort, ces derniers temps, il pouvait au moins compter sur l'amour qui l'unissait à ses frères. Et il n'avait pas menti à Dane : la fête et les filles ne l'intéressaient plus.

Ces trois dernières années, il avait travaillé d'arrache-pied pour pouvoir se payer le ranch dont il rêvait et acheter du bétail. S'amuser, c'était quelque chose qu'il ne savait plus faire, depuis qu'il vivait seul chez lui. Il ne se rendait que très rarement en ville pour acheter des produits de première nécessité. Quant aux femmes, il y avait bien quelques nouvelles têtes qui avaient emménagé dans le coin, mais pour la plupart, il les avait vues grandir et aucune ne l'attirait.

Il rêvait de quelqu'un de différent. Quelqu'un de neuf. Quelqu'un qui le surprendrait.

Des yeux couleur de la prairie au printemps, ceux qui monopolisaient ses pensées depuis qu'il avait vu Lela Wolf…

3

Durant le trajet jusqu'à l'aéroport, Ella tenta de se ressaisir et de réfléchir à ce qu'elle devait faire. Elle fouilla dans le sac à main de sa sœur à la recherche d'indices supplémentaires, mais tout ce qu'il contenait c'était un portefeuille, des clés, un bâton de rouge à lèvres, un paquet de chewing-gum, un contrat de location de voiture à l'aéroport de Bozeman, ainsi qu'un dessin du pendentif qu'elles portaient toutes les deux.

Sous une arche de pierres, Lela avait représenté avec un réel talent les minuscules roses qui formaient le cœur encerclant leurs initiales, L.W. et E.W.

Elle pressa le dessin contre son cœur et ferma les yeux, résistant à l'envie de se laisser sombrer dans le vide immense qui s'ouvrait en elle. Elle ne reverrait plus jamais sa sœur…

Réprimant ses larmes, elle remit de l'ordre dans le sac et le referma soigneusement. C'est alors qu'elle sentit sous ses doigts quelque chose de rigide, une sorte de carte rectangulaire. Fébrilement, elle examina la doublure du sac. Elle avait été soigneusement décousue sur un côté, puis refermée à l'aide d'un scotch double face.

Intriguée, elle sortit de la cachette un document qu'elle connaissait bien : le faux permis de conduire qu'un ami artiste lui avait confectionné quand elle avait dix-huit ans, afin qu'elle puisse sortir incognito sous un nom autre que celui d'Ella Wolf.

Si Lela le lui avait chipé, c'était certainement pour voyager sous un faux nom et ne laisser aucune trace.

Pourquoi tant de mystère ? Qu'avait-elle donc découvert de si terrible sur leur oncle ?

Une brusque bouffée de haine la submergea, une vague sombre plus forte que le chagrin. Elle vengerait le meurtre de sa sœur. D'une façon ou d'une autre, son oncle paierait !

Les larmes roulèrent sur ses joues. Ce monstre avait assassiné Lela. Il avait détruit tout ce qu'elles s'étaient promis de faire ensemble à l'aube de ce nouveau chapitre de leur existence. Diriger l'entreprise. Explorer le monde. Trouver l'homme de leur vie. Se marier. Avoir des enfants. Devenir des petites vieilles aux cheveux blancs, partageant leurs souvenirs autour d'une tasse de thé.

Elle essuya ses larmes du revers de la main.

Dans six semaines, elle aurait vingt-cinq ans, et si son oncle réussissait à lui faire endosser le meurtre de Lela et à se débarrasser d'elle, il hériterait de l'entreprise et de tous les biens que leurs parents avaient laissés.

Pas question de le laisser s'en tirer ainsi ! Elle devait réfléchir. Il lui fallait d'abord échapper à l'inspecteur Robbins.

— Nous y sommes, annonça le chauffeur de taxi. Quelle compagnie aérienne ?

Elle vérifia la souche du billet d'avion de sa sœur.

— United.

Le taxi s'arrêta devant le terminal. Cette fois, elle n'hésita pas. Sa fureur et sa détermination étaient désormais aussi vives que son chagrin. Elle allait terminer ce que sa sœur avait commencé.

Elle utilisa son faux permis de conduire pour acheter un billet d'avion pour Bozeman, et régla en liquide avec ce qu'il y avait dans son portefeuille et celui de sa sœur. Avant de se diriger vers la salle d'embarquement, elle prit le temps de retirer six cents dollars au guichet automatique, de quoi tenir quelques jours sans avoir à utiliser sa carte bancaire. L'inspecteur Robbins ne pourrait remonter sa trace au-delà de l'aéroport.

Son vol partait dans deux heures. En tenant compte du décalage horaire, elle atterrirait à Bozeman en milieu d'après-midi, ce qui lui laisserait juste le temps d'arriver au ranch avant la nuit pour y chercher ce qu'avait découvert Lela.

L'attente dans la salle d'embarquement parut durer une éternité. Elle s'attendait à voir apparaître l'inspecteur Robbins à tout instant. Et les images de la scène atroce qui s'était déroulée sous ses yeux, les images du corps sans vie de sa sœur tournaient en boucle dans son esprit… Les questions se bousculaient dans sa tête. Pourquoi ne s'était-elle pas montrée ? Si elle était entrée dans la bibliothèque, Lela serait peut-être encore en vie. Pourquoi n'avait-elle pas immédiatement appelé la police ?

Quand vint le moment de passer la sécurité, elle suivit le mouvement en mode automatique, enchaînant les gestes sans avoir conscience de les accomplir, ignorant les regards en coin. Sous les assauts de sa mémoire et de son imagination, sa détresse et son chagrin étaient tels qu'ils devaient certainement se lire sur son visage. Mais elle était incapable de plaquer sur ses lèvres un semblant de sourire qui pourrait faire croire qu'elle allait bien. Parce qu'elle n'irait plus jamais bien. Lela était morte. C'était comme si une part vitale d'elle-même avait disparu. Il lui était pénible de penser et encore plus pénible de respirer.

Elle monta dans l'avion, se pelotonna dans son fauteuil, tourna la tête vers le hublot et laissa de nouveau couler ses larmes.

Six heures plus tard, elle sortit sur le tarmac sous le regard empli de compassion de l'équipage et suivit les autres passagers jusqu'à la zone de récupération des bagages où l'attendait la valise de Lela. Puis elle héla un taxi.

— Où allez-vous, mademoiselle ? demanda le vieil homme en lui jetant un coup d'œil inquiet dans le rétroviseur.

Elle entrevit alors son reflet. Ses yeux rougis par les pleurs, le mascara qui avait coulé. Elle prit une inspiration tremblante.

— Chez moi.

Enfant, elle passait toutes ses vacances au ranch, son endroit préféré. Elle l'adorait. A ses yeux, les montagnes étaient de rassurantes murailles protégeant tout ce qu'elle chérissait, la prairie était son terrain de jeux et la maison en bois avec ses grandes baies vitrées lui paraissait cent fois plus belle que le luxueux appartement new-yorkais de ses parents.

— Quelle adresse ?

— Oh ! Excusez-moi. 42 Wolf Road.

Quand son père avait acheté la propriété, il avait fait construire une route qu'il avait baptisée de leur nom de famille. Le 42 était son numéro fétiche.

— Ce n'est pas tout près et la météo annonce une tempête de neige, observa le chauffeur en entrant l'adresse sur son GPS. Je peux vous conduire jusqu'à Crystal Creek. A partir de là, il faudra vous trouver un 4x4 pour circuler sur les petites routes de campagne.

Elle acquiesça d'un hochement de tête résigné. Puis, se renversant contre le dossier de la banquette, elle essaya de faire le vide en elle, d'oublier un instant son chagrin et sa peur pour réfléchir.

— Je vous dépose où, mademoiselle ?

Perdue dans ses pensées, elle ne s'était pas aperçue qu'ils étaient arrivés à Crystal Creek. Il pleuvait — ou bien était-ce de la neige —, et le vent soufflait en rafales. Elle repéra un café, près d'un motel. S'il n'y avait personne pour l'emmener jusqu'au ranch dès ce soir, elle pourrait toujours prendre un repas chaud et une chambre pour la nuit.

— Devant le café, s'il vous plaît.

— Très bien.

Elle régla la course et rassembla ses bagages.

— Je vais vous aider, mademoiselle, proposa aussitôt le chauffeur en ouvrant sa portière.

— Inutile. N'allez pas vous mouiller. Je peux me débrouiller.

Le vieil homme lui adressa un sourire reconnaissant.

Heureusement, il s'était garé en double file, face à l'entrée du café. Mais même sur une aussi courte distance, le temps de traverser le trottoir, elle était trempée. Un frisson glacé la parcourut lorsqu'elle poussa la porte. Une douzaine de têtes se tournèrent vers elle et le brouhaha des voix s'éteignit tandis qu'elle jetait un regard circulaire sur la salle.

Elle s'installa à une table, près du comptoir. Une femme plantureuse, à l'impressionnante tignasse rousse, s'approcha.

— Qu'est-ce que ce sera pour la demoiselle ?

— Un café, s'il vous plaît.

— Si ça vous tente, il y a du velouté de légumes au cheddar, et le pain sort tout juste du four.

— Volontiers. Merci.

La femme la dévisagea soudain avec sollicitude.

— Ça va, mon chou ?

— Non, pas très bien, non, murmura Ella.

La serveuse, une dénommée Bev d'après l'étiquette sur sa blouse, n'insista pas. Elle lui apporta une tasse de café.

— Je vous apporte la suite dans deux minutes. Commencez donc par vous réchauffer.

Ella entoura la tasse de ses mains glacées. Mais rien désormais ne pourrait la réchauffer. Elle n'avait pas froid à cause de la température extérieure. Non, ce qui la glaçait était en elle.

Bev revint avec un bol de soupe fumante et une assiette de petits pains chauds accompagnés d'un morceau de beurre.

L'estomac noué par l'angoisse et le chagrin, Ella se força à prendre une cuillerée de soupe et beurra un petit pain. Elle accomplissait ces gestes machinalement, dans une sorte d'état second, l'esprit comme anesthésié.

Quand elle eut terminé, elle regarda autour d'elle en se demandant ce qu'elle allait faire pour la nuit.

— Encore un peu de café ? lui proposa Bev.

— Non merci. Je dois partir, mais avec la neige, je ne suis pas sûre de pouvoir trouver un taxi qui accepte de m'emmener jusque chez moi.

— Vous habitez où ?

— Wolf Road.

Bev tourna la tête vers un homme qui réglait sa consommation à la caisse.

— Hé, Travis ! Tu rentres chez toi ?

— Oui. Pourquoi ?

— Tu pourrais déposer cette demoiselle sur Wolf Road ?

— Ma foi, ce n'est pas tout à fait sur mon chemin, mais je peux faire un petit détour si ça peut rendre service à une jolie dame.

Ella jeta un coup d'œil anxieux à Bev. Elle n'était pas certaine que ce soit une bonne idée de monter dans la voiture d'un parfait inconnu. Qui plus est, aux cheveux sales, au visage mangé par une barbe de quatre jours, et au jean déchiré.

Bev lui tapota l'épaule.

— Ne vous en faites pas. Il est totalement inoffensif avec les femmes.

— Allons, Bev, ricana le dénommé Travis. Je te fais la cour depuis des années.

— Et ça n'a jamais marché avec moi, ni avec aucune autre.

Quelques clients éclatèrent de rire et renchérirent sur le désert qu'était la vie amoureuse dudit Travis. Celui-ci se contenta de hausser les épaules.

— Faites-moi confiance, reprit Bev. Il ne vous mordra pas. Et si vous ne partez pas maintenant, qui sait combien de temps vous risquez d'être bloquée ici par la neige.

Ella tourna la tête vers la fenêtre.

Il neigeait à présent à gros flocons. Lela aurait adoré... Elles avaient tant aimé les hivers dans le Montana. Toutes deux passaient des heures avec leurs jouets, devant la baie vitrée du salon, à regarder la neige tomber. Sa sœur adorait jouer aux dames chinoises...

Ce souvenir lui broya le cœur, mais elle refoula ses larmes. Elle pleurerait plus tard. Dans l'immédiat, il lui fallait à tout prix se rendre au ranch.

— Je vous dédommagerai pour le détour, proposa-t-elle à Travis.

— Inutile. C'est un plaisir pour moi de conduire une jolie fille là où ça lui chante.

— Merci. C'est gentil.

Elle rassembla ses affaires, régla son repas et suivit son chauffeur dans le froid glacial.

La nuit était tombée et la neige recouvrait déjà la ville d'un voile blanc. Lorsqu'elle grimpa dans la camionnette, l'odeur de sueur, de bière rance et de tabac froid lui donna la nausée. Elle s'empressa d'ouvrir la fenêtre pour laisser entrer un peu d'air frais.

Travis se glissa derrière le volant et lui décocha un sourire lubrique tout à fait déplaisant. Peut-être ferait-elle mieux de chercher quelqu'un d'autre pour l'emmener au ranch ? Non.

Elle voulait y être le plus rapidement possible. Et la serveuse lui avait certifié qu'elle n'avait rien à craindre.

Assise le dos bien droit, la valise et son sac à ses pieds, elle prit une grande inspiration quand Travis sortit du parking et s'engagea sur la route principale. En dépit du chauffage à fond, le froid était tel qu'elle dut relever sa vitre. Elle passa les doigts dans ses cheveux humides. Travis détourna les yeux de la route pour la reluquer des pieds à la tête.

— Qu'est-ce qui vous amène dans le coin ? Vous n'êtes pas d'ici, ça se voit. D'où venez-vous ?

Si le faire parler pouvait l'empêcher de lorgner ses seins au lieu de regarder la route, alors elle voulait bien faire la causette.

— Je viens de New York.

— Je l'aurais parié.

Comment avait-il deviné ? A cause de ses bottes en daim. De son pantalon en lainage trop fin. Ou de son manteau plus adapté pour sortir dîner en ville que pour affronter une tempête de neige.

— Qu'est-ce que vous allez faire à Wolf Ranch ? Personne n'y a remis les pieds depuis la disparition de Stuart Wolf dans un accident d'avion. J'ai entendu dire qu'il était à vendre. C'est pour ça que vous êtes ici ?

Elle déglutit péniblement. Le chagrin causé par la disparition de ses parents était toujours aussi vif. Aujourd'hui s'y ajoutait la fin tragique de Lela et des rêves d'avenir qu'elles avaient bâtis ensemble.

— Oui, réussit-elle à répondre. C'est la compagnie qui m'envoie faire un état des lieux.

— Ils envisagent donc de vendre ?

« Pas question de vendre Wolf Ranch ! » eut-elle envie de crier. Cet endroit contenait tous ses souvenirs. Les jours heureux avec Lela et leurs parents. C'était le temps des vacances, quand leur père ne travaillait pas autant et que leur mère n'avait pas à se plier aux mondanités de leur vie new-yorkaise. Au ranch, ils formaient une vraie famille. Une famille toute simple.

Dieu, comme ces moments d'autrefois lui manquaient…

— Non. Le ranch restera la propriété des Wolf, affirma-t-elle.

— C'est bien ce que je pensais. Vous n'avez rien d'autre à voir, dans le coin ?

La question était bizarre. A sa connaissance, les Wolf ne possédaient pas d'autres biens dans la région.

— Non, je n'ai que le ranch à voir. Pourquoi ?

— Comme ça. Histoire de causer.

Les pneus de la camionnette dérapèrent sur la neige. Ella réprima un cri et s'agrippa au tableau de bord en espérant que Travis n'allait pas les envoyer dans le ravin. Oncle Phillip serait trop heureux de s'en sortir à si bon compte. Un frisson de haine la secoua. Elle allait le détruire. Il la prenait pour une fêtarde, une écervelée qui passait sa vie à s'amuser. Tant mieux ! Il ne savait pas à qui il avait affaire.

— Ras-le-bol de ce froid, maugréa Travis. Dès que le soleil se couche, les températures chutent.

— J'aurais dû prendre un manteau plus chaud, fit-elle remarquer au prix d'un effort héroïque pour dissimuler son agacement.

Décidément, le pauvre gars n'avait rien pour plaire. Courtaud, le visage ingrat. Sa bedaine imposante, moulée dans un T-shirt trop petit, débordait par-dessus la ceinture du pantalon. Pour couronner le tout, il n'avait pas l'air d'avoir inventé la poudre et il aurait eu besoin d'une bonne douche. Certes, la serveuse avait assuré qu'il était inoffensif, mais la façon qu'il avait de la regarder lui donnait la chair de poule.

— On est encore loin du ranch ? demanda-t-elle.

— Une vingtaine de kilomètres. Ne vous inquiétez pas. Nous y arriverons. J'ai l'habitude de conduire par tous les temps.

— Oh ! Je ne m'inquiète pas. C'est juste que j'ai hâte d'être au chaud.

— Si vous avez froid, rapprochez-vous donc, chérie. Je saurai vous réchauffer, proposa Travis en tournant vers elle un regard concupiscent. Vous êtes toute mouillée, hein ?

Elle détesta le sous-entendu de sa remarque. Tout comme la vilaine lueur dans son regard.

— La meilleure façon de se réchauffer par un temps pareil, c'est d'utiliser la chaleur de l'autre, poursuivit-il.

Comme elle cherchait quoi lui répondre, il posa la main sur

sa cuisse. Geste totalement déplacé. Effrayée, elle repoussa sa main.

— Arrêtez.

Travis répondit par un gloussement.

— Allons, chérie. Rapproche-toi. Tu as bien un petit quelque chose à offrir à ce bon vieux Travis.

— Ecoutez, tout ce que je vous demande, c'est de m'emmener au ranch.

— Je pourrais t'emmener au septième ciel.

Après les épreuves qu'elle venait de vivre, elle perdit son sang-froid. La peur fit place à la colère.

— C'est quoi, cette façon de traiter les femmes ? s'exclama-t-elle d'une voix vibrante de colère. Vous vous croyez où ?

— Ce que je crois, chérie, c'est que tu n'as que deux options. Etre au chaud dans mes bras. Ou te geler dehors sous la neige, ricana Travis en tentant de nouveau de lui saisir la cuisse.

Elle frappa d'un coup sec sur ses doigts. Il retira sa main avec un grognement, jeta un coup d'œil dans ses rétroviseurs et s'arrêta au beau milieu de la route déserte.

— Je ne sais pas si tu as remarqué, mais nous sommes seuls, ici. Alors, cesse de faire ta bêcheuse et sois une gentille fille.

— Je veux bien vous payer pour que vous m'emmeniez jusqu'au ranch, mais je ne coucherai pas avec vous, compris ?

— Juste une petite gâterie pour le détour.

Elle eut un frisson de dégoût quand il posa de nouveau la main sur sa cuisse. Mais cette fois, il enfonça ses doigts dans sa chair et se pencha vers elle pour l'embrasser.

Elle recula et tenta de le repousser. La peur reprit le pas sur la colère. Son cœur se mit à cogner contre ses côtes.

— Travis, arrêtez ! Vous ne savez pas ce que vous faites. Vous ne me connaissez même pas.

— Je sais seulement que tu es le genre de fille dont j'ai très envie.

— Eh bien moi, je n'ai pas envie de vous, espèce de brute ! Lâchez-moi !

Elle se débattit en sentant les mains de Travis remonter le long de ses cuisses. Folle de rage et de terreur, elle se contorsionna pour lui échapper, réussit à relever les jambes et donna un coup de pied qui atteignit sa cible : l'entrejambe de son agresseur. Ce dernier se plia en deux avec un cri de douleur.

Elle en profita pour se redresser. Elle regarda dehors. L'endroit était désert. Pas une voiture. Pas une lumière en vue. Rien qu'une immensité vide, disparaissant rapidement sous la neige.

Affalé sur son siège, Travis se balançait d'avant en arrière en se tenant le bas-ventre, le visage cramoisi de rage.

— Sale garce ! Tu m'as fait un mal de chien.

Elle ne s'attendait pas à ce qu'il bouge aussi vite, mais il se jeta sur elle, ouvrit la portière et la poussa dehors avant qu'elle ait pu s'agripper à quoi que ce soit. Elle atterrit durement sur la hanche et poussa un cri de douleur quand Travis voulut refermer la portière sur son pied resté coincé dans la lanière de son sac. Fou de rage et de frustration, il jeta le sac dehors et claqua la portière.

La camionnette fit une embardée et s'éloigna, l'abandonnant au milieu de nulle part.

La neige tombait en abondance et le vent était glacial. Claquant des dents, elle regarda autour d'elle. Si personne ne lui venait en aide, elle serait morte de froid d'ici peu.

Elle songea au téléphone portable dans sa poche. Impossible de s'en servir, toutefois. L'inspecteur Robbins la repérerait aussitôt.

De toute façon, il n'y avait probablement pas de réseau. Le mieux était de retourner à Crystal Creek en espérant croiser un véhicule.

Rassemblant son courage, elle se releva et boitilla en direction de la ville, traînant derrière elle son sac accroché à sa cheville, qu'elle n'avait ni le courage ni la force d'enlever. Elle n'avait pas fait cent mètres qu'elle avait déjà les pieds gelés. Le froid prenait rapidement possession de son corps. Elle le sentait monter dans ses bras, dans ses jambes, s'insinuer sournoisement dans son cœur. Elle le sentait se refermer autour de sa tête, comme un casque dur et rigide.

Elle s'arrêta pour relever le col de son manteau. Si seulement Travis avait jeté la valise de Lela, elle aurait au moins pu enfiler des vêtements secs. Elle avait beau ne pas être une spécialiste de la survie en pleine nature, elle savait que froid plus humidité conduisaient inévitablement à une issue fatale.

Il lui fallait un miracle.

Elle reprit sa marche en rythmant chaque pas d'une prière.

— Faites que quelqu'un passe, s'il vous plaît. Faites que quelqu'un passe.

Mais à chaque pas supplémentaire, ses forces l'abandonnaient. Mettre un pied devant l'autre réclamait un effort surhumain. Au bout de quelques mètres à peine, elle n'avait qu'une envie : s'asseoir et se reposer. C'est alors qu'elle aperçut des phares au loin, au milieu des tourbillons de neige.

L'espoir enfla dans sa poitrine comme le véhicule arrivait à sa hauteur.

Elle agita les bras pour attirer l'attention du chauffeur.

La voiture passa sans ralentir.

Oh Seigneur ! Il ne l'avait pas vue !

— Arrêtez-vous. Je vous en prie…

Son cri se perdit dans la nuit.

4

Gabe chassa l'image de la belle et riche jeune femme inaccessible qu'il ne verrait sans doute plus jamais et se concentra sur la route. Les flocons dansaient devant le pare-brise, balayés par les essuie-glaces. Comme il tendait la main vers le sac de chips posé sur le siège passager, quelque chose sur le bas-côté traversa brièvement le champ lumineux des phares. Une sorte de tas bleu.

Surpris, il écrasa la pédale de frein. Le pick-up dérapa sur une plaque et glissa sur quelques mètres avant de s'immobiliser.

— Merde ! Qu'est-ce que c'était ?

Agacé, il mit ses warnings et descendit de voiture. Il releva le col de sa veste, enfonça les mains dans ses poches et s'avança à pas prudents sur la chaussée glissante jusqu'à la remorque où Sully piaffait.

Il promena son regard le long de la route, à la recherche de la mystérieuse forme entraperçue. Il remonta le bas-côté, scrutant la nuit noire à travers les tourbillons de neige qui brouillaient sa vue. Soudain, il s'arrêta et scruta les ténèbres. Il y avait bien quelque chose qui disparaissait rapidement sous les flocons, à une dizaine de mètres. Une rafale de vent le propulsa vers l'avant. C'est alors que son cerveau enregistra ce qu'il voyait. Il y avait quelqu'un là-bas, étendu le long de la route.

Sans réfléchir davantage, il courut et tomba à genoux à côté du corps recroquevillé sur le sol. Il posa un regard incrédule sur le manteau bleu et jura.

— Lela Wolf, murmura-t-il.

La femme dont les yeux hantaient chacune de ses pensées.

Elle gémit lorsqu'il la fit basculer pour l'allonger sur le dos et dégager son visage de la neige. Ses longs cils ourlés de givre papillotèrent et le regard vert se fixa sur lui. Ce n'était pas tout à fait le même que dans son souvenir.

— Lela ? Que faites-vous ici ?

Il vit des larmes emplir ses yeux puis ruisseler sur ses tempes.

— Etes-vous blessée ? Pouvez-vous vous relever ?

Sans attendre sa réponse, il fit courir ses mains sur ses bras et ses jambes. Elle tremblait de tout son corps. Il prit son visage entre ses mains, l'obligeant à se concentrer sur lui.

— Lela, est-ce que ça va ?

Elle se mit à sangloter de plus belle.

Déconcerté, il la dévisagea. Ses lèvres étaient bleues. S'il n'agissait pas rapidement, elle allait mourir de froid.

Glissant les mains sous les jambes et les épaules de la jeune femme, il la souleva et se redressa. Elle le surprit en passant les bras autour de son cou pour se blottir contre son torse. Il fit deux pas avant de s'apercevoir que quelque chose cognait contre son mollet. Il baissa les yeux sur le sac dont la lanière était enroulée autour de la cheville de la jeune femme. Il le détacherait plus tard. Il s'empressa de rejoindre le pick-up.

Ce ne fut pas aisé d'ouvrir la portière, mais il y parvint sans avoir à lâcher sa protégée. Il grimpa sur le marchepied et l'allongea sur la banquette arrière. Puis il lui retira ses bottes et ses chaussettes détrempées, et libéra sa cheville du sac qui atterrit lourdement sur le plancher.

La jeune femme avait refermé les yeux et ne bougeait plus. Inquiet, Gabe frotta ses pieds bleuis par le froid pour activer la circulation. Le pantalon humide collait à ses jambes glacées. Sans hésiter, il le lui retira. Son regard glissa sur les longues jambes fines, merveilleusement galbées, jusqu'à la petite culotte en dentelle noire qui faisait paraître la peau encore plus pâle. Un goût amer lui monta dans la gorge quand il découvrit l'énorme hématome qui marbrait la hanche de la jeune femme. Délicatement, il pressa ses doigts contre la chair meurtrie, puis sur le haut de sa cuisse pour vérifier qu'il n'y avait rien de cassé. Elle geignit en essayant d'échapper à sa main, mais n'ouvrit pas les yeux.

Une sacrée chance qu'il l'ait vue. Un quart d'heure de plus et elle était morte.

— Que faisiez-vous donc sur cette route, en pleine nuit, au beau milieu d'une tempête de neige, Lela ? demanda-t-il doucement.

Il n'obtint pas de réponse.

Tant pis. Les explications attendraient. Pour l'heure, il était urgent de la réchauffer et de la conduire chez un médecin.

Avec des gestes aussi doux que possible, il lui ôta son manteau. Après quoi, il sortit d'un vieux sac de voyage qu'il gardait sous la banquette, deux chemises en flanelle, un jogging, ainsi qu'une veste en gros lainage gris.

Seule une fille de la ville pouvait s'aventurer dehors par un froid pareil, simplement vêtue, sous son manteau, d'un chemisier et d'un petit pull en cachemire, élégant certes, mais beaucoup trop fin. Au fait, comment avait-elle bien pu atterrir ici, en rase campagne, sans voiture ? Peut-être l'avait-elle envoyée dans le fossé un peu plus loin. Quelle idée d'essayer de regagner la ville à pied, en plein blizzard !

Gabe posa la veste en laine sur la poitrine de la jeune femme et la resserra étroitement autour de ses épaules et de ses bras. Puis il batailla pour lui enfiler le pantalon de jogging. Tâche bien plus difficile et nettement moins amusante que de déshabiller une femme consciente et désireuse de participer. Il y parvint cependant. Ce faisant, il constata que la cheville gauche était enflée et que la lanière du sac l'avait blessée. Il ne pouvait pas faire grand-chose pour le moment. Comme il remontait le pantalon sur les hanches de la jeune femme, celle-ci reprit brusquement conscience et se débattit pour lui échapper.

— Laissez-moi tranquille ! gémit-elle en essayant de le repousser à coups de pied.

Pour l'immobiliser et l'empêcher de se blesser davantage, il n'eut d'autre choix que de s'allonger sur elle et de lui emprisonner les mains. Il rapprocha son visage du sien.

— Lela, c'est moi, Gabe Bowden. Nous nous sommes croisés au ranch, hier matin.

Elle écarquilla les yeux et cessa de lutter.

— Je viens de vous trouver évanouie sur le bord de la route. J'essaie de vous réchauffer.

— Fr… fr… froid.

— Je sais. Je vais vous emmener chez le médecin.

— Non !

— Vous êtes blessée.

— Je vais bien.

Sa voix n'était plus qu'un murmure.

— Pas du tout. Vous êtes en hypothermie. Comment avez-vous atterri ici ?

— Il m'a laissée.

— Qui ?

Elle ferma les yeux, et sa tête roula sur le côté.

Gabe résista à l'envie de la secouer pour la réveiller et connaître le nom du salopard qui l'avait abandonnée sur la route par ce temps. Elle aurait pu mourir, bon sang !

Il ajusta de nouveau la veste autour des épaules de la jeune femme, enveloppa ses pieds dans les chemises en flanelle, puis courut s'asseoir au volant et prit la direction de Crystal Creek. Il y avait un cabinet médical juste à l'entrée de la ville.

Et tandis qu'il scrutait la route, le visage de Lela Wolf flottait devant lui comme une image gravée dans sa mémoire.

Lorsque apparut le panneau indiquant Crystal Creek, il poussa un soupir de soulagement. Huit cents mètres plus loin, il freina prudemment pour tourner à gauche. Une croix rouge signalait l'entrée du cabinet médical.

Il se gara sur le parking désert. Dans la remorque, Sully s'était remis à piaffer, mais il allait devoir patienter encore un peu avant de découvrir ses nouveaux quartiers. Dans l'immédiat, la jeune femme étendue sur la banquette arrière avait besoin de soins médicaux.

Gabe se tourna vers elle et la secoua doucement par l'épaule pour la réveiller.

Lorsqu'elle ouvrit les yeux et le vit penché sur elle, elle

se redressa d'un bond et se colla dos à la portière dans une attitude défensive.

Il leva les mains.

— Du calme. Ce n'est que moi, Gabe Bowden. Nous sommes arrivés au cabinet médical.

— Je ne veux pas y aller. Laissez-moi partir.

Baissant les yeux sur la veste et le jogging, elle fronça les sourcils, visiblement surprise par sa tenue.

— Je ne vous retiens pas, mais vous verrez un médecin avant de partir, déclara-t-il avec une pointe d'impatience.

— Impossible.

— Vous n'avez pas le choix.

Sur ce, il descendit de voiture et ouvrit la portière arrière.

Les mains sur les genoux, tête basse, Lela Wolf était l'image même du désespoir.

— Si j'entre dans ce cabinet, s'ils prennent mon nom et ma carte de crédit pour régler les honoraires, il me trouvera, murmura-t-elle.

— Qui ?

— Je vous en prie. Il faut que je parte d'ici.

Gabe hésita. Son instinct lui dictait de tout faire pour la protéger contre un éventuel poursuivant, mais il lui fallait d'abord s'assurer qu'elle allait bien. Elle avait repris des couleurs, mais il ne pouvait oublier sa hanche méchamment meurtrie. Et si elle souffrait d'une hémorragie interne ? Dans l'état de faiblesse où elle se trouvait, elle n'était pas en mesure de décider. Aussi prit-il les choses en main.

Il la souleva dans ses bras.

— S'il vous plaît, posez-moi. Je dois partir.

— Vous n'irez nulle part pieds nus.

Les chemises dont il lui avait enveloppé les pieds avaient glissé quand elle s'était réveillée. Ses petits pieds dépassaient à peine du pantalon de jogging trop long pour elle, ce qui aurait pu faire sourire Gabe si elle n'avait pas grimacé de douleur à chaque secousse.

Quand il entra dans le hall du cabinet médical, elle se rebella de nouveau.

— Posez-moi par terre.

Pour toute réponse, il resserra les bras sur elle. Elle poussa un petit cri et laissa retomber sa tête sur son épaule. Mais elle n'avait toujours pas capitulé.

— S'il vous plaît, sortez-moi d'ici.

— Au cas où vous l'auriez oublié, je m'appelle Gabe. Gabe Bowden. Le gars que vous avez croisé, hier matin, à l'entrée de Wolf Ranch. J'habite à côté et le moins que je puisse faire en bon voisin, c'est de m'assurer que vous allez bien.

— Je vais bien. Je veux juste rentrer chez moi.

— Laissez le médecin vous examiner et je vous y conduirai.

— Promis ?

A ce stade, il lui aurait promis n'importe quoi pour qu'elle accepte de voir un médecin. Il hocha la tête.

— Salut, Gabe. Qui nous amènes-tu ? demanda Tina, la réceptionniste.

Sentant Lela Wolf se raidir dans ses bras, il s'abstint de donner son nom.

— Je l'ai trouvée évanouie sur le bord de la route. Elle a un gros hématome sur une hanche et des engelures aux pieds.

— Rien d'autre ?

— J'ai mal à la cheville, avoua Lela Wolf du bout des lèvres.

Tina lui tendit un formulaire.

— Je vous laisse le remplir. N'oubliez pas de préciser les coordonnées de votre assurance maladie. Gabe, tu peux l'emmener en salle 3. Il y a une blouse sur la table d'examen, mademoiselle. Déshabillez-vous et enfilez-la, les attaches sur le devant. Je vais chercher le Dr Bell.

— Je ne le connais pas, intervint Gabe. Il est bien ?

— C'est une femme. Jeune et bardée de diplômes. Quatre années d'internat en chirurgie orthopédique à l'hôpital de Bozeman. Si ton frère, Dane, continue à faire le fou dans les rodéos, il pourrait bien avoir besoin de ses services.

Gabe acquiesça d'un hochement de tête. Tina avait raison. Se faire éjecter du dos d'un cheval sauvage ou d'un taureau laissait des cicatrices. Lui-même en gardait des séquelles douloureuses.

Il porta Lela Wolf en salle 3 et l'installa sur la table d'examen.

— Vous avez besoin de mon aide ? demanda-t-il le plus naturellement du monde, en lui tendant la blouse.

— Non.

— Dans ce cas, je sors. Je reviens dans une minute.

Ella ne doutait pas qu'il serait de retour dans une minute. Ce Gabe Bowden semblait têtu. Aussi se hâta-t-elle de se déshabiller avant d'enfiler la blouse en grimaçant. Son corps était endolori et le froid avait pompé toute son énergie.

Un coup fut frappé à la porte et Gabe l'entrouvrit. Les yeux rivés sur le chambranle, il demanda :

— Vous êtes décente ?

Elle ne put s'empêcher d'apprécier son tact, sa façon de détourner les yeux en attendant son feu vert.

— A peine.

Du moins était-elle couverte.

Il entra dans la pièce et referma la porte derrière lui. Il s'approcha et la fixa dans les yeux, tandis qu'il se penchait pour lui retirer son bas de jogging. S'appuyant des deux mains sur la table, elle souleva les fesses pour lui faciliter la tâche. Pas une seule fois il ne baissa les yeux sur ses cuisses nues, même pas lorsqu'il tira sur les pans de la blouse pour les couvrir.

Lorsqu'il eut terminé, il tendit la main vers son visage et repoussa une mèche de cheveux qui lui tombait sur le front. Elle retint son souffle. Ils étaient si proches qu'elle pouvait distinguer les paillettes dorées dans ses yeux bruns. Bizarrement, elle n'avait aucune envie de reculer. Au contraire…

— Comment vous sentez-vous ? murmura-t-il.

— Raide et courbatue, mais je vais bien.

Gabe haussa un sourcil indiquant clairement qu'il ne la croyait pas. Il recula lentement d'un pas, avant de détourner les yeux et d'aller s'asseoir sur une chaise dans un coin de la salle, manifestement décidé à attendre le médecin avec elle.

Elle se mordit la lèvre et s'efforça de réfléchir. Elle devait à tout prix trouver un moyen de sortir d'ici et de se rendre au ranch pour comprendre ce que sa sœur était allée faire là-bas.

— Vous n'êtes pas obligé de rester, dit-elle. Si vous m'apportez mon sac et mes vêtements, je me débrouillerai.

Gabe la dévisagea, l'œil soudain sarcastique.

— On dirait que vous tenez vraiment à vous débarrasser de moi. J'ai eu la même impression, hier, quand nous nous sommes rencontrés devant votre *palais*.

— Il ne s'agit pas d'un palais, mais d'une maison de famille, répliqua-t-elle, piquée au vif par l'ironie contenue dans ce dernier mot, tout en se gardant bien de rectifier la méprise concernant son identité.

— Au cas où vous ne l'auriez pas remarqué, ici, nous n'avons pas l'habitude des demeures gigantesques et des voitures de luxe, mademoiselle Wolf. Nous circulons à bord de pick-up et nous vivons dans des maisons de taille normale.

— La mienne est de taille normale.

— Oui, pour une famille de quinze personnes. Seulement cinq cents mètres carrés. Six chambres, autant de salles de bains, un appartement au-dessus du garage et un cottage pour les amis. Des écuries pouvant accueillir une quarantaine de chevaux, des bois, un lac pour pêcher la truite, trois cours d'eau. Trois mille cinq cents hectares de pâturages et des milliers d'hectares de terre que vous n'avez sûrement jamais foulés.

Parce qu'elle n'avait pas eu le courage d'y retourner depuis la disparition de ses parents. Parce qu'elle n'avait pas eu le courage de revoir cet endroit qui lui rappelait tout ce qu'elle avait perdu. La tendresse. Les rires. Le souvenir des jours heureux. C'était trop douloureux. Et maintenant, y revenir sans sa sœur…

— Comment se fait-il que vous sachiez tout cela, monsieur Bowden ?

La porte s'ouvrit, le dispensant de répondre.

Une femme en blouse blanche s'avança, un dossier à la main. Surprise de voir un médecin presque aussi jeune qu'elle, Ella se détendit sous le regard chaleureux.

— Bonsoir. Je suis le Dr Bell. Il paraît que vous avez été abandonnée sur la route en pleine tempête.

— En effet.

— Pourriez-vous préciser ?

— Je l'ai trouvée étendue sur le bas-côté à une trentaine de kilomètres d'ici, intervint Gabe. Je ne sais pas depuis combien de temps elle était là, mais elle a des engelures aux pieds. Sa hanche est meurtrie, ainsi que sa cheville. En revanche, côté tête, apparemment tout va bien, même si elle m'a semblé un peu incohérente au début. Sans doute à cause du froid.

Le Dr Bell posa sa main sur celle d'Ella avec un sourire rassurant.

— Comment vous êtes-vous retrouvée seule sur cette route ?

— Vous m'avez dit *qu'il* vous a laissée, intervint de nouveau Gabe. Qui ?

— Un homme nommé Travis, répondit Ella. C'est Bev, la serveuse du café, qui lui a demandé de m'emmener, parce que le ranch était sur sa route. Ensuite, tout ce que je sais, c'est qu'il voulait… voyons, comment a-t-il dit… ? « Une petite gâterie pour le détour. »

— Je parie que vous lui avez dit d'aller se faire voir et que cela ne lui a pas plu, marmonna Gabe, le regard soudain orageux.

— Je me suis défendue, confirma Ella. Alors il m'a jetée dehors. Ma valise est restée dans sa camionnette.

— Le salaud ! gronda Gabe.

L'intonation dans sa voix, la contraction des muscles de ses avant-bras lorsqu'il serra les poings, eurent un drôle d'effet sur Ella. Une onde de chaleur la traversa, et, l'espace d'un instant, elle se sentit apaisée.

— Désolé, docteur, s'excusa Gabe. Mais ce genre de comportement me met hors de moi.

Le médecin lui adressa un sourire qu'il lui rendit. Et là encore, Ella éprouva une sensation bizarre. Une pointe de… jalousie. Absurde. Même s'il lui avait sauvé la vie, elle ne connaissait pas cet homme.

Relevant les yeux, elle s'aperçut que Gabe l'observait. Elle détourna immédiatement la tête.

— Commençons par le début, déclara le médecin. Votre nom ?

Ella déglutit. Jusqu'à présent, elle n'avait pas corrigé Gabe concernant son identité. D'une part, parce qu'elle était épuisée. Et puis surtout, parce que cela lui rappelait toutes les fois où elles s'étaient amusées avec Lela à se faire passer l'une pour l'autre et à tromper tout le monde.

Comme elle ne répondait pas tout de suite, Gabe le fit à sa place.

— Elle s'appelle Lela Wolf.

Leurs regards se croisèrent. Elle voulut ouvrir la bouche pour corriger, mais la douleur causée par la mort de sa sœur lui noua la gorge. Elle essaya de se ressaisir et de ne pas penser que plus jamais personne ne la confondrait avec Lela.

— Merci, mais j'aimerais que ce soit elle qui réponde, cette fois, dit le Dr Bell avec un sourire. Cela fait partie de l'examen médical. Votre tête a-t-elle cogné le sol, mademoiselle Wolf ?

— Pas du tout, s'empressa de répondre Ella. Le froid m'a épuisée, mais j'ai les idées claires. Franchement, je vais bien. A part la hanche et la cheville.

— Tant mieux.

Le Dr Bell se tourna vers Gabe.

— Pourriez-vous nous laisser seules quelques instants ? Je vais l'examiner.

— Si cela ne vous ennuie pas, je préfère rester, décréta Gabe, inflexible, en regardant Ella droit dans les yeux.

— Vous avez déjà perdu assez de temps comme ça avec moi, répliqua-t-elle avec une pointe d'exaspération. Vous n'êtes pas obligé de rester.

— Je n'irai nulle part tant que le médecin ne m'aura pas assuré que vous allez bien. Ne vous en faites pas pour moi, j'ai tout mon temps.

Ella tenta un autre angle d'attaque.

— J'aimerais avoir un peu d'intimité.

— Je vous ai déjà vue à moitié nue, riposta Gabe aussi sec. Croyez-moi, pour le moment, tout ce qui m'intéresse, c'est votre santé.

« Pour le moment » ? Comme si, plus tard, ce pourrait être une autre histoire. Elle l'observa un instant et ne sut que répondre. Cet homme l'intriguait. Elle avait envie qu'il reste. Elle avait envie qu'il parte. Et mon Dieu, quelle idiote, elle avait envie qu'il la prenne à nouveau dans ses bras. Elle avait envie de se blottir contre lui, dans sa chaleur…

— Si vous êtes d'accord pour qu'il reste, je vais vous examiner, conclut le Dr Bell.

Ella soutint encore quelques secondes le regard de Gabe, avant d'écarter le pan de la blouse pour montrer sa hanche meurtrie.

— Quand Travis m'a poussée hors de sa camionnette, je suis tombée sur le côté, expliqua-t-elle. Et comme j'avais le pied pris dans la lanière de mon sac, il a claqué la portière sur ma cheville.

— Quel fumier ! marmonna Gabe en secouant la tête, l'air écœuré.

— Etendez-vous sur le côté, Lela.

Ella fit ce que lui demandait le médecin, et ravala un cri quand celle-ci palpa sa hanche.

— Bien. Maintenant, Lela, tournez-vous sur le dos.

Chaque fois qu'elle entendait le nom de sa sœur, elle avait l'impression qu'une main lui broyait le cœur…

Elle adressa un sourire reconnaissant au Dr Bell, lorsque celle-ci rabattit les pans de la blouse sur sa poitrine. Son soutien-gorge en dentelle dévoilait ses seins plus qu'il ne les dissimulait.

Après lui avoir palpé l'abdomen, le Dr Bell examina ses pieds et ses mains.

— Quelques engelures sans gravité, conclut-elle. En ce qui concerne la cheville, vous avez une belle entorse. Je vais vous poser une attelle pour l'immobiliser, le temps que l'inflammation se résorbe. Et je vais vous donner des antalgiques. L'un dans l'autre, vous avez eu de la chance. Rien de cassé, mais l'hématome sur la hanche risque de vous faire souffrir quelques semaines.

— Bon sang ! Heureusement qu'il neigeait et que je roulais doucement ! s'exclama soudain Gabe en prenant sa tête entre les mains. Sinon, je ne vous aurais pas vue et je vous aurais laissée là-bas, sur le bord de la route…

Ella comprenait ce qu'il ressentait. Elle-même n'avait réalisé la gravité de ce qu'elle venait de vivre, l'assassinat sous ses yeux de sa sœur, qu'une fois dans le taxi qui l'emmenait à l'aéroport, quand l'adrénaline était brusquement retombée.

— Gabe, dit-elle doucement. Je vais bien.

Le Dr Bell s'éloigna pour fouiller dans les tiroirs d'un placard d'où elle sortit une attelle.

— Vous mettrez de la glace sur votre hanche et votre cheville deux fois par jour, dit-elle en fixant l'attelle. Si cela ne va pas mieux la semaine prochaine, revenez me voir. Il faudra sans doute une bonne quinzaine de jours avant que la cheville soit complètement guérie. Rhabillez-vous, je vais vous chercher une boîte d'antalgiques.

Quand ils furent seuls, Gabe se leva et, sans un mot, la débarrassa de la blouse avant de lui enfiler son pull avec des gestes très doux. Elle repoussa les cheveux de son visage, sans prendre la peine de les arranger. Au point où elle en était, elle ne devait plus ressembler à grand-chose. Le contact des doigts de Gabe sur sa hanche la fit frissonner. Mais ce n'était pas de douleur…

— Vous avez mal, dit-il. Je suis désolé que ce fumier vous ait fait ça.

Prise au dépourvu par sa sincérité, elle posa la main sur son épaule.

— Ça va s'arranger. Merci pour votre aide.

Il prit le jogging et se pencha pour le lui enfiler.

Elle lut les lettres inscrites le long de la jambe. Texas A & M University. Une des plus grandes universités américaines spécialisée en agronomie et en mécanique

— C'est le vôtre ?

— Eh oui, mademoiselle Wolf, même les gars de la campagne font des études, rétorqua-t-il d'un ton sec.

— Je n'ai pas dit… Peu importe. Merci de me l'avoir prêté, conclut-elle, ne sachant ce qui lui avait valu cette réplique agressive.

Il la dévisagea fixement.

— Bizarre… Il y a quelque chose de différent dans votre regard.

Elle retint son souffle. Les gens distinguaient rarement cette subtile différence entre Lela et elle. A première vue, elles se ressemblaient comme deux gouttes d'eau. Mais en regardant attentivement leurs yeux, on remarquait les paillettes dorées dans les siens et les paillettes vert foncé dans ceux de Lela. La seule façon de les différencier.

Combien de temps Gabe Bowden avait-il passé avec sa sœur ? Elle le détailla. Des cheveux de jais, un visage séduisant, les sourcils arqués, des yeux sombres bordés de longs cils, les pommettes hautes, la bouche sensuelle. Des épaules larges. Un corps longiligne tout en muscles. Pas vraiment le style de Lela, qui était davantage attirée par les jolis garçons intellos, à l'humour décalé.

Elle, elle préférait les hommes ténébreux, grands et robustes. Mais ce n'était pas facile de trouver le genre cow-boy, dans une ville comme New York. Sans doute la raison pour laquelle elle fréquentait si peu d'hommes. Et sans doute aussi la raison pour laquelle en cet instant même, malgré les épreuves qu'elle venait de vivre, ce Gabe Bowden l'attirait tant…

Le Dr Bell revint avec une boîte d'antalgiques.

— Prenez-en deux ce soir, avant de vous coucher. A partir de demain, un toutes les six heures pendant cinq jours. S'il vous en faut plus, revenez me voir.

Ella la remercia d'un sourire.

— Voyez Tina à l'accueil pour les formalités administratives, ajouta le Dr Bell.

Ella attendit qu'elle ait quitté la pièce pour se tourner vers Gabe.

— Ecoutez, je préfère régler les honoraires en espèces. Pourriez-vous aller chercher mon sac dans la voiture.

— Pourquoi n'utilisez-vous pas votre carte de crédit ? Qui vous recherche et pourquoi ?

Prise au dépourvu, elle tressaillit. Elle ouvrit la bouche pour tout avouer, mais rien ne vint.

— C'est compliqué, murmura-t-elle enfin.

Gabe fronça les sourcils.

— Je vois. En d'autres termes, ce ne sont pas mes oignons. Très bien. Pouvez-vous marcher ?

— Je crois, oui.

Elle se laissa glisser de la table d'examen en ayant soin de prendre appui sur son pied valide. Prudemment, elle fit un premier pas. Malgré l'attelle, sa cheville restait douloureuse.

Gabe lui tendit la main. Elle hésita une seconde, puis la saisit. Calquant son pas sur le sien, il la soutint jusqu'à la réception.

— Vous avez rempli le formulaire de l'assurance maladie ? demanda Tina.

Terrifiée à l'idée de donner le moindre indice susceptible de dévoiler sa présence ici, elle s'agrippa instinctivement au bras de Gabe.

Il baissa les yeux sur sa main, puis les releva sur Tina.

— Elle n'a pas d'assurance. C'est moi qui vais régler les honoraires, déclara-t-il en sortant son portefeuille.

— J'ai de l'argent dans mon sac, murmura Ella en le voyant tendre sa carte de crédit.

Il lui lança un coup d'œil lui signifiant clairement de se taire. Et c'est ce qu'elle fit, tandis qu'il signait le reçu de paiement.

Puis il la conduisit jusqu'à la sortie du cabinet médical. Lorsqu'ils furent arrivés là, elle n'eut pas le temps de protester qu'il la soulevait de nouveau dans ses bras.

Elle le regarda.

Il lui sourit, tout en poussant la porte d'un coup d'épaule.

— Je ne peux tout de même pas vous laisser marcher pieds nus dans la neige jusqu'à la voiture. On est galants, dans le Montana.

Le froid sur son visage fit à Ella l'effet d'une gifle. Elle remua ses orteils glacés et laissa Gabe l'installer sur le siège passager. Il referma la portière, puis disparut de son champ de vision dans le rétroviseur. Elle entendit un cheval piaffer dans la remorque.

Gabe revint plusieurs minutes après et s'installa derrière le volant. Au moment de mettre le contact, son regard tomba sur la liasse de billets qu'elle avait posée sur le tableau de bord pour le dédommager des frais médicaux et du dérangement occasionné.

— Vous vous baladez toujours avec autant d'argent sur vous ?

— Pas vraiment.

Elle tenta un sourire qui n'atteignit pas ses lèvres.

— Votre cheval, ça va ?

— Il est de mauvais poil. Il retrouvera sa bonne humeur dès que je l'aurai installé bien au chaud dans son box.

— Je suis désolée de vous avoir retardé. Vous auriez pu me laisser ici.

Il fit démarrer le moteur. Mais au lieu d'enclencher la vitesse, il tourna de nouveau vers elle son regard pénétrant et la dévisagea une longue minute.

— Je ne crois pas pouvoir vous laisser où que ce soit.

5

Assis sur le canapé du salon, Phillip Wolf regardait fixement l'épais ruban de scotch jaune posé en travers des portes de la bibliothèque.

Nul besoin d'être dans la pièce pour revoir la scène. L'image de sa nièce étendue morte sur le sol était à jamais gravée dans son cerveau. Le sang et le corps avaient disparu, mais il les voyait toujours aussi clairement.

La vague de peur et de rage qui l'avait submergé en découvrant le téléphone de Lela près de son corps revint à l'assaut. L'appel avait duré onze minutes. Ella avait tout entendu. Mais que savait-elle exactement ? Etait-elle au courant de l'existence de cette soi-disant preuve avancée par sa sœur ? Où avait-elle donc disparu, bon sang ? L'absence de réponses à toutes ces questions le rendait fou.

Nom d'un chien ! Lela avait tout fichu en l'air.

Et maintenant, il lui fallait réparer les dégâts. Et c'était ce qu'il allait faire. A condition que son plan fonctionne comme prévu et qu'Ella soit retrouvée morte d'une overdose.

Jusqu'à présent, la mise en scène assurée par Robbins avait parfaitement fonctionné. Mary, la fidèle gouvernante de la famille, avait découvert le corps de Lela tôt ce matin et appelé le 911. La police avait aussitôt débarqué. Robbins, chargé de l'enquête, ferait naturellement en sorte que les pièces à conviction et les rapports des différents services correspondent au scénario élaboré.

Phillip avait lui aussi joué à la perfection son rôle d'oncle éploré lorsqu'il était arrivé à l'appartement. Terrassé par le chagrin et l'incrédulité devant une telle horreur, il avait juré ses grands dieux que celui qui avait assassiné sa nièce adorée paierait.

Quand Robbins l'avait questionné sur un éventuel mobile devant ses collègues de la brigade criminelle et tout le personnel de maison réuni, il avait fait allusion au prochain anniversaire des jumelles et à leur héritage. Il avait insisté sur le travail acharné de Lela pour gagner sa place dans la compagnie, pendant que sa sœur jumelle se contentait du strict minimum pour remplir les conditions du testament paternel.

Il avait aussi très bien joué la comédie quand il avait été appelé au petit matin pour aller identifier le corps de sa nièce, alors qu'il sortait des bras de sa maîtresse chez qui il avait passé la nuit. L'alibi parfait. Bientôt, tout accuserait Ella.

Mary fit entrer Robbins et s'éclipsa.

Phillip attendit que ce dernier ait tiré une chaise tout près du canapé pour poser à voix basse la question qui le taraudait :

— Où est-elle ?

— Je ne sais pas encore. Mais hier, elle s'est servie de sa carte bancaire pour retirer de l'argent au guichet automatique de l'aéroport de LaGuardia.

— Hier ? A quelle heure ?

— Aux alentours de 11 heures.

— Juste après l'appel téléphonique de sa sœur.

— Exact.

— Vous avez localisé son téléphone ?

— Elle l'a éteint.

— Où a-t-elle bien pu aller ?

— Aucune idée. De toute évidence, elle a payé son billet d'avion en liquide.

— Vérifiez tous les vols. Trouvez-la !

— J'y travaille. Mais jusqu'à présent, son nom n'apparaît sur aucune liste de passagers.

— Vous pensez qu'elle a pu se servir d'une fausse identité ?

— Probable. Elle a certainement présenté de faux papiers pour acheter son billet et passer les contrôles de sécurité. J'essaie de me procurer les images de vidéosurveillance des portes d'embarquement. Il suffit de la repérer pour connaître la destination de son vol. Mais si ça se trouve, elle a tout aussi bien pu monter dans le jet privé d'un don Juan de passage plein aux as. Et à l'heure qu'il est, elle se prélasse à moitié nue sur une plage de sable fin.

La lueur de désir dans le regard de l'inspecteur n'échappa pas à Phillip, qui n'en fut pas surpris pour autant. Ses nièces avaient hérité de la beauté de leur mère.

— Ella se doute probablement de quelque chose, marmonna-t-il, agacé. Autrement, elle n'aurait pas quitté New York, hier matin, sous un nom d'emprunt.

— Vous croyez qu'elle sait ce que sa sœur a découvert ?

— Bon sang, Robbins ! Réfléchissez une seconde ! Elle n'a pas décidé de sauter dans un avion sans raison. Savez-vous où Lela est allée ?

— Pas encore. Je continue de vérifier ses relevés de carte bancaire. Mais pour l'instant, la priorité, c'est Ella.

— En effet. Et si vous n'êtes pas fichu de la retrouver rapidement, je m'adresserai à quelqu'un d'autre.

— Je la trouverai.

— Dépêchez-vous. Ma nièce ne reste jamais anonyme très longtemps. Quelqu'un finira par la reconnaître.

— Nous pourrions peut-être profiter de sa célébrité. Au lieu de cacher les détails de l'affaire à la presse, nous pourrions la faire passer pour un témoin clé. Quelqu'un nous renseignera sûrement sur sa localisation et il me suffira d'aller la chercher sous prétexte de l'interroger.

— Si les médias se font trop pressants, nous n'aurons pas d'autre solution, maugréa Phillip.

Sauf que le scénario de l'overdose tomberait à l'eau, ragea-t-il intérieurement.

— Débrouillez-vous comme vous voulez, Robbins, mais trouvez-la. Bougez-vous, nom de Dieu ! Tout de suite !

L'inspecteur s'empressa d'obéir.

Resté seul, Phillip entoura son verre de bourbon des deux mains. Ses phalanges blanchirent tandis qu'il s'imaginait resserrer l'étreinte de ses doigts autour du cou délicat de sa nièce.

Cette maudite fille était imprévisible. Elle ne faisait jamais ce que l'on attendait d'elle.

6

Ella se réveilla l'esprit désorienté, le corps douloureux et le cœur brisé. Des larmes ruisselèrent sur ses joues jusqu'à ses lèvres. Chacune avait le goût du chagrin et de la rage.

Oncle Phillip avait assassiné Lela. Pourquoi ? Quel secret avait-elle donc découvert ? De quoi s'agissait-il ? De la compagnie ? D'argent ?

Sans sa sœur, plus rien n'avait de sens. Tout en étant identiques, elles étaient le parfait complément l'une de l'autre. Lela avait hérité de l'ingéniosité de leur père, cette capacité à prévoir les évolutions du marché et à concrétiser une idée. Elle, elle était plus pragmatique. Pour faire tourner une entreprise avec efficacité, il était indispensable d'en connaître tous les rouages. Elle avait donc commencé par le courrier, avant de travailler dans chacun des services. Du bas de l'échelle jusqu'au sommet. Bien sûr, elle assistait aux comités de direction et écoutait les discours pompeux des cadres de la compagnie sur la productivité et la rentabilité. Mais pas un seul de ces idiots n'aurait su dire comment le courrier atterrissait sur leur bureau et encore moins comment fonctionnait le service informatique. Les directeurs commerciaux avaient tous de belles idées et de grands projets, mais ils étaient souvent en conflit direct avec les délais de réalisation des produits et de leur commercialisation.

Avec Lela, elles avaient réfléchi à la meilleure façon de faire prospérer la compagnie en alliant leurs compétences. Elles avaient passé des nuits entières à en discuter. A imaginer combien leurs parents seraient fiers.

Et maintenant…

Elle ferma les yeux et inspira profondément pour refouler le sanglot qui enflait dans sa poitrine. Les larmes ne ramèneraient pas Lela à la vie, pas plus qu'elles ne vengeraient sa mort. Elle devait à tout prix ne pas céder au désespoir et se ressaisir pour envoyer leur oncle devant la justice.

— Lève-toi et agis !

Elle s'assit au bord du lit, le temps de rassembler ses forces. Elle contempla un instant le T-shirt Led Zeppelin qu'elle portait. Pas vraiment le style auquel elle était habituée, mais elle appréciait le prêt.

Lentement, elle se leva en faisant peser le poids de son corps sur sa jambe valide. Sa cheville était douloureuse, mais c'était supportable. Son pantalon et son chemisier étaient posés sur une chaise. Ses bottes en daim gisaient sur le sol, abîmées par la neige. Elle allait devoir s'en acheter une paire plus adaptée à la météo du pays. Où était son manteau ? Gabe l'avait sans doute suspendu quelque part pour le faire sécher.

Gabe…

Elle ne savait comment le remercier. La nuit dernière, après l'avoir sauvée d'une mort certaine, il l'avait emmenée chez lui, soucieux de ne pas la laisser seule. Elle n'avait pas protesté. Pendant le trajet, elle avait regardé l'obscurité défiler sous ses yeux en songeant à Lela, le cœur lourd, la peur tapie dans un recoin de son esprit. Elle avait beau être impatiente d'aller au ranch enquêter sur ce que sa sœur avait bien pu découvrir là-bas, elle ne se sentait pas le courage de rester seule. Elle ne connaissait pas Gabe Bowden, mais il avait l'air d'un homme honnête et responsable. Il avait insisté pour l'installer dans la chambre d'amis. Il avait pris le temps de changer les draps du lit dans lequel son frère dormait parfois, puis il lui avait prêté le T-shirt et le bas de pyjama qu'elle portait.

Elle se pencha pour retrousser l'ourlet du pantalon et ne pas se prendre les pieds dedans. Après quoi, elle ouvrit la porte de la chambre et clopina jusqu'à la salle de bains au bout du couloir.

Elle réprima un gémissement en contemplant son reflet dans le miroir au-dessus du lavabo. La masse indisciplinée de ses cheveux emmêlés, son teint blême et ses yeux rougis par les pleurs. Elle mit les mains en coupe sous le robinet d'eau froide et s'aspergea le visage à plusieurs reprises pour dissiper sa torpeur et instaurer un semblant d'ordre dans ses pensées.

Puis elle se redressa, prête à affronter la journée.

Gabe avait terminé de nourrir les chevaux. Lela n'était toujours pas sortie de sa chambre. Sans doute avait-elle fini par s'endormir. Quand il l'avait entendue pleurer, cette nuit, il avait été tenté d'aller la consoler. Mais il n'en avait rien fait, de peur de l'effrayer en faisant irruption dans la chambre, surtout après ce que ce fumier de Travis lui avait fait subir.

Il se laissa tomber sur le canapé et alluma la chaîne nationale d'informations. Le générique de CNN apparut, aussitôt suivi d'une photo occupant tout l'écran qui le laissa sans voix.

— *La riche héritière, Lela Wolf, a été retrouvée morte ce matin, dans son appartement new-yorkais.*

— Quoi ? s'exclama-t-il, le souffle coupé.

— *Les enquêteurs viennent de quitter les lieux. De source sûre, on sait que le corps de la jeune femme a été découvert par une employée de maison, vers 6 heures ce matin. Lela Wolf aurait été tuée d'une balle en plein cœur. Pour l'instant, la police n'a pas donné de précisions et on ne sait toujours pas si Ella Wolf, la sœur jumelle de la victime, se trouvait sur les lieux au moment du meurtre. Il semblerait cependant qu'elle ait disparu. Figure connue de la vie nocturne, Ella Wolf a souvent fait la une des tabloïds et pas seulement pour son sens de la mode. La vie des Wolf est une succession de tragédies. Quelques mois après la disparition de Stuart Wolf dans un accident d'avion, son épouse, Rosalind, se suicidait, laissant derrière elle des jumelles de quatorze ans, destinées à hériter d'une fortune de près de cinq cents millions de dollars, le jour de leur vingt-cinquième anniversaire. Nul ne sait si cet héritage est à l'origine du meurtre de Lela Wolf, mais des rumeurs circulent comme quoi…*

Gabe en avait assez entendu. Il se leva d'un bond pour aller parler à Ella, mais elle se tenait derrière lui, le regard rivé sur l'écran de télévision.

Il s'approcha et la saisit durement par les épaules.

— Vous m'avez menti ! Vous n'êtes pas Lela.

— Je n'ai jamais dit que je l'étais.

— Mais vous me l'avez laissé croire. Pourquoi ? Parce que vous avez assassiné votre sœur ?

— Je ne l'ai pas tuée ! s'écria Ella d'une voix vibrante.

Plaquant les mains contre son torse, elle le repoussa et s'écarta de quelques pas, tout son corps sur la défensive, depuis son menton relevé jusqu'à ses poings serrés. Et la lueur de défi dans ses yeux vira à la rage pure, quand apparut à l'écran le directeur de la communication de Wolf Enterprises, sortant de l'immeuble en compagnie d'un inspecteur.

— *M. Wolf est effondré,* annonça le responsable à la foule des journalistes qui lui tendaient des micros. *Il ne fera aucune déclaration. S'il vous plaît, respectez son chagrin. L'inspecteur Robbins ici présent, chargé de l'enquête, vous communiquera des renseignements en temps utile. Merci.*

Ella faillit défaillir sous la violence de la haine et de la douleur qui étreignaient son cœur à la pensée de sa sœur étendue à la morgue sur une table en acier, pendant que cette ordure d'inspecteur, complice de son assassinat, se pavanait devant la presse, l'air affligé.

L'image revint sur la journaliste de CNN, postée devant l'entrée de l'immeuble.

— *Voici tout ce que nous savons pour le moment. Lela Wolf a été retrouvée ce matin, à son domicile, tuée d'une balle en plein cœur. Son oncle, Phillip Wolf, n'a fait aucune déclaration et le sort de sa sœur, Ella Wolf, reste un mystère.*

Des photos d'Ella se succédèrent à l'écran, la montrant avec des amis, sur un yacht, lors d'un défilé de mode ou à la sortie d'une boîte de nuit.

Gabe ne regardait plus la télévision. Il la dévisageait.

— Avez-vous tiré sur votre sœur ? demanda-t-il calmement, sans la quitter des yeux.

Comme elle ne répondait pas, il hurla :

— Répondez !

— Je vous ai déjà répondu ! répliqua Ella sur le même ton. Je suis désolée de ne pas avoir rectifié quand vous m'avez prise pour Lela. Désormais, plus personne ne nous confondra. Elle est morte !

Sa voix se brisa sur ces mots, et ses yeux se brouillèrent de larmes. Elle devait à tout prix cesser de pleurer pour pouvoir agir et venger le meurtre de sa sœur.

— Je dois aller au ranch, décréta-t-elle fermement.

Et sans attendre de savoir si Gabe allait l'y emmener, elle retourna dans la chambre d'amis, referma la porte derrière elle et s'y adossa, la tête entre ses mains.

— Ella, expliquez-moi ce qui se passe, bon sang ?

Elle ferma les yeux, la gorge nouée par le chagrin.

— Il faut que j'aille au ranch. Soit vous m'y emmenez, soit j'y vais par mes propres moyens.

— Vous n'avez pas répondu à ma question, insista-t-il.

Silence.

Gabe frappa du plat de la main sur le mur, résistant à l'envie d'enfoncer cette fichue porte pour savoir si oui ou non, Ella avait tiré sur sa sœur. Pour l'instant, il lui donnait le bénéfice du doute, car le chagrin qu'il avait lu dans ses yeux était bien réel. Il espérait seulement que ces larmes, et celles qu'il l'avait entendue verser la nuit dernière, n'étaient pas des larmes de culpabilité.

De retour au salon, il éteignit la télévision en songeant aux photos d'Ella Wolf sur CNN et aux commentaires de la journaliste à son sujet. Ella avait manifestement la réputation d'une fille qui aimait brûler la chandelle par les deux bouts, boire, se droguer et faire la fête jusqu'à point d'heure. Sauf que l'image ne collait pas du tout avec celle de la femme dans sa chambre d'amis. La femme qu'il avait sauvée avait l'air réservée, réfléchie et mentalement solide, compte tenu de ce qu'elle avait enduré depuis hier. Pas du tout le genre écervelée, noceuse invétérée, croqueuse d'hommes.

Etrange…

Des questions plein la tête, il attendit qu'elle sorte de la chambre. Sa décision était prise. Même s'il ne savait pas pourquoi elle devait à tout prix aller au ranch, il l'y conduirait.

Simplement parce que cela semblait terriblement important pour elle.

— Je suis prête.

Il se retourna et la dévisagea.

— Ella, êtes-vous sûre d'être en état d'aller là-bas ? Ne le prenez pas mal, mais vous avez une mine atroce. Prenez donc le temps de vous reposer au moins ce matin. Asseyons-nous et discutons.

— Je n'ai pas le temps de discuter. Je dois aller à Wolf Ranch.

— Pourquoi ? Quel est le rapport avec le meurtre de votre sœur ?

— Je ne sais pas encore. Là-bas, je trouverai peut-être la réponse.

Ne sachant plus trop quoi penser, Gabe fut tenté d'insister, mais se ravisa.

— D'accord. Je vous y emmène.

Sans perdre une seconde, Ella boitilla jusqu'à la porte d'entrée. Ses bottes à talons ne lui facilitaient pas la tâche, nota Gabe qui ne put s'empêcher de remarquer également la façon dont le pantalon noir moulait ses hanches et ses cuisses fuselées. La veille, lorsqu'il l'avait déshabillée, il s'était surtout préoccupé de la réchauffer et de vérifier qu'elle n'avait rien de cassé. Mais dans la nuit, alors qu'il sombrait dans le sommeil, il avait rêvé de ces jambes et de cet échantillon de dentelle noire dissimulant ses charmes. Et dans son rêve, la jeune femme n'était pas blessée. Oh non. Elle s'enroulait autour de son corps, telle une liane…

« Ça suffit, Bowden ! Il s'agit de ta protégée, pas d'un fantasme devenu réalité. Alors, ressaisis-toi. »

Lorsque Ella ouvrit la porte, la morsure du froid la fit reculer.

— Attendez une seconde que je vous apporte votre manteau.

Il referma la porte et alla chercher le manteau dans la buanderie.

— Je l'ai fait sécher devant la chaudière, pendant que je lavais votre pantalon et votre pull.

Ella baissa les yeux sur son pantalon, puis les releva sur lui.

— Où est mon pull ?

— Disons que… je vous en dois un neuf.

Il n'avait pas vérifié l'étiquette, si bien qu'à sa sortie du lave-linge, le pull avait rétréci d'au moins quatre tailles.

— Il n'a pas apprécié le programme de lavage, précisa-t-il comme elle le regardait sans comprendre. Je n'ai pas l'habitude du nettoyage à sec.

Ella esquissa un semblant de sourire.

— Ce n'est pas grave.

— Je suppose que c'est un vêtement de prix.

— En effet, mais ce n'est qu'un pull. Rien en comparaison de ce que vous avez fait pour moi.

— Peut-être, mais je vous dois tout de même un pull.

— Tout ce que je veux, c'est aller chez moi.

— D'accord. Ensuite nous aurons une petite discussion.

Il l'aida à enfiler le manteau et lui ouvrit la porte.

Elle s'arrêta dans la cour pour observer les chevaux dans le pré, blottis les uns contre les autres pour se protéger du froid. Le soleil nimbait de lumière les bouffées d'air qu'ils soufflaient par les naseaux.

— Nous adorions venir ici faire du cheval, murmura-t-elle. A New York, j'ai continué à monter, mais Lela a arrêté. Ça lui rappelait trop les moments heureux passés ici avec nos parents. Quand nous étions au ranch, ils nous consacraient tout leur temps.

Gabe sentit son cœur se serrer.

— Qui s'est occupé de vous après leur disparition ?

— Oncle Phillip est notre tuteur, mais en réalité nous nous occupions l'une de l'autre. Nous sommes de vraies jumelles. Lela est mon double. Et je suis son double.

— A l'image de vos prénoms. Les mêmes lettres dans un ordre différent. J'imagine que vous étiez très proches.

Ella hocha la tête.

— C'était ma meilleure amie. Ma moitié. Quand je la regardais, je voyais tout ce que j'étais, plus ce qui n'appartenait qu'à elle, mais que je pouvais être, moi aussi, puisque nous étions identiques.

Elle tourna le dos aux chevaux, ouvrit la portière du pick-up et s'assit, le regard rivé droit devant elle, son délicat visage figé dans une tristesse indicible.

Bouleversé par la profondeur et l'intensité de ce qu'il venait d'entendre, Gabe comprit que cette femme n'aurait jamais pu faire le moindre mal à sa sœur.

Pendant quelques secondes, il contempla les chevaux en songeant à ses frères, à tous les bons moments passés ensemble quand ils étaient enfants et encore aujourd'hui.

Puis il grimpa derrière le volant et mit le contact. Mais au lieu d'enclencher la vitesse pour partir, il posa sa main sur celle d'Ella et la serra doucement pour lui faire comprendre qu'il était de tout cœur avec elle et qu'il comprenait, au moins en partie, ce qu'elle éprouvait.

Le soupir qu'elle laissa échapper résonna en lui. Et contre toute attente, elle retourna sa main, enlaça ses doigts aux siens et s'y accrocha.

7

Ella regardait fixement à travers le pare-brise la demeure en bois que son père avait fait bâtir sur mesure pour son épouse bien-aimée. Ses parents en avaient fait une retraite familiale, pas une propriété luxueuse destinée à éblouir leurs relations ou les partenaires en affaires.

Rien n'avait changé, si ce n'est que les arbres paraissaient plus grands. A cette époque de l'année, il n'y avait pas de fleurs, mais au printemps le jardin se parait des couleurs préférées de sa mère.

— Ella ? Vous voulez entrer ?

La main de Gabe dans la sienne la rassurait d'une façon à laquelle elle préférait ne pas trop réfléchir. Pas maintenant, alors que l'émotion était si vive…

Elle se revoyait jouer avec sa sœur au milieu des parterres fleuris de bleuets et d'asters blancs. Elle se rappelait les pique-niques improvisés avec leurs parents dans le pré, un peu plus haut, au milieu des boutons-d'or. Ils étalaient une couverture à l'ombre du chêne, leur mère riait des plaisanteries de leur père, Lela courait derrière les papillons. Ils étaient si heureux. Ils formaient une famille.

Elle aurait tant voulu retenir le souvenir de ces instants de bonheur intense. Ne pas se laisser submerger par la cruelle réalité.

Des larmes lui brouillèrent la vue.

Désormais, elle était seule face à son oncle qui voulait sa

mort sans qu'elle sache pourquoi. Cependant, son instinct lui soufflait que la réponse se trouvait dans cette maison.

Dans un geste impulsif, pour remercier Gabe de son soutien et de sa compréhension, elle leva leurs mains jointes et posa un baiser sur ses doigts.

Elle lut la surprise dans son regard brun. Elle y lut le désir aussi. Il la trouvait séduisante. Comme tant d'autres hommes avant lui. Mais voilà déjà quelque temps qu'elle avait décidé de ne plus craquer pour les hommes qui la regardaient ainsi, juste parce qu'elle avait besoin d'attention. A l'approche de son vingt-cinquième anniversaire et des responsabilités accompagnant ce tournant de son existence, elle avait radicalement révisé ses priorités et ses objectifs. Elle avait travaillé dur pour se mettre au niveau de Lela, pour devenir une partenaire à la hauteur, celle que méritait sa sœur.

Désormais, elle allait devoir se débrouiller seule. Elle ne pouvait s'appuyer sur personne d'autre que sur elle-même. Il lui fallait être forte en mémoire de Lela…

Rassemblant son courage, elle descendit de voiture. Lentement, elle gravit l'escalier du perron couvert de neige, inséra la clé dans la serrure et entra dans son passé, le cœur battant.

Elle s'immobilisa au milieu du hall.

Stupéfaite.

La maison était vide. Meubles, tableaux, tapis, bibelots, tout avait disparu. Comme elle se retournait pour taper le code de l'alarme, Gabe la devança.

Elle sentit ses cheveux se hérisser sur sa nuque.

— Comment se fait-il que vous connaissiez ce code ?

— Quand j'ai croisé votre sœur ici, avant-hier, elle ne m'a pas laissé le temps de lui expliquer. J'avais rendez-vous avec les déménageurs pour vider la maison.

— Comment ça, vider la maison ? Où ont-ils emporté les affaires ?

— Dans un garde-meuble à Crystal Creek.

Elle fit un pas vers lui, furieuse qu'il ne lui ait rien dit. Que savait-il d'autre ? Etait-il possible qu'il soit lui aussi à la solde de son oncle ?

Elle glissa un coup d'œil vers la porte, s'attendant à voir

des hommes jaillir d'une berline sombre pour la ramener à New York. Le souffle coupé par la peur, elle sentit son cœur s'emballer.

— Vous travaillez pour mon oncle ?

— Non.

— C'est lui qui vous a envoyé me chercher ?

Elle se détesta pour le tremblement dans sa voix.

— Puis-je vous rappeler que je vous ai trouvée sur la route à moitié morte de froid ? répondit Gabe, l'air surpris. Votre oncle, je le connais à peine.

— Mais vous le connaissez.

— Je lui ai parlé au téléphone.

— A quel sujet ?

— A propos de la vente de ce ranch.

— Parce que vous travaillez dans l'immobilier ?

Cela ne collait pas vraiment avec l'image qu'il donnait, mais elle n'osait plus trop se fier à son jugement.

— Pas du tout. J'ai acheté Wolf Ranch.

— Quoi ? Vous l'avez… *acheté* ?

— Oui, c'est moi, le propriétaire. Enfin, non, pas encore.

— C'est-à-dire ?

— La vente sera conclue seulement le 20 mars.

Elle avait l'impression d'encaisser des coups, tel un boxeur acculé contre les cordes.

— Qui a signé l'acte de vente ? demanda-t-elle, abasourdie.

— Phillip Wolf. Pourquoi ?

— Le salaud ! Combien ?

— Pour la maison et les terres ?

Elle sentit enfler en elle un torrent de révolte.

— Oui ! Combien ?

— Un million et demi. La moitié en apport personnel, l'autre moitié à crédit.

Elle éclata de rire. Un rire empli d'amertume qui résonna lugubrement dans la pièce vide. Folle de rage, elle s'écria :

— Je suis ici chez moi ! Cette maison n'est pas à vendre ! Pas plus que les terres qui l'entourent !

Sidéré, Gabe la dévisagea.

— Vous plaisantez, là. L'acte de vente est signé. Je serai propriétaire du ranch dans six semaines.

— Certainement pas ! répliqua-t-elle, hors d'elle.

Gabe franchit la distance qui les séparait et baissa les yeux sur elle, de telle sorte qu'elle fut obligée de lever la tête pour soutenir son regard. Ils n'étaient plus qu'à quelques centimètres l'un de l'autre. Elle sentit sa chaleur l'envelopper, mais cela ne calma pas sa colère pour autant.

— L'argent est sous séquestre chez le notaire, articula-t-il lentement, posément, en plantant les yeux dans les siens. Quand il sera débloqué, le 20 mars, cette propriété m'appartiendra.

— Non. Il faudrait que je sois morte, pour cela.

A peine eut-elle prononcé ces mots qu'elle sentit le sol se dérober sous ses pieds. Etait-il possible que son oncle ait planifié la disparition de Lela ? Et… la sienne ?

Elle se força à respirer lentement, profondément, pour faire refluer la peur et la colère qui lui tordaient les entrailles.

— Quand mon oncle a-t-il mis le ranch en vente ?

— Il ne l'a pas vraiment mis en vente. Je possède quelques arpents de prairie adjacents aux vôtres. Nous sommes voisins. Il y a deux mois, j'ai contacté votre oncle pour savoir s'il me serait possible de louer une partie de vos terres afin d'y élever du bétail. Après discussion, il m'a demandé si je serais intéressé par l'achat du ranch.

Il s'interrompit et plongea son regard dans le sien.

— Je ne comprends pas… Avant-hier, je croise votre sœur ici même et elle se fait assassiner. Le lendemain, je vous découvre à moitié morte de froid sur le bord d'une route en pleine campagne. Et maintenant, vous me dites que c'est vous la propriétaire de ce ranch, mais que vous ne saviez pas qu'il était à vendre.

— Il n'est *pas* à vendre.

— Sauf si vous êtes morte, avez-vous dit. Qu'est-ce que tout cela signifie ?

— Je… je ne sais pas. Je croyais trouver ici l'explication du meurtre de ma sœur, mais il n'y a plus rien… Tout a disparu.

— Rien n'a disparu. Tout est dans un garde-meuble. Dites-moi ce que vous cherchez et je vous le retrouverai.

— Comment ça ?

— J'ai fait l'inventaire de tout ce que contenait cette maison et j'ai supervisé l'emballage et le transport jusqu'au garde-meuble. Tout est numéroté et les cartons sont étiquetés. Si vous me dites ce que vous cherchez, je peux vous le sortir.

— D'accord, murmura-t-elle en jetant un regard circulaire autour d'elle. Il y avait une sculpture accrochée au mur, là-bas. Une sorte de puzzle réalisé avec des rouages d'horlogerie. C'est une œuvre de mon père. J'aimerais la récupérer.

— Pas de problème. Je vois très bien de quoi il s'agit.

— J'aimerais aussi récupérer le tableau qui était au-dessus de cette cheminée.

— Il n'y avait pas de tableau.

— Si. Deux petites filles en robe blanche qui courent, les cheveux au vent, au milieu d'un champ de marguerites.

— Vous et votre sœur, j'imagine.

— Oui. C'est ma mère qui l'a peint.

Gabe haussa un sourcil perplexe.

— Ella, il n'y avait aucun tableau sur les murs. Seulement des photos de famille.

— Impossible. Il y avait un Rembrandt dans le bureau de mon père, un Manet dans la chambre de mes parents, et une dizaine de paysages peints par Albert Bierstadt un peu partout dans la maison.

Gabe laissa échapper un sifflement incrédule.

— Ces œuvres valent aujourd'hui plusieurs dizaines de milliers de dollars, non ?

— Dites plutôt des millions. Elles ont disparu, c'est ça ?

— Ça m'en a tout l'air. En tout cas, ce n'est pas moi qui les ai prises.

— Je n'ai pas dit que c'était vous.

— Vous croyez que c'est pour ça que votre sœur est venue ici, l'autre jour ? Pour les tableaux ?

— Je… je ne sais pas.

Lela avait-elle découvert que leur oncle vendait leur patrimoine en toute illégalité, sans leur signature ? En avait-il fait autant avec leur maison de campagne dans l'Etat de New York ? Cette maison où leur mère avait préféré se donner la mort plutôt que de rester près de ses filles. Il y avait aussi la maison de San Francisco, où ce cher oncle Phillip aimait tant passer ses vacances… loin de ses nièces.

Et dire qu'elles lui faisaient confiance !

Par chance, elles avaient appris de leur père une règle essentielle : ne jamais donner procuration à qui que ce soit pour gérer leur argent. Payer des experts pour se faire conseiller et régler les factures, mais signer soi-même les chèques. Ce qui expliquait peut-être pourquoi leur oncle avait volé les tableaux. Pour avoir du cash. Sans doute les avait-il revendus au marché noir à des marchands d'art peu scrupuleux. Etait-ce là tout ce qu'il cachait ? Ou bien n'était-ce que la partie émergée de l'iceberg ?

— Ella, cette histoire de vente qui ne peut être conclue, sauf si vous disparaissez. De quoi s'agit-il au juste ?

— Je déteste parler de ma mort.

— Normal. Seulement, j'ai besoin de savoir. J'ai investi tout ce que j'avais dans l'achat de ce ranch.

— Il n'est pas à vendre.

— Je l'ai acheté et j'ai payé pour ces terres et cette maison. L'argent est sur un compte bloqué.

— Vous êtes sûr ? demanda-t-elle, soudain désolée à l'idée que son oncle ait pu escroquer un homme aussi foncièrement bon.

Gabe fronça les sourcils et sortit son téléphone portable de sa poche. Comme il s'apprêtait à composer un numéro, elle posa la main sur son bras.

— Si l'argent n'est pas là, dites-leur que vous vous chargerez de régler le problème personnellement. Dites-leur que vous êtes en contact avec Phillip Wolf et que vous traiterez directement avec lui. Il ne faut pas que mon oncle se doute de quoi que ce soit. Je vous rembourserai.

— Si l'argent n'est plus sur le compte bloqué, je suis propriétaire de cet endroit et votre oncle peut aller se faire voir dès aujourd'hui.

— Vous n'êtes pas propriétaire de ce ranch, Gabe. Parce que mon oncle ne *peut pas* le vendre sans ma signature.

— C'est pourtant bien lui, votre tuteur et l'administrateur de vos biens. C'est ce qu'il m'a dit.

— Mes parents l'ont en effet désigné comme tuteur, mais pas comme administrateur du patrimoine familial. Ce sont deux avocats qui s'en occupent et chaque transaction requiert ma signature ou celle de Lela. Sans notre signature, rien n'est légal. Oncle Phillip n'a aucun pouvoir, ni sur la compagnie, ni sur ce ranch ou toute autre propriété, ni sur Lela, ni sur moi.

— Sauf si vous disparaissez à votre tour, conclut Gabe, médusé.

— Exact. Et maintenant, passez votre coup de fil.

Il ne fallut pas plus d'une minute à Gabe pour découvrir que le compte sous séquestre avait été vidé et clôturé le lendemain du versement de ses sept cent cinquante mille dollars.

Il ferma les yeux, serra le poing sur son téléphone et le pressa contre son front, en tentant de garder son calme et de réfléchir.

— Ce salopard m'a arnaqué !

— En effet, confirma Ella. Mais je vais arranger ça.

— Je ne veux pas que vous arrangiez *ça*. Je veux l'étriper moi-même.

— Vous le pourrez, mais laissez-moi d'abord jeter un coup d'œil sur les papiers qu'il a signés.

— Ils sont chez moi. L'agence immobilière m'avait assuré que tout était en ordre et que les avocats de la famille Wolf avaient rempli les documents nécessaires. Comment ont-ils fait, s'il leur fallait votre signature ?

— Aucune idée. Mon oncle les a probablement soudoyés. Il les aura payés avec une partie de l'argent du compte séquestre.

— Bon sang, j'ai vérifié que mon nom figurait bien sur le nouvel acte de propriété du ranch, mais je n'ai pas vérifié les noms de ceux qui avaient signé la vente. Pourquoi l'aurais-je fait, d'ailleurs ? Le ranch est au nom d'une société fiduciaire. Ni votre nom ni celui de Lela n'étaient mentionnés.

— C'est vrai. Je n'y avais pas pensé.

— Vous êtes sûre que cette vente est caduque ? J'ai pourtant versé l'argent.

— Allons, Gabe. Vous savez très bien qu'elle est caduque. Mais je comprends votre frustration, d'autant que vous avez cru faire une bonne affaire. Parce que vous savez comme moi que cette propriété ne vaut pas un million et demi de dollars, mais le double, au bas mot.

— Si je comprends bien, votre oncle n'a jamais eu l'intention de me vendre ce ranch. Il voulait seulement m'escroquer de sept cent cinquante mille dollars.

— Pas sûr.

— Qu'est-ce qui vous fait dire ça ?

— La date à laquelle il voulait que la vente soit conclue chez le notaire. Le jour de mon anniversaire.

— Le 20 mars ?

— Oui. Ce jour-là, j'aurai vingt-cinq ans et j'hériterai de tout ce que mes parents m'ont légué. Sans condition. Je prendrai la direction de la compagnie et le contrôle de tous les biens.

— Sauf si vous disparaissez d'ici là et que votre oncle reste seul héritier. Auquel cas, il toucherait le jackpot. Et perdre un ou deux millions sur la vente du ranch, le 20 mars, ne serait rien au regard de la fortune colossale dont il hériterait.

Ella hocha la tête.

— Si vous m'aviez laissée mourir, hier soir, vous auriez sans doute résolu son problème et le vôtre par la même occasion.

8

L'idée que Phillip Wolf puisse vouloir tuer Ella rendait Gabe malade. Ce salaud avait assassiné sa nièce et habilement utilisé les médias pour désigner Ella comme principale suspecte.

Il ne la connaissait pas vraiment, mais il se devait de la protéger contre cet homme sans scrupules. Après tout ce qu'elle avait enduré, il ne se le pardonnerait pas, s'il lui arrivait quoi que ce soit.

Il y avait aussi le problème financier. Bon sang, il avait investi tout ce qu'il possédait dans l'achat du ranch et du bétail ! Tous ses projets tombaient à l'eau. Comment allait-il rembourser l'emprunt qu'il avait contracté ? Et où allait-il faire paître les quatre cents têtes de bétail supplémentaires, censées débarquer dans six semaines sur son minuscule bout de prairie ? Il lui fallait les terres de Wolf Ranch. Autrement, il ne lui resterait plus qu'à revendre le troupeau et à digérer la perte.

Tout cet argent… Il déglutit, une sensation de brûlure dans la gorge, comme si son estomac lui envoyait une giclée d'acide. Le stress. Le dépit. La frustration. La colère.

Chaque fois qu'il était sur le point de réaliser son rêve, celui-ci volait en éclats. Seule l'échelle avait changé. Il y a cinq ans, il avait acheté un petit ranch pour prouver à sa fiancée qu'il était à même de subvenir aux besoins de leur couple et des enfants qu'ils auraient. Il s'était imaginé que c'était le début de leur nouvelle vie à deux, alors qu'en réalité c'était la fin. Cruelle déception. Il avait cependant réussi à remonter la pente et il avait travaillé comme un forcené pour acheter plus grand. Il avait investi jusqu'à son dernier kopeck dans l'achat de Wolf Ranch. Résultat, il se retrouvait les mains vides. Pire, il se pourrait qu'il soit obligé de vendre le peu de terres qu'il possédait aujourd'hui.

— Pourriez-vous m'emmener récupérer ma valise chez l'abruti qui m'a abandonnée sur la route ?

Arraché à ses tristes réflexions, il recentra son attention sur la femme face à lui qui avait besoin de son aide.

— Que comptez-vous faire ensuite ? J'imagine que vous allez rentrer à New York, accuser votre oncle de meurtre et de vol d'œuvres d'art.

— Pas tout de suite. Je n'ai aucune preuve contre lui et il a des relations haut placées. Vous avez vu les journaux télévisés. Tout le monde est prêt à m'accuser du meurtre de ma sœur. La disparition des tableaux me donne cependant un point de départ. Il faut que je mette la main sur les documents les concernant pour prouver le vol. Mon père conservait certainement les certificats d'authenticité dans ses papiers.

— C'est peut-être ce que votre sœur cherchait. Elle est partie en laissant des dossiers éparpillés un peu partout dans le bureau de votre père.

— Elle ne vous a rien dit à propos de la vente du ranch ?

— Vu son comportement, je ne pense pas qu'elle était au courant. Elle était visiblement pressée de quitter les lieux.

— Elle avait peut-être découvert quelque chose d'encore plus grave, murmura Ella.

— Plus grave que le vol de tableaux et une vente de propriété illégale ? ne put-il s'empêcher d'ironiser.

Elle fronça les sourcils.

— Possible…

Elle se détourna et ressortit de la maison en boitillant. Gabe la suivit. Il ne la lâcherait pas d'une semelle.

Arrivée au bas du perron, elle battit des paupières pour refouler ses larmes et ferma les yeux. Sans doute revoyait-elle les jours heureux qu'elle avait passés ici avec ses parents et sa sœur, songea-t-il, le cœur serré par toute cette tristesse qu'il percevait en elle.

Il s'arrêta en la voyant lever vers le ciel son beau visage

blême, ruisselant de larmes. Les bras ballant le long du corps, elle était l'image même du chagrin et de la solitude.

Alors, sans réfléchir, poussé par cet inexplicable besoin de la protéger, il s'approcha, l'enveloppa de ses bras et la serra contre lui, la joue posée sur ses cheveux, jusqu'à ce que ses larmes se tarissent.

Il la sentit inspirer profondément pour se ressaisir. Comme elle tentait de s'écarter, il resserra son étreinte. Elle leva les yeux sur lui. La même nuance de vert que ceux de sa sœur, mais avec une subtile différence, nota-t-il de nouveau. Lela Wolf était séduisante, mais chez Ella il y avait quelque chose de plus qui le troublait.

Il aurait voulu la voir sourire. Voir la joie se refléter dans ses yeux, les faire étinceler et chasser les ombres qui les obscurcissaient. Il se demanda ce qui pourrait la faire rire. Il aurait aimé entendre son rire.

— Je suis désolé pour votre sœur et... pour tout, murmura-t-il.

— Et moi, je suis désolée que mon oncle vous ait escroqué, balbutia-t-elle d'une voix enrouée par les larmes. Il paiera pour ses crimes. Je vous le promets.

C'était la seule chose qui le retenait de sauter dans un avion direction New York pour aller lui-même étriper Phillip Wolf. Il allait aider Ella à récupérer son héritage et à envoyer son oncle derrière les barreaux pour le restant de ses jours.

Il contempla les terres qui s'étendaient à perte de vue jusqu'aux contreforts des montagnes. Ces terres qui auraient pu être à lui...

— Cet endroit est tout ce dont vous rêviez, murmura Ella, formulant ses pensées.

Puis, se tournant vers la maison, elle ajouta :

— Il ne me reste ici que des souvenirs. Tous ceux que je chérissais sont morts. Cette demeure appartient à mon passé. Elle est désormais aussi vide que mon cœur.

Emu, Gabe lui caressa le dos. S'abandonnant un instant contre lui, elle posa la joue contre son torse avec un soupir.

— Qu'allez-vous faire, maintenant ? demanda-t-il.

Elle s'écarta et il ne chercha pas à la retenir. Parce qu'il n'avait pas le droit de garder ce qui ne lui appartenait pas. Ce ranch. Cette maison. Cette femme.

Le père d'Ella avait choisi un endroit magnifique pour y bâtir une retraite familiale à l'abri du monde extérieur. Il avait créé un empire, mais sa plus belle réussite se tenait là, sous ses yeux. Une jeune femme, mélange de désespoir et de courage. Et Gabe ne doutait pas un instant qu'elle ferait payer Phillip Wolf pour ses crimes.

— Je ne sais pas encore comment je vais m'y prendre, mais mon oncle terminera ses jours en prison.

— Comment puis-je vous aider ?

— Cette histoire ne concerne que moi. Je me débrouillerai seule.

— Pas question, mademoiselle Wolf. J'ai moi aussi des intérêts à protéger dans cette affaire. Par ailleurs, vous n'avez ni voiture ni vêtements de rechange.

Cette dernière remarque lui valut un pâle sourire, mais un sourire tout de même.

— C'est vrai. Dans ce cas, vous allez devoir me supporter encore un petit bout de temps.

— Au moins jusqu'à ce que nous ayons la preuve dont vous avez besoin pour faire tomber votre oncle.

Il lui ouvrit la portière du pick-up et l'aida à grimper sur le marchepied, puis à s'asseoir. Une fois installée, elle le gratifia d'un de ses sourires insaisissables. Il se demanda si c'était une façon de dissimuler le trouble qu'elle éprouvait en sa présence, trouble qu'il tentait lui aussi de cacher. Parce que la dernière chose dont il avait besoin, c'était bien de craquer pour une femme d'un autre monde que le sien. Une femme qui pleurait la mort de sa sœur. Une femme qui ne resterait pas dans le Montana.

— Allons rendre une petite visite à Travis, histoire de récupérer votre valise, déclara-t-il en s'installant derrière le volant.

— Je ne sais pourquoi, mais cela ressemble davantage à une menace qu'à une visite de courtoisie.

— Vous ne me connaissez pas.

— Mais je sens que je vais vous apprécier.

Il laissa échapper un petit rire. Parce que le sentiment était réciproque.

Il hésitait cependant à se rapprocher davantage d'elle. Il ne savait s'il pouvait réellement faire confiance à un membre de la famille Wolf. Au final, même s'il récupérait ses sept cent cinquante mille dollars, il aurait perdu ce qu'il avait désiré plus que tout au monde : une chance de vivre comme il le souhaitait, sur cette terre qu'il avait rêvé posséder un jour. Il avait tout organisé dans sa tête. Comme quoi, même les plans les mieux préparés…

9

Ils roulèrent en silence jusque chez Travis.

Pour tenir le chagrin à distance, Ella se concentrait sur le paysage. L'ombre oblique des montagnes sur la prairie enneigée, les arbres pétrifiés par le givre. Elle adorait ces grands espaces, tout autant que le contact de la main de Gabe tenant la sienne. Ils avaient de nouveau enlacé leurs doigts. Cela s'était fait naturellement. Elle s'était rapprochée de lui quand ses pensées avaient dérivé vers sa sœur, et il avait posé sa main sur la sienne.

L'odeur la tira de sa contemplation. Une odeur putride de purin et de viande avariée.

— Oh mon Dieu ! s'exclama-t-elle avec une grimace de dégoût.

— Et encore, ce n'est rien.

— Vous plaisantez ?

— Pas du tout. Attendez que nous ayons passé le virage. Vous n'en croirez pas votre nez. Ni vos yeux.

— Comment les éleveurs peuvent-ils supporter pareille puanteur ?

— Tout le monde ne gère pas son ranch de la même façon.

Quand Gabe prit le virage, elle comprit.

Les vaches s'agglutinaient dans des enclos où elles avaient à peine la place de bouger et pataugeaient dans la boue et leurs déjections. Il n'y avait pas de mangeoires. Le foin et les céréales étaient répandus à même le sol, sous les sabots des animaux qui les piétinaient et les souillaient.

— C'est… c'est indigne, bredouilla-t-elle, ne trouvant pas d'autres mots pour décrire ce qu'elle ressentait.

— Je ne vous le fais pas dire. D'autant que Travis possède suffisamment d'espace pour faire paître le bétail dans les prés. Mais il est trop paresseux pour sortir ces malheureuses bêtes et trop méfiant pour avoir du personnel. De toute façon, personne ne veut travailler avec lui. Au décès de son père, il y a deux ans, la plupart des cow-boys qui travaillaient là depuis des années sont partis. Et cet endroit est devenu un dépotoir.

— Quelle horreur ! Oh ! Regardez là-bas ! Il y a une vache morte dans l'enclos.

— Ce n'est pas le pire. Ne tournez pas la tête. L'un des veaux dans l'enclos que nous venons de passer a été piétiné.

Elle voulut voir, mais Gabe lui prit le menton et détourna son visage de la fenêtre.

— Savoir, c'est déjà suffisamment pénible. Inutile de regarder.

— C'est horrible, pour ces pauvres bêtes, murmura-t-elle.

— Je sais. D'autant que ce sont des vaches de première qualité. Des black angus. Elles valent une fortune. Malheureusement, Travis est un crétin qui les traite comme si elles ne valaient rien.

— De la même façon qu'il traite les femmes, marmonna-t-elle. Il va le regretter.

— Sûr, confirma Gabe en se garant derrière la camionnette hors d'âge du propriétaire des lieux.

Ils venaient à peine de descendre de voiture que Travis sortit de la grange, un fusil à la main pointé sur eux.

— Non, mais ça va pas, Bowden ! cria-t-il. Qu'est-ce qui te prend de l'amener ici ?

Il fit trois petits pas menaçants dans leur direction. Aussitôt, Gabe s'interposa entre lui et Ella.

— Baisse ta pétoire. Tu risques de te blesser.

— Je pourrais aussi te trouer la peau pour intrusion sur une propriété privée, riposta Travis. Je répète, pourquoi as-tu amené cette garce ici ?

Gabe se tourna vers Ella et murmura par-dessus son épaule :

— Il ne sait pas qui vous êtes ?

— Non. Et personne ne doit le savoir. Si mon oncle apprend que je suis ici, il enverra ses sbires me chercher.

— Quel bor… bazar !

— Bien résumé.

Gabe fronça les sourcils et refit face à leur hôte qui n'avait pas baissé son fusil.

— Travis, tout ce que je veux, c'est sa valise. Tu me la donnes et on te laisse tranquille.

— Débarrassez-moi le plancher !

Cachée derrière Gabe, Ella ne voyait pas bien Travis. En revanche, elle voyait parfaitement les malheureuses bêtes dans l'enclos tout proche. Leurs robes noires couvertes de saletés, leurs corps efflanqués. Elles étaient sales et probablement affamées. Mais quelque chose l'intriguait… Lâchant la main de Gabe, elle clopina jusqu'à la barrière.

Gabe la rattrapa par le bras.

— Hé, qu'est-ce que vous faites ?

— Je veux juste vérifier quelque chose.

— Pas un pas de plus ou je tire ! hurla Travis en pointant son arme sur Ella.

— Si j'étais toi, je ne ferais pas ça, déclara Gabe d'une voix soudain glaciale.

Travis hésita une seconde avant d'abaisser le canon de son fusil avec un reniflement dédaigneux.

Ella se hissa par-dessus la barrière de l'enclos pour examiner les vaches de plus près.

— Bon sang, qu'est-ce que vous cherchez ? lança Gabe. Descendez de là avant de vous faire mal.

Oubliant sa cheville blessée, elle sauta à terre et poussa un petit cri de douleur. Gabe la rattrapa avant qu'elle ne trébuche. Etourdie, elle sentit ses bras se refermer sur elle, et quand elle leva les yeux sur lui, l'intensité qu'elle lut dans son regard brun ne fit qu'accroître son étourdissement. Elle déglutit et recentra son attention sur Travis.

— Sortez de chez moi ! beugla celui-ci.

— Taisez-vous, riposta-t-elle sèchement.

Se dressant sur la pointe de son pied valide, elle s'appuya sur les épaules de Gabe pour lui chuchoter à l'oreille :

— Ces vaches portent la marque de Wolf Ranch.

— Je sais. Votre famille a toujours confié l'élevage de son

bétail aux Dorsche. Le père de Travis était un excellent éleveur. Grâce à lui, votre famille a fait de gros bénéfices. Mais depuis qu'il est mort, c'est une autre histoire.

— Je comprends mieux, murmura-t-elle.

Comme elle s'écartait, Gabe la retint un instant contre lui. Leurs regards s'enchaînèrent, et ils se dévisagèrent un instant, conscients de cet étrange courant sensuel qui circulait entre eux.

— Qu'est-ce que vous foutez ? beugla de nouveau Travis en piétinant d'impatience. Qu'est-ce que vous me voulez ?

Ella pivota sur elle-même et, les poings sur les hanches, fusilla Travis du regard.

— J'aimerais que vous utilisiez votre résidu de cervelle pour faire autre chose que vous gratter le ventre.

Dans son dos, Gabe laissa fuser un éclat de rire qui fit rugir Travis de rage.

— Non, mais pour qui elle se prend celle-là ? Continue comme ça et je t'étrangle.

— Vous n'êtes pas le seul à rêver de me voir morte, faites la queue, marmonna-t-elle.

Et, nullement impressionnée, elle rejoignit Travis et lui arracha le fusil des mains.

— Donnez-moi ça avant de blesser quelqu'un, ordonna-t-elle. Un gamin de quatre ans a plus de jugeote que vous.

— Hé ! Rends-le-moi !

D'une main experte, elle éjecta les cartouches vides de la chambre, referma la culasse, retourna l'arme entre ses mains et assena un coup de crosse dans l'entrejambe de Travis.

Celui-ci tomba à genoux avec un cri de douleur, les mains crispées sur son bas-ventre.

— Vous n'aviez même pas pensé à le recharger, lui fit-elle remarquer en reculant avec un petit soupir méprisant.

— Donnez-moi ça, intervint Gabe en lui prenant le fusil. Où avez-vous appris à manipuler les armes à feu ?

— Sur le ranch, avec mon père. Il possédait une magnifique Winchester.

— En effet. Elle fait partie de l'inventaire.

— Il est toujours utile pour une fille de savoir se défendre. Surtout dans les grandes villes, précisa-t-elle sans quitter

Travis des yeux. A New York, de nombreuses salles de sport proposent des cours d'arts martiaux et d'autodéfense. En général, les hommes sautent sur l'occasion, trop heureux de pouvoir rouler au sol avec une femme. Malheureusement pour eux, ils ne se relèvent pas toujours intacts.

Elle plissa les yeux et précisa avec un petit sourire :

— Certains m'appellent « Casse-Couilles ».

Gabe sourit et lui donna une petite tape amicale sur l'épaule.

— Vous cachez bien votre jeu, dit-il.

— Vous n'avez encore rien vu.

— Dans ce cas, je suis impatient de voir le reste.

L'insinuation était claire. En d'autres circonstances, elle n'aurait pas été contre le fait d'étudier de plus près le séduisant cow-boy qu'était Gabe Bowden. Elle appréciait sa gentillesse et la façon dont il savait désamorcer une situation. Et pour ne rien gâcher, il était terriblement sexy, avec ses larges épaules et ses biceps bien dessinés. Elle y penserait plus tard. Dans l'immédiat, ce n'était pas d'actualité. La priorité, c'était de mettre Travis au pas. Et elle avait sa petite idée.

— Ecoutez-moi bien, Travis. Comme je vous l'ai dit hier, je travaille pour Wolf Enterprises. Ces bêtes appartiennent à la compagnie. Alors vous allez les sortir de ces enclos et les emmener dans les pâturages. Vous allez les nourrir correctement, changer la paille et enlever ces carcasses sur-le-champ. C'est tout pour le moment. Au boulot !

Travis s'était relevé et avait l'air plus nerveux que furieux, à présent. Normal. Compte tenu de l'état lamentable du bétail dont il avait la charge, on pouvait comprendre qu'il n'ait pas envie qu'une personne travaillant pour le compte des Wolf vienne y mettre le nez. De plus, il préférerait certainement passer sa venue sous silence, de peur d'attirer l'attention de ses patrons sur ce qui se passait ici. Donc elle n'avait pas à craindre que son oncle apprenne qu'elle était ici.

— Vous n'avez pas le droit de me donner des ordres, protesta-t-il.

— Faites ce que je vous dis ou vous vous en mordrez les doigts. Compris ?

— Bon sang, mais qui êtes-vous ?

— La femme que vous avez abandonnée sur une route, en pleine tempête de neige, au milieu de nulle part. La plus grosse erreur de votre misérable vie de bon à rien.

— Je vais appeler la compagnie et vous faire virer, la menaça Travis.

— C'est ça, appelez donc Jim Harrison.

— Comment savez-vous que…

— J'en sais beaucoup plus que vous. Il ne faut jamais sous-estimer les femmes. C'est prendre de gros risques.

Sur ce, elle s'avança vers la camionnette.

— Hé, qu'est-ce que vous fabriquez ? lança Travis en trépignant comme un gamin capricieux qui n'obtient pas ce qu'il veut.

— Je récupère ma valise, répondit-elle, très calme. Je parie qu'elle est là où je l'ai posée hier soir. Vous êtes tellement paresseux que vous n'avez même pas pris la peine de la sortir.

En effet, la valise était restée au pied du siège passager. Mais comme elle la sortait, Travis se rua soudain sur elle et la fit pivoter brutalement.

Sentant sa cheville céder sous elle, elle poussa un cri de douleur et s'affala contre la portière.

Vif comme l'éclair, Gabe attrapa Travis par le col de sa veste et lui colla un direct du droit qui le propulsa trois mètres plus loin.

— Bowden, qu'est-ce que tu fous ? hurla Travis, affalé dans la boue. C'est pas tes oignons !

Gabe le toisa d'un regard ombrageux.

— Si, ça l'est. Depuis que tu l'as jetée sur la route, triple buse ! Tu l'as abandonnée dans le blizzard en sachant pertinemment que tu signais son arrêt de mort. Qu'est-ce qui ne tourne pas rond chez toi ?

— Elle l'avait cherché !

— Pourquoi ? Parce qu'elle ne te trouvait pas à son goût ? Personnellement, je la comprends.

— Eh bien, si tu la veux, je te la laisse ! rétorqua Travis en se redressant lourdement. Je n'ai pas envie de me battre pour cette garce. Elle n'en vaut pas la peine.

— Ce n'est pas à toi de décider si tu me la laisses ou pas, abruti. Elle ne t'appartient pas. Cela dit, merci quand même.

Sur ce, Gabe souleva Ella dans ses bras et la porta jusqu'au pick-up dans lequel il l'installa d'autorité.

— Et ne bougez pas de là, ordonna-t-il.

Il alla chercher la valise, la posa sur la banquette arrière et grimpa derrière le volant. Mais avant de refermer la portière, il se tourna vers Travis.

— Un conseil, mon gars. N'aggrave pas ton cas. Fais ce que la demoiselle t'a demandé. Occupe-toi correctement du bétail. Sinon, c'est moi qui reviendrai m'occuper de toi.

Puis il mit le contact et démarra sur les chapeaux de roues, abandonnant Travis dans un nuage de poussière.

— Comment connaissiez-vous le nom de son contact au siège de la compagnie ? demanda-t-il.

— Jim Harrison est le chef des opérations pour la région Ouest. Je me suis dit qu'à ce titre, il devait superviser l'activité d'élevage. Je vais examiner cela de plus près et je veillerai à ce que Travis récolte ce qu'il mérite.

Gabe hocha la tête.

— Wolf Enterprises n'est pas très connu pour ses activités d'élevage.

Ella étira la jambe pour soulager sa cheville douloureuse et réprima une grimace de douleur.

— C'est vrai. Mon père s'intéressait surtout à la production de machines agricoles. Il adorait la mécanique. Toutefois, il tenait à diversifier les activités de la compagnie pour assurer son avenir. Récemment, avec Lela, nous avons créé une nouvelle ligne de produits cosmétiques.

— Je ne connais rien aux produits de beauté. En revanche, je connais bien vos moissonneuses-batteuses et vos motoculteurs.

— Vous possédez une de nos machines ?

— J'aimerais bien. Mais mon petit tracteur est largement suffisant pour la surface que je possède. Ce n'est pas Wolf Ranch, conclut-il, une note de tristesse dans la voix.

Elle lui glissa un coup d'œil gêné.

— Je suis désolée, Gabe. J'arrangerai cela.

Il glissa de nouveau sa main dans la sienne de cette façon étrangement naturelle entre eux.

— Vous n'y êtes pour rien, Ella. J'aurais dû me méfier, voilà tout. L'affaire était trop belle pour être vraie.

— J'étais en train de me dire la même chose sur vous.

— Comment ça ?

— Que vous êtes trop beau pour être vrai.

Elle adorait la fossette qui se creusait à la commissure de ses lèvres lorsqu'il souriait, les petites rides au coin de ses yeux. Il avait certainement un succès fou auprès des femmes. Elles devaient toutes craquer. Pourtant il n'usait pas de ses charmes. Il lui suffisait d'être lui, tout simplement.

— Je suis loin d'être parfait, rectifia-t-il avec un petit rire. Demandez à mes frères.

Aussitôt, elle sentit le chagrin enfler dans sa poitrine en songeant à sa sœur. A ce qu'elle aurait dit si elle avait su qu'elle circulait en ce moment dans le pick-up d'un quasi-inconnu après avoir désarmé un crétin.

— Combien de frères avez-vous ?

— Trois.

— Aucune sœur ?

— Non. Que des garçons.

— Lela et moi, nous rêvions d'avoir un frère, murmura-t-elle en appuyant la tête contre la vitre, le regard perdu sur la route qui défilait.

Gabe pressa doucement sa main.

Elle battit des paupières pour refouler ses larmes et s'accrocha à la main de son compagnon.

Ils étaient arrivés. Ella contempla la demeure en bois toute simple qui les attendait au bout du chemin. Les bardeaux couleur ivoire, la petite terrasse couverte. Blottie au milieu de l'épaisse couche de neige, la maison semblait sortie tout droit d'un conte de fées, douillette et accueillante.

— Comment se fait-il que je me retrouve à nouveau ici avec vous ? demanda-t-elle.

— Parce qu'il n'est pas prudent de vous laisser seule dans

le Montana. La preuve, en moins de vingt-quatre heures, vous avez réussi à mettre en rogne le premier crétin venu, qui a fini par vous abandonner sur une route déserte où vous avez failli mourir d'hypothermie en plein blizzard. Après quoi, vous trouvez le moyen de lui arracher son fusil des mains au risque de vous faire tirer dessus. Enfin, même si vous ne l'avouerez pas, rester avec moi est moins dangereux que de vous retrouver seule face à votre oncle.

— Vu sous cet angle, je comprends, reconnut-elle en dissimulant un sourire.

— Vous m'avez vraiment fait peur quand vous avez pris le fusil des mains de Travis, précisa Gabe, l'air soudain sérieux.

— Il n'avait pas le doigt sur la détente. Ce n'est qu'un fanfaron qui bluffe.

— Peut-être. Mais la prochaine fois que quelqu'un pointe une arme sur vous, faites-moi plaisir, ne vous précipitez pas dessus pour la lui arracher.

— Qu'aurais-je dû faire ? Rester plantée là, à attendre qu'il me tire comme un lapin ?

— Restez à l'écart des gars qui sont armés, c'est tout, lui ordonna Gabe d'un ton sec.

— C'est possible, dans le Montana ? demanda-t-elle en jetant un coup d'œil faussement dubitatif à la paire de fusils posés sur le râtelier derrière eux.

Gabe sourit.

— Vous êtes une petite futée, vous.

— Première de la classe depuis la maternelle.

— Vous, tête de classe ? Alors là, ça m'étonnerait. Vous étiez certainement une pro de l'école buissonnière, plus prompte à faire la bamboula qu'à étudier.

La remarque de Gabe lui fit l'effet d'une gifle. Pour une raison qu'elle ignorait, elle voulait qu'il voie en elle autre chose que la femme inventée de toutes pièces par les médias. Piquée au vif, elle le foudroya du regard.

— Je vois. *Monsieur* a vu des photos de moi en boîte de nuit et croit me connaître ? Je ne suis qu'une fille qui pense à faire la fête. Une enfant pourrie gâtée qui boit et qui se drogue. Sans rêve. Sans idéal. Une riche héritière égocentrique qui ne fait rien de sa vie, si ce n'est dépenser la fortune familiale. Pas vrai ? C'est cette femme-là que vous avez vue sur l'écran de télévision, ce matin. La femme que le monde entier croit connaître.

— Hé, ne le prenez pas comme ça…

Blessée, submergée par l'excès d'émotions et la fatigue, elle laissa exploser sa colère.

— Eh bien, laissez-moi vous dire quelque chose, Gabe Bowden. Vous ne me connaissez pas ! Vous ne connaissez rien de moi, hormis quelques secondes capturées par des paparazzis en quête de sensationnel, parmi les dizaines de milliards de secondes dont tout le monde se fiche ! Vous croyez que je suis venue ici pour me payer du bon temps et m'envoyer en l'air ?

Sans lui laisser le temps de répondre, elle se pencha vers lui et l'embrassa.

Froidement, délibérément, elle approfondit son baiser.

Elle ne s'attendait probablement pas à ce que ce courant qui circulait entre eux et qu'ils s'étaient efforcés tous deux d'ignorer jusqu'à cette seconde se transforme brusquement en un désir brut, si violent qu'elle eut envie d'aller plus loin, de s'approcher plus près du feu.

Gabe s'arracha à ses lèvres et la prit par les épaules pour la repousser, sans la lâcher.

— Je meurs d'envie de vous embrasser, Ella. Mais certainement pas de cette façon. Ne m'embrassez plus jamais comme ça, juste par défi. Ce n'est pas digne de vous.

Frustrée, humiliée, elle serra les poings et déversa sa colère plutôt que de se laisser sombrer dans le chagrin.

— Comment pouvez-vous savoir ce qui est digne de moi ou pas ? Vous ne me connaissez pas ! Ce n'est pas vous qui avez vu votre sœur mourir sous vos yeux sans rien faire pour la sauver. Ce n'est pas vous qui vous êtes enfui en l'abandonnant dans une mare de sang, pendant que votre oncle complotait votre mort avec un flic véreux. Alors ne faites pas comme si vous saviez. Personne ne peut savoir ! Personne !

Elle ne voulait pas pleurer. Mais l'énormité de ce qu'elle avait vécu la rattrapa en bloc. La mort de sa sœur. La trahison de son oncle. Celle de l'inspecteur Robbins.

Les larmes jaillirent, dévalèrent sur ses joues.

Gabe la dévisagea, sous le choc de ce qu'elle venait de lui apprendre. Son visage fragile et diaphane, ses yeux rougis par le chagrin, le remords et la colère. Seigneur, cette femme était descendue en enfer…

— Vous ne m'aviez pas dit que vous avez assisté à l'assassinat de votre sœur, murmura-t-il.

S'efforçant de contenir ses larmes, elle détourna la tête.

Il lui prit le menton et l'obligea à le regarder.

— Bon sang, votre oncle sait-il que vous l'avez vu tirer sur votre sœur ? Tout à l'heure, vous m'avez demandé si c'était lui qui m'envoyait vous chercher. Il sait où vous êtes ?

— Non, répondit-elle en essayant de se dégager. J'ai payé mon billet d'avion en liquide et je me suis servie de faux papiers d'identité.

Soulagé au-delà de toute mesure, Gabe la serra dans ses bras. Si Phillip Wolf ne savait pas où était sa nièce, il leur restait encore un peu de temps devant eux pour trouver la preuve qui permettrait de faire éclater la vérité.

10

Gabe regretta presque l'étreinte protectrice qu'il venait d'offrir à Ella. Elle s'accrocha à lui, enfouit son visage dans le creux de son épaule et laissa libre cours à son chagrin, secouée de sanglots si violents que tout son corps en tremblait.

Qu'elle craque était inévitable. Mais il ne savait que faire face à une femme en pleurs. Il n'avait que des frères. Si l'un d'eux craquait, il lui taperait dans le dos, lui dirait que tout irait bientôt mieux, puis il l'emmènerait prendre un verre ou plus, pour oublier.

Là, c'était différent. Ella était traumatisée, effrayée, et surtout, physiquement épuisée. Il lui fallait d'abord se reposer pour pouvoir se ressaisir.

Il attendit qu'elle se soit calmée pour la relâcher et sortir du pick-up. Comme elle ouvrait sa portière et s'apprêtait à poser le pied sur le marchepied, il se précipita et la souleva dans ses bras pour traverser l'allée verglacée jusqu'à la porte d'entrée.

— Je peux marcher, protesta-t-elle faiblement. Pourquoi me portez-vous ?

— Parce que c'est le seul moyen qui me vient à l'esprit pour poser mes mains sur vous, plaisanta-t-il.

Ce qui n'était pas tout à fait faux…

Elle abandonna la tête sur son épaule avec un sourire plein de larmes.

Il poussa la porte d'entrée et la referma d'un coup de talon. Puis il s'avança vers le canapé et s'y assit, Ella sur les genoux. Sa respiration était saccadée, mais elle ne pleurait plus.

Ils restèrent ainsi de longues minutes sans parler.

Gagnée par le sommeil, Ella avait fermé les yeux et respirait calmement, à présent. Elle était détendue, il le sentait.

Songeur, il parcourut la pièce du regard. Le mobilier était spartiate, mais les couleurs chaudes du parquet et la grande baie vitrée donnaient luminosité et gaieté au salon. Il avait fait de cette maison un endroit agréable, certain que Stacy s'y plairait. La déception avait été d'autant plus cruelle. Alors il avait visé plus haut. Il avait travaillé dur pour acquérir Wolf Ranch et ses milliers d'arpents qui appartenaient à Ella Wolf, la femme blottie dans ses bras.

Il voulait Wolf Ranch, mais ce qu'il désirait encore plus, c'était cette femme. Cependant…

Trop belle. Trop riche. Trop élégante. Trop citadine. Pas faite pour un gars de la cambrousse comme lui. Cela ne pouvait pas marcher dans le monde réel. Pourtant, il ne pouvait s'empêcher de rêver.

Il admirait son courage et sa détermination. Cela dit, même s'il avait apprécié la façon dont elle avait remis Travis à sa place, il n'avait pas du tout aimé son geste impulsif pour le désarmer. Sa témérité pourrait lui jouer de vilains tours. Il allait devoir la surveiller comme le lait sur le feu.

De toute façon, elle ne resterait pas bien longtemps dans les parages. Dès qu'elle aurait découvert la preuve qu'elle était venue chercher, elle retournerait à son existence. Elle avait une multinationale à faire tourner, une dynastie familiale à représenter. Il était inimaginable qu'une telle fille puisse choisir de venir s'enterrer dans un ranch au milieu de nulle part. Et après tout ce qu'elle venait de subir, elle n'aurait certainement qu'une envie : oublier le Montana.

Avec un soupir, il baissa les yeux sur cette femme inaccessible toujours pelotonnée contre lui. Il ne pouvait rester assis là toute la journée, même si c'était exactement ce qu'il avait envie de faire. Il lui fallait nourrir les chevaux, aller en ville acheter quelques provisions et se rendre au garde-meuble pour récupérer les documents dont Ella avait besoin. Plus vite il l'aiderait à tirer cette affaire au clair, plus vite elle rentrerait chez elle. Et plus vite sa présence cesserait de le torturer.

Il la fit glisser de ses genoux sur le canapé. Il plaça un coussin derrière sa tête, lui ôta ses bottes et allongea ses jambes. Puis il se pencha et posa un baiser sur son front. Il ferma les yeux, réprimant une envie folle de s'allonger près d'elle et de la serrer à nouveau dans ses bras.

Comme il s'écartait, elle tendit la main et tira sur la jambe de son jean. Il s'agenouilla près d'elle.

— Quoi ?

— Je m'excuse, murmura-t-elle.

— Vous n'avez pas à vous excuser. Simplement, évitez d'arracher les fusils des mains du premier abruti venu.

— Non, ce n'est pas ça. Je m'excuse pour ce que vous a fait mon oncle.

Il suivit du bout des doigts la trace d'une larme sur sa joue satinée.

— Ne vous inquiétez pas, Ella. Je m'en remettrai.

— Je vous promets d'arranger les choses.

— Reposez-vous. Je dois aller m'occuper des chevaux.

— J'aimerais bien les voir.

— Plus tard. Vous avez besoin de sommeil.

Les paupières lourdes, elle ferma les yeux, vaincue par la fatigue et les émotions.

Gabe se releva et resta un instant à contempler son visage à présent détendu, l'ombre de ses cils sur ses joues, ses lèvres roses légèrement entrouvertes. Elle paraissait si jeune et si fragile. En dépit de tout ce qui pesait sur ses épaules, elle s'inquiétait pour lui et tenait à réparer les torts causés par son oncle. Mais que pouvait-elle faire ? Que se passerait-il s'il ne récupérait pas ses sept cent cinquante mille dollars ? Il préférait ne pas y penser. Parce qu'il serait tout simplement ruiné. Il n'aurait même pas de quoi se payer un avocat pour poursuivre Phillip Wolf en justice !

Il traversa la cour en direction de l'écurie. Le froid était glacial et la neige crissait sous ses pas. Dès que les températures remonteraient, ce serait un champ de boue. Mais l'hiver n'était pas terminé. Il s'arrêta un instant pour observer les épais nuages gris qui s'amoncelaient dans le ciel, poussés par un fort vent du nord annonciateur de nouvelles chutes de neige.

Il ferait peut-être mieux d'écouter les bulletins météo, au lieu de se laisser distraire par une beauté aux yeux verts.

Il sourit.

Quelle drôle de fille…

Tout le contraire de la riche héritière frivole et égocentrique. Son indignation et sa tristesse à la vue de l'état lamentable du bétail chez Travis n'étaient pas feintes. Et même si son adorable petit nez s'était plissé sous l'effet de la puanteur dégagée par le purin et les carcasses en putréfaction, elle n'avait pas poussé les hauts cris en le suppliant de faire demi-tour. Non, elle s'était inquiétée de ces pauvres bêtes au lieu de se soucier de son odorat ou de ses bottes en cuir hors de prix.

Il s'avança dans la petite écurie surpeuplée. Depuis la signature du compromis, il avait doublé le nombre de ses chevaux. Il pensait que ce ne serait qu'une question de semaines pour les installer dans les vastes écuries de Wolf Ranch. A présent, il allait devoir leur construire un abri temporaire. Il était hors de question de les laisser grelotter dehors, sous la neige.

Tout en réfléchissant à la façon dont il allait devoir s'organiser, il répandit le foin dans les mangeoires et remplit les seaux d'eau. Dès qu'il aurait terminé de s'occuper des chevaux, il irait se ravitailler en ville avant que les prochaines chutes de neige ne rendent les routes impraticables. Nul ne pouvait prédire combien de temps il allait rester bloqué au ranch avec Ella.

L'idée était plaisante, d'ailleurs…

Il s'obligea à penser à autre chose et travailla plus d'une heure à nettoyer les box et à étriller les chevaux. Quand il eut terminé, il piqua la fourche dans le tas de foin et s'avança lentement dans l'allée centrale entre les box, s'imprégnant de l'odeur des chevaux, du remue-ménage qu'ils provoquaient en s'ébrouant, du crissement des grains de blé sous leurs dents. Il adorait vivre au milieu des chevaux. Mais si cette maudite affaire avec Phillip Wolf tournait mal, il les perdrait.

Il s'arrêta, posa les poings sur les hanches, le regard rivé au sol, et songea à la femme endormie sur son canapé. Il allait la sortir de là. Pas question de baisser les bras. Il protégerait Ella Wolf et tout ce qu'il avait bâti à la sueur de son front.

11

Quand Ella se réveilla en sursaut, la nuit était tombée.

Momentanément désorientée, elle parcourut la pièce du regard et s'attarda sur les photos de la famille Bowden qui trônaient sur le manteau de la cheminée.

Dès qu'elle songeait à Gabe, une douce chaleur l'enveloppait. Elle le connaissait à peine et pourtant, elle se sentait en sécurité avec lui. Il dégageait une force physique autant que morale. D'un seul coup de poing, il avait envoyé Travis au tapis. Mais quand elle avait craqué sous le poids du chagrin, il avait déployé des trésors de douceur pour la consoler. Quelque chose en elle lui soufflait que cet homme-là était digne de confiance. Et qu'il se soit fait manipuler par son oncle était intolérable. Elle avait lu la colère et le désarroi dans ses yeux lorsqu'il avait réalisé l'ampleur de la supercherie. Il s'était fait escroquer d'une énorme somme d'argent. Une somme d'argent qui représentait sans doute pour lui des années de travail et d'économies. Il n'avait sans doute jamais reçu de cadeau de qui que ce soit. Si ce n'est d'oncle Phillip qui avait feint de lui apporter Wolf Ranch sur un plateau d'argent à un prix ridiculement bas.

Ce qui soulevait une question importante. Pour quelle raison son oncle avait-il décidé de vendre la propriété au-dessous de sa valeur ? Pourquoi la vendait-il maintenant ? Pour dissimuler le vol des œuvres d'art ? Cela n'avait aucun sens. S'il avait prévu d'éliminer ses nièces — ce qui semblait de plus en plus évident —, quel besoin avait-il de vendre Wolf Ranch pour dissimuler un vol dont les conséquences financières étaient somme toute relativement mineures ? La fortune des Wolf était telle, que la valeur de ces tableaux ne représentait guère qu'une goutte d'eau dans l'océan. Et la toile peinte par sa mère possédait uniquement une valeur sentimentale.

Si elle réussissait à découvrir pourquoi son oncle avait tant besoin d'argent, les pièces du puzzle se mettraient peut-être en place.

Elle se redressa sur le canapé. Elle ne savait pas où était passé Gabe, mais sans lui, la maison semblait soudain glaciale et angoissante. Elle clopina jusqu'à la chambre d'amis et ouvrit la valise de sa sœur d'où elle sortit des sous-vêtements de rechange, ainsi qu'une paire de leggings noirs et le pull-over couleur lavande que Lela adorait porter. Non… Qu'elle *avait adoré* porter…

Les larmes aux yeux, elle enfouit son visage dans le lainage et respira le parfum de sa sœur. Jamais elle n'avait éprouvé un tel sentiment de manque, l'impression d'être amputée d'une part vitale d'elle-même.

La valise ne contenait qu'une tenue de rechange et aucun vêtement chaud pour l'extérieur. Visiblement, Lela avait prévu de ne pas s'éterniser ici et de rentrer très vite à New York dès qu'elle aurait trouvé ce qu'elle était venue chercher. Mais pourquoi ne lui avait-elle rien dit ? Pourquoi avait-elle agi seule ?

Le cœur lourd, elle entreprit de fouiller chaque compartiment de la valise à la recherche d'un indice quelconque. En vain. Il n'y avait rien.

Elle passa dans la salle de bains, verrouilla la porte, posa ses vêtements sur le couvercle de la cuvette des W-C et entra dans la douche. Elle augmenta le débit d'eau chaude jusqu'à la limite du supportable et laissa ruisseler l'eau brûlante sur sa tête, sa figure et son corps.

Quand elle sortit de la cabine, la petite pièce était embuée de vapeur. Elle prit une serviette propre sur une pile rangée sous le lavabo et se sécha. Elle trouva également une brosse à dents neuve. La vue des humbles affaires de toilette de Gabe à côté du miroir la toucha.

Elle aurait été incapable de dire ce qui l'attirait chez cet homme. Sa force, sa délicatesse, son regard à la fois doux et inquisiteur, ses mains aux doigts longs et agiles. Elle sentit son ventre se crisper, et imagina soudain ces doigts glissant sur sa taille, puis plus bas, entre ses cuisses…

— Arrête !

Furieuse contre ce désir totalement inapproprié, elle enfila les vêtements de sa sœur et lava ses sous-vêtements de la veille avec du savon, avant de les suspendre sur le porte-serviettes en essayant d'empiéter le moins possible sur l'espace de Gabe. Puis elle alla récupérer son sac posé à côté de la porte d'entrée.

Elle devait se concentrer exclusivement sur la recherche de cette preuve dont avait parlé Lela. Elle s'installa sur le canapé et sortit son ordinateur portable. Mais au moment de le mettre en marche, elle se ravisa, de crainte d'être repérée par son accès Internet ou l'ouverture de ses mails.

Frustrée, elle prit un calepin pour établir la liste de tout ce qu'elle avait à faire.

Organiser les funérailles de Lela. Elle tenait à ce que sa sœur soit inhumée au ranch, auprès de leurs parents.

Trouver les preuves contre oncle Phillip. Demander de l'aide auprès de quelqu'un de confiance pour l'arrêter. Le procureur de l'Etat ? Le FBI ?

Elle regarda le bureau de l'autre côté de la pièce sur lequel était posé un ordinateur. Sans Internet, impossible de faire quoi que ce soit. Elle hésitait cependant à utiliser l'ordinateur sans l'autorisation de Gabe. D'un autre côté, elle ne pouvait rester assise là, à ne rien faire. Le temps était compté. Chaque minute écoulée jouait en faveur de son oncle.

Alors, sans plus hésiter, elle alla s'asseoir devant l'ordinateur. Il n'y avait pas de mot de passe. Des tableaux financiers apparurent aussitôt à l'écran.

Elle n'avait pas l'intention de fouiner dans les affaires privées de Gabe, mais les plans de ce dernier pour Wolf Ranch — achat de bétail, programme d'élevage, coûts d'exploitation, affectation des terres, prévisions de trésorerie à cinq ans — s'affichaient là, sous ses yeux. C'était un projet d'envergure. Le projet d'un homme à l'esprit affûté et méthodique.

Impressionnée, elle examina d'un peu plus près les montages

financiers. Ses études universitaires et son passage à travers les différents services de Wolf Enterprises lui avaient donné quelques connaissances en matière de gestion d'entreprise. Suffisamment pour savoir que si les prévisions de Gabe étaient correctes — et il n'y avait aucune raison d'en douter au vu des documents à l'écran —, il aurait rapidement rentabilisé son investissement et gagné largement de quoi subvenir aux besoins d'une famille nombreuse.

Elle regarda les photos sur la cheminée. De toute évidence, la famille, c'était important pour lui. C'était le genre d'homme qui ferait certainement un père merveilleux. L'espace de quelques secondes, elle l'imagina tenant dans ses bras protecteurs un bébé aux cheveux noirs et aux grands yeux bruns.

Elle secoua la tête et cliqua sur le site Internet des pompes funèbres de Crystal Creek.

Des mains se posèrent sur ses épaules. Gabe.

Elle ne l'avait pas entendu arriver. Renversant la tête en arrière, elle leva les yeux sur lui. Leurs regards s'enchaînèrent. Une minute s'écoula, qui lui sembla durer une heure.

Puis Gabe se pencha pour prendre la souris d'ordinateur.

Après plus d'une demi-heure passée à regarder les photos des cercueils proposés sur le site, elle n'avait toujours pas trouvé le courage de se décider.

Gabe cliqua sur un cercueil tapissé de satin blanc, au couvercle orné d'une guirlande de roses gravée dans le bois.

— Celui-ci, dit-il simplement en effleurant du bout des doigts le pendentif qu'elle portait.

Elle nota la référence sur son calepin ainsi que les coordonnées téléphoniques des pompes funèbres.

— Vous ne pouvez pas leur téléphoner, décréta Gabe.

Elle ne s'offusqua pas de son ton péremptoire, consciente qu'il essayait seulement de la protéger. Et, de surcroît, il avait raison. Moins il y aurait de personnes au courant de sa présence ici, plus elle serait en sécurité. Tout au moins tant qu'elle ne saurait pas comment affronter son oncle.

— Alors je vais appeler Mary, notre gouvernante à New York, et lui demander de passer elle-même la commande, dit-elle.

— Et qu'arrivera-t-il si la ligne téléphonique a été placée sur écoute ou si votre gouvernante s'empresse d'aller dire à votre oncle où vous êtes ?

— Mon oncle ne s'attend certainement pas à ce que j'appelle à l'appartement. De toute façon, les employés de maison répondent sur une ligne téléphonique différente. Et Mary ne dira rien. Elle travaille pour moi, pas pour mon oncle.

— C'est beaucoup trop risqué.

Ella plongea son regard dans le sien.

— Je dois le faire, Gabe. Pour ma sœur.

Il glissa les mains dans les poches arrière de son jean et la gratifia d'un hochement de tête signifiant qu'il n'était pas d'accord, mais qu'il capitulait.

— Vous avez toujours aussi mauvaise mine, observa-t-il sans sourire.

— Merci pour le compliment. Vous savez parler aux femmes, vous !

— Raison pour laquelle elles font la queue devant chez moi, répliqua-t-il avec une moue d'autodérision qui fit aussitôt disparaître la tension entre eux.

— Oh. Je n'y avais pas pensé, mais je ne voudrais pas que ma présence ici vous cause des problèmes avec votre petite amie.

Elle avait noté qu'il ne portait pas d'alliance, et la décoration minimaliste de la maison était visiblement celle d'un célibataire. Cela dit, un homme aussi séduisant avait certainement une femme dans sa vie. Voire même plusieurs.

— Ma fiancée…

Elle sentit son cœur rater un battement, mais se ressaisit très vite.

— Seigneur ! Je vous ai embrassé. Je n'aurais pas dû. Je vous prie de m'excuser.

— Inutile. Elle m'a quitté il y a trois ans et n'a pas passé une seule nuit dans cette maison.

Elle esquissa un rapide sourire. Elle n'était plus très à l'aise, ni très sûre de vouloir poursuivre cette conversation. Malgré tout, elle demanda d'une voix douce :

— Comment s'appelait-elle ?

— Stacy.

Gabe plissa les yeux et poursuivit :

— Nous nous sommes connus à l'université. Nous sommes sortis ensemble pendant trois ans. Jc l'ai demandée en mariage dès la première année de notre rencontre et elle a accepté. Nous avons terminé nos études, j'ai acheté cet endroit et je l'ai fait venir ici pour l'épouser et commencer notre vie à deux sur ce lopin de terre. J'ai refusé de l'écouter quand elle a commencé à se plaindre de l'éloignement de la ville, de la difficulté de trouver un boulot et de se faire des amis. Moi aussi, j'étais nerveux de lancer mon affaire. Mais j'imaginais qu'une fois installée, elle trouverait ses marques, que nous aurions des enfants et qu'elle serait heureuse.

— Mais cet endroit n'était pas ce qu'elle espérait ?

— Disons que c'était une fille assez exigeante. Elle avait été élevée dans une grande ville du Texas, au sein d'une famille aisée. En théorie, les projets dont nous avions parlé lui plaisaient. Elle jurait qu'elle m'aimait, que le Montana était un beau pays et qu'elle n'avait rien contre le fait de devenir l'épouse d'un éleveur.

Gabe détourna la tête et reprit d'une voix teintée d'amertume :

— Mais quand je l'ai amenée ici pour l'épouser, elle a réalisé que cette vie n'était pas pour elle. Une maison minuscule au milieu de nulle part, loin des centres commerciaux, des cinémas et des restaurants, pas de quoi s'amuser. Ce n'était pas vraiment ce qu'elle s'était imaginé.

Il se tut et baissa les yeux sur le bout de ses chaussures.

— Que s'est-il passé ? demanda doucement Ella.

Gabe haussa les épaules.

— Stacy a attendu le jour des noces pour rompre. Elle m'a plaqué devant l'autel. Et je suis resté comme un idiot, seul, face à cette maison et à cette vie dont elle ne voulait pas.

Ella avait remarqué la belle arche en bois, plus bas dans le pré, au bord d'un petit ruisseau, sous deux chênes majestueux. Un endroit magnifique. L'endroit rêvé pour s'unir à l'être aimé.

Elle resta silencieuse, imaginant la souffrance et l'humiliation de Gabe, sa certitude de n'être pas assez bien, pas assez riche, pour fonder une famille avec la femme qu'il aimait.

— Après ça, je suis parti bourlinguer sur le circuit des rodéos pour gagner de quoi acheter un ranch plus grand.

Comme Wolf Ranch, compléta-t-elle mentalement. Et il avait tout naturellement sauté sur l'occasion de l'acheter quand son oncle lui avait fait miroiter une proposition trop belle pour être vraie. Sans doute parce qu'il avait besoin de cette immense demeure et de ses centaines d'arpents de prairie pour se prouver qu'il était à la hauteur.

— J'ai passé trois ans à monter des chevaux sauvages et à tomber toutes les femmes sur mon passage.

Brutal, mais direct. Elle apprécia sa franchise. De toute façon, elle aurait parié qu'un simple sourire de Gabe suffisait à faire craquer n'importe quelle femme et à la mettre dans son lit.

Cette seule évocation éveilla subitement en elle une pointe de jalousie totalement injustifiée. Imaginer cet homme qu'elle connaissait à peine dans les bras d'une autre femme suffisait à déclencher en elle un flot d'émotions qu'elle préférait ne pas analyser.

— Vous avez réussi à oublier Stacy ? ne put-elle s'empêcher de demander.

Gabe croisa de nouveau son regard.

— Il y a deux ans, elle a voulu renouer avec moi. Elle disait qu'elle regrettait de m'avoir quitté et qu'elle ferait tout pour que ça marche entre nous.

— Vous avez dû être content de la voir revenir.

— Pas autant que je l'imaginais. Elle m'a pourtant dit tout ce que je rêvais d'entendre, mais je n'éprouvais plus rien. Je m'étais trompé en croyant qu'elle aspirait à la même vie que moi. Et je n'avais récolté que ce que je méritais. Me retrouver seul devant l'autel, à attendre une femme qui n'existait que dans mon imagination. Une femme que j'avais seulement cru aimer.

— Je suppose que vous gagniez pas mal d'argent sur le circuit du rodéo, fit-elle remarquer en montrant les trophées sur la cheminée. Stacy a peut-être pensé que vous pourriez enfin lui offrir la vie dont elle rêvait.

— Possible. Mais je ne croyais plus en son sourire. Vous voyez ce que je veux dire ?

— Tout à fait. Je connais bien ce sourire.

— Ça ne m'étonne pas. J'imagine qu'un certain nombre des hommes qui vous sourient ne veulent qu'une seule chose.

— Deux. L'argent et le sexe.

— Combien de fois avez-vous été demandée en mariage ?

— Jamais. Comme vous, je me méfie des sourires.

— Les photos dans la presse vous montrent pourtant rarement seule.

— Les partenaires pour s'amuser sont une chose. Un partenaire pour la vie en est une autre. L'amour, c'est dangereux. Il nous pousse parfois à mentir pour ne pas faire de peine à l'autre, et lorsque la vérité finit par sortir, c'est encore plus douloureux.

— C'est ce qui s'est passé avec Stacy, reconnut Gabe en hochant la tête.

— L'amour est aussi source d'immense chagrin et de destruction, murmura-t-elle, les yeux soudain brillants de larmes contenues. Certaines personnes sont prêtes à tout pour rejoindre l'être aimé qu'elles ont perdu.

— Comme votre mère ?

— Oui. Elle aimait tellement mon père qu'elle ne supportait pas de vivre sans lui. Les vœux de mariage disent « jusqu'à ce que la mort vous sépare ». Maman a franchi le pas, elle a choisi de rejoindre papa dans la mort. Elle s'est pendue.

— J'imagine qu'ils formaient un couple idéal.

— Mes parents étaient faits l'un pour l'autre.

— Vous ne rêvez pas de rencontrer l'âme sœur, vous aussi ?

Elle haussa les épaules.

— Dans ma situation, c'est compliqué. Mes parents se sont connus alors qu'ils n'avaient pas un sou en poche. Ils ont tout construit ensemble. Moi, c'est différent.

Elle désigna les photos sur le manteau de la cheminée et reprit :

— Foyer. Famille. Je n'ai plus rien de tout cela. Il ne me reste plus qu'un oncle qui veut ma mort. Ceux que j'aimais ont tous disparu et je ne peux pas retourner chez moi, dans cet appartement où ma sœur a été assassinée…

Les mots se coincèrent dans sa gorge. Elle se tut.

Gage effleura sa joue d'une caresse légère.

— Nous trouverons la preuve dont vous avez besoin pour envoyer votre oncle derrière les barreaux et vous pourrez rentrer chez vous, Ella.

Elle lui sourit. Mais bizarrement, elle n'avait envie d'aller nulle part. Malgré toutes les menaces planant sur sa tête, elle se sentait en sécurité ici. Dans cette maison. Avec cet homme. Cette impression de force tranquille qui émanait de lui la rassurait, et la vie paraissait tellement plus simple.

— J'espère que cela ne vous ennuie pas que j'emprunte votre ordinateur, reprit-elle.

— Faites. Tout ce qu'il y a là-dedans ne vaut plus rien.

— Vos prévisions et vos plans d'exploitation sont bien pensés.

— Ils ne se réaliseront pas. Du moins pas comme prévu. Je vais devoir réfléchir à ce que je peux faire avec les moyens limités dont je dispose.

Sur ce, il s'éloigna de quelques pas, visiblement désireux de clore ce sujet.

— J'ai un cadeau pour vous, dit-il.

Surprise, elle ouvrit la bouche et la referma.

— Ce n'est pas grand-chose.

— Merci.

— Attendez de voir si ça vous plaît pour me remercier.

— Gabe.

Il revint vers elle et s'accroupit, une main sur l'accoudoir du fauteuil, l'autre sur le bureau.

— Merci pour m'avoir sauvé la vie, Gabe. Merci pour m'avoir accueillie ici. Sans vous, je ne sais pas ce que je serais devenue. Vous êtes un homme formidable qui ne méritait rien de tout ça.

A son regard, elle sut qu'il avait compris qu'elle parlait du mal que lui avaient fait oncle Phillip, mais aussi Stacy.

Ils restèrent un instant silencieux, savourant cette sensation d'intimité que seuls leurs regards trahissaient.

— Vous allez vous en sortir, Ella.

Ces quelques mots réveillèrent l'espoir en elle. Et quand Gabe posa la main sur sa cuisse, elle ne l'interpréta pas comme un geste déplacé, mais comme un signe destiné à lui rappeler qu'elle était en sécurité.

— Vous êtes une femme sacrément courageuse. Je sais que vous ferez tout pour que votre sœur obtienne justice.

— Et que vous obteniez aussi justice, ajouta-t-elle. Mon oncle vous a escroqué.

— Cessez de vous inquiéter pour moi.

— Je ne peux pas, murmura-t-elle dans un souffle.

Le regard soudain brûlant, Gabe la dévisagea, puis se pencha vers elle. Ou peut-être était-ce elle. Attirés l'un par l'autre… leurs visages s'immobilisèrent à quelques centimètres.

Croyant qu'il allait l'embrasser, elle retint sa respiration. Mais Gabe prit son visage entre ses mains et pressa son front contre le sien un instant. Puis, résistant à la tentation, il se redressa sans la lâcher des yeux. Il y avait dans son regard le même désir brut, dénué d'artifices, aussi ardent que celui qu'elle posait sur lui. Il n'y céda pas. Elle non plus.

— Je vais chercher les affaires dans la voiture, dit-il d'une voix rauque.

Avant de sortir, il se retourna.

— Savez-vous cuisiner ?

— Je sais faire livrer un repas.

Il sourit.

— Ça ne m'étonne pas venant d'une New-Yorkaise. Je vais m'occuper des chevaux. Ensuite, je vous préparerai de quoi manger. Vous devez mourir de faim.

— Pas vraiment.

— Il faut que vous avaliez quelque chose. Surtout si vous prenez des antalgiques.

Elle balaya la dernière remarque d'un haussement d'épaules.

— Quoi ? Vous ne les prenez pas ? s'étonna Gabe.

— Non. Ça m'endort. J'ai l'impression que mon cerveau fonctionne au ralenti et je déteste ça.

Inclinant la tête sur le côté, il la dévisagea d'un œil songeur.

— Décidément, vous êtes tout le contraire de ce que je pensais.

— Vous me preniez pour une riche héritière sans cervelle, centrée sur son nombril ?

— C'est bien ce que vous voulez faire croire aux gens, non ?

— Pardon ? Je ne comprends pas.

Il esquissa un petit sourire entendu.

— Vous m'avez très bien compris, Ella.

Une rafale de vent glacé chargé de neige s'engouffra dans la maison lorsqu'il sortit.

Elle resta un instant sans bouger.

Alors comme ça, Gabe avait décidé que ce qu'il avait entendu dire par les médias la concernant n'était peut-être pas tout à fait vrai. La plupart des gens s'en tenaient à ce qu'ils voyaient. Seuls Lela et quelques amis savaient ce qu'il en était réellement des histoires absurdes rapportées par la presse.

Elle décrocha le téléphone sur le bureau et composa le numéro de la ligne réservée au personnel de son appartement new-yorkais.

— Mary, c'est Ella.

Mary était au service de la famille Wolf depuis des années. Elle connaissait les jumelles mieux que personne. C'était elle qui les avait élevées.

— Oh mon Dieu ! Chérie ! Il est arrivé quelque chose d'affreux. Quelqu'un t'a dit ?

— Oui, Mary. Je sais.

— Je ne peux pas croire qu'on ait tué ma petite Lela. Où es-tu, mon ange ? Tout le monde te cherche. Rentre vite à la maison.

— Je ne peux pas. Pas encore. Je t'en prie, ne dis surtout pas à oncle Phillip que j'ai appelé.

— Mais il demande après toi toutes les cinq minutes.

— S'il te plaît, Mary. C'est important. Promets-le-moi.

Elle entendit les sanglots étouffés de la vieille femme qui avait été bien plus qu'une nounou.

— Mary, j'aimerais que tu fasses quelque chose pour Lela.

— Tout ce que tu veux, chérie.

— Je veux que son corps soit transféré à Crystal Creek pour être enterré auprès de nos parents. Dis à oncle Phillip que tu te charges d'organiser les funérailles.

— Mais, chérie… Nous le ferons ensemble. Je t'en prie, rentre.

— C'est impossible pour le moment, Mary. S'il te plaît, fais-moi confiance. Tu as de quoi écrire ?

Elle lui donna le numéro de téléphone des pompes funèbres de Crystal Creek et la référence du cercueil choisi avec l'aide de Gabe.

— Dans ma penderie, tu trouveras une housse à vêtements, poursuivit-elle. Dedans, il y a la robe de dentelle blanche de maman. Celle qu'elle portait pour sa lune de miel avec papa. Lela adorait cette robe. Prends aussi ses escarpins Louboutin à talons aiguilles qu'elle aimait tant.

— Je sais, murmura Mary dans un sanglot. Ce sont ceux qu'elle portait pour la remise de son diplôme.

Ella essuya les larmes qui ruisselaient à présent sur ses joues.

— J'aurais voulu être là pour t'aider, Mary. Mais je ne peux pas rentrer.

— Je ne comprends pas ce qui se passe, chérie. Tous ces mensonges que les journalistes racontent sur toi. C'est horrible.

— Où est mon oncle ?

— Il s'est enfermé dans la bibliothèque avec l'inspecteur Robbins.

Gabe revint, un sac de provisions dans chaque main. Il secoua la tête pour faire tomber la neige accrochée à ses cheveux, avant de passer dans la cuisine de sa démarche souple et assurée. Il posa les provisions sur la table et retourna dans l'entrée ôter sa parka, qu'il accrocha au perroquet près de la porte. Après quoi, il se tourna vers elle, l'air interrogateur, se demandant visiblement pourquoi elle le regardait si intensément.

Parce que c'était plus fort qu'elle. Parce qu'elle ne pouvait détacher les yeux de cet homme.

— Vous avez besoin de moi ? demanda-t-il.

Un « oui » sur le bout de la langue, elle secoua cependant la tête.

Gabe dut percevoir son indécision, car il hésita une seconde avant de regagner la cuisine.

— Mary, je t'en supplie, reprit Ella à voix basse. Fais ce

que je t'ai dit et efface ce numéro de la liste d'appels. Je ne veux pas que mon oncle sache où me joindre.

— Je ferai ce que tu demandes, chérie. Mais les gens ne cessent d'appeler pour avoir de tes nouvelles et savoir où et quand sera inhumée Lela. Je ne sais quoi répondre…

— Ne t'inquiète pas. Je vais rédiger un communiqué de presse. Les funérailles auront lieu dans la plus stricte intimité familiale. Un service commémoratif sera organisé plus tard.

— Mais, Ella…

— Je t'en prie, Mary. Bientôt, tu comprendras. La seule chose que je peux te dire, c'est que tu ne dois surtout pas faire confiance à oncle Phillip.

— D'accord, chérie. Tu peux compter sur moi.

— Je l'ai toujours su.

Ella raccrocha et ferma les yeux pour refouler ses larmes, refouler sa colère de ne pas pouvoir veiller le corps de sa sœur, de ne pas pouvoir être auprès d'elle…

Quand elle les rouvrit, Gabe avait posé devant elle un sac et une boîte à chaussures.

— Qu'est-ce que c'est ? demanda-t-elle.

— Vos cadeaux.

— Gabe, il ne fallait pas…

— Si. Ouvrez-les.

Elle souleva le couvercle de la boîte à chaussures et découvrit une paire de bottes noires fourrées, à semelles épaisses. Idéales pour affronter le froid et patauger dans la neige.

— Vous devriez pouvoir les enfiler même avec l'attelle, expliqua Gabe. Et si vous les lacez jusqu'en haut, votre cheville sera maintenue, le temps qu'elle guérisse. Mieux encore, elles sont étanches. Evidemment, elles ne sont pas aussi élégantes que vos…

— Elles sont superbes.

— Dites plutôt qu'elles sont mettables du moment que c'est pour sortir dans la neige.

— Pas du tout. Je les trouve vraiment très chouettes.

Gabe haussa un sourcil sceptique, puis désigna le sac.

— Et ça, je vous le dois.

Intriguée, elle ouvrit le sac et resta bouche bée en découvrant les deux pull-overs. L'un en lainage bleu turquoise, l'autre en mohair d'un beau rouge framboise.

— J'espère que j'ai pris la bonne taille. Je ne connais pas vos goûts, mais je me suis dit qu'ils devraient vous aller.

Gabe osait à peine la regarder, tant il était nerveux et inquiet que ses choix en matière de mode ne lui plaisent pas.

Touchée par tant de gentillesse, elle ne put contenir son émotion. Les larmes étincelèrent dans ses yeux. Et la spontanéité prenant le pas sur la bienséance, elle posa ses lèvres sur celles de Gabe.

Ce fut un baiser rapide, différent du précédent. Cette fois, ce n'était pas un baiser dicté par la colère. Cette fois, elle sentit l'onde de chaleur parcourir son corps. Tout en elle aspirait à se noyer dans un autre baiser, un baiser plus profond. Mais après la façon dont Gabe avait réagi à leur précédent baiser, elle s'arrêta, s'efforçant d'ignorer le courant qui crépitait entre eux.

— Merci, Gabe. Ils sont parfaits, dit-elle en prenant le pull framboise pour le poser contre elle.

Pleinement consciente de sa présence tout près d'elle, elle leva les yeux sur lui. L'intensité dans son regard sombre la fit hésiter.

— Je… je ne sais comment vous remercier, bredouilla-t-elle.

— Vous n'avez pas à me remercier. J'ai bousillé votre pull.

Elle posa la main sur son avant-bras nu. La chaleur de sa peau sous ses doigts la fit tressaillir.

— Vous n'étiez pas obligé de le remplacer.

— Ça me faisait plaisir, assura-t-il d'une voix douce.

Il baissa les yeux sur sa main posée sur son bras. Elle la retira, soudain gênée. Dans son regard, elle avait lu qu'il désirait davantage que ce simple contact.

Il se détourna le premier et alla ouvrir l'un des cartons qu'il avait déposés près de la porte d'entrée pendant qu'elle téléphonait. Il en sortit un manteau en épais lainage rouge.

— C'était dans les affaires de votre mère. Je me suis dit qu'il pourrait vous être utile.

Elle prit le manteau qu'il lui tendait et le pressa contre sa poitrine, le cœur battant un peu plus vite. Elle revoyait sa mère le porter… Elle la revoyait rire aux éclats lors d'une bataille de boules de neige…

— Le rouge était sa couleur préférée, murmura-t-elle. Merci, Gabe. Merci pour tout.

— Et maintenant, je vais préparer le dîner. Si je ne vous nourris pas, je vais devoir échanger les pulls contre la taille en dessous. Et comme vous n'êtes déjà pas bien épaisse, il n'y aura plus grand-chose à voir.

Elle lâcha un petit rire nerveux.

— Ah, je comprends mieux pourquoi vous m'offrez ces pulls à col en V. Parce que vous ne trouviez rien d'intéressant à regarder chez moi, plaisanta-t-elle en baissant ostensiblement les yeux sur ses seins, avant de les relever sur Gabe.

Il la dévisagea, puis lentement laissa dériver son regard plus bas…

— Ella, tout en vous est plaisant à regarder.

Et l'intensité dans ses yeux promettait bien plus que la simple caresse d'un regard.

12

Gabe fit revenir les côtes de porc avec les oignons dans la poêle, tout en observant Ella du coin de l'œil.

Il sentait encore la chaleur de ses doigts sur son bras. Le baiser l'avait surpris. Pas le baiser en soi, mais l'intensité du désir qu'il avait déclenché en lui. Il avait dû faire appel à toute sa volonté pour ne pas céder à la tentation de l'embrasser comme un fou. Cette femme avait un goût de framboise — son fruit préféré.

Un jour, il avait offert à Stacy une paire de boucles d'oreilles en or pour son anniversaire. C'était un beau cadeau, mais il ne se souvenait pas avoir ressenti la moitié du plaisir éprouvé en voyant les yeux d'Ella s'éclairer lorsqu'elle avait découvert les bottes et les pulls. Ce n'était pourtant pas grand-chose. Juste de quoi se protéger du froid. Mais on aurait dit qu'il venait de lui offrir un diamant. Ce qui n'aurait sans doute pas été une première. Bien des hommes avaient dû lui en offrir. Elle reconnaissait qu'elle aimait sortir avec des amis pour s'amuser, rien de sérieux. Et à en juger par les photos et les articles de presse, elle ne devait pas passer beaucoup de nuits seule dans son lit. D'un autre côté, la façon presque timide dont elle l'avait embrassé et avait posé la main sur son bras… Il n'y avait rien de calculé ou de séducteur dans ce geste. Simplement une marque d'affection sincère.

Il repensa à leur dispute un peu plus tôt dans la journée, et au baiser rageur qu'elle lui avait donné… Drôle de façon de le punir pour sa remarque idiote.

Chaque minute passée avec elle lui ouvrait les yeux sur la femme qu'elle était. Et plus il la découvrait, plus il mourait d'envie… de mieux la connaître.

Il n'avait jamais rencontré quelqu'un d'aussi compliqué et attachant à la fois. Il se sentait à l'aise avec elle. Il lui avait parlé de Stacy, alors qu'il ne le faisait jamais. Pas même avec ses frères.

Elle aussi avait baissé sa garde. Elle commençait à lui faire confiance. Et ils allaient avoir tout le temps d'apprendre à se connaître dans les prochains jours, car le dernier bulletin météo annonçait une grosse tempête de neige. L'Etat du Montana était en alerte maximale.

Il éminça les tomates et cisela le basilic. Pendant ce temps, Ella surfait sur le Net, à la recherche de renseignements concernant l'inspecteur Robbins et ses contacts au ministère de l'Intérieur.

Il la vit soudain presser les mains sur ses tempes avec une grimace. Sans un mot, il ouvrit le placard au-dessus de l'évier et prit la boîte d'ibuprofène qu'il gardait à portée de main pour soulager son dos quand, après une rude journée de travail, la douleur l'empêchait de fermer l'œil.

Il lui tendit un verre d'eau et deux cachets.

— Prenez ça pour calmer votre migraine.

— Merci, murmura-t-elle en avalant les comprimés avec une grande gorgée d'eau. J'avais surtout très soif.

Il laissa échapper un petit soupir agacé.

— Soyons clairs, Ella. Si vous avez soif, il y a de quoi boire. Et si vous avez faim, prenez ce qui vous tente dans le réfrigérateur ou les placards. Mais pour l'amour du ciel, servez-vous !

— Gabe, pourquoi vous mettez-vous en colère contre moi ?

— Je ne suis pas en colère contre vous. C'est à moi que j'en veux. Vous n'avez rien mangé ni bu de toute la journée. Comment peut-on survivre sans café ?

Elle hocha la tête.

— C'est peut-être ce qui explique ma migraine. Manque de caféine.

Aussitôt, il ouvrit le réfrigérateur d'où il sortit un Coca.

— Buvez ça. C'est bourré de caféine.

— Merci.

— Et arrêtez de me remercier. Si vous avez envie de quoi que ce soit, inutile de demander. Servez-vous.

« Et si c'est de moi que vous avez envie, surtout ne vous gênez pas », faillit-il ajouter.

Il n'avait jamais tant désiré une femme.

— Merci, ne put s'empêcher de répéter Ella. Je vous ai déjà emprunté une brosse à dents.

— Ça ne nourrit pas, répliqua-t-il en retournant vers la poêle où mijotait la viande.

Il y incorpora les tomates et le basilic.

Elle s'approcha pour le regarder faire.

— Vous êtes bon cuisinier.

— Attendez d'avoir goûté.

— Si c'est aussi délicieux que ça sent bon, je vais adorer.

— Sérieusement, Ella. Vous ne savez pas cuisiner ?

Elle haussa les épaules.

— Je serais bien incapable de réussir un plat même si ma vie en dépendait. C'est Mary, notre gouvernante, qui s'en est toujours occupée. Elle cuisine divinement bien. Et je mange très souvent dehors.

Gabe lui aurait bien demandé avec qui. Les images de la jeune femme à la sortie de boîtes de nuit lui traversèrent l'esprit en une suite de flashs. Mais il se souvint de ce qu'elle lui avait dit : il ne connaissait absolument rien d'elle. Alors, il s'abstint et se contenta de demander :

— J'imagine que ce ne sont pas les restaurants gastronomiques qui manquent, dans une ville comme New York. Quel est votre préféré ?

— Ça va peut-être vous surprendre, mais j'adore aller chez Mama. C'est un petit bistrot italien qui ne paye pas de mine, mais les *fettucine* d'Alfredo sont à tomber !

Son enthousiasme le fit sourire.

— Et en dehors des restaurants, quels sont les endroits qui vous plaisent plus particulièrement à New York ?

— Broadway, répondit-elle sans hésiter. Mes parents nous emmenaient très souvent voir des pièces de théâtre. Maman était obligée d'y traîner papa, mais je crois que secrètement il aimait ça. J'y vais toujours avec Lela. Une sorte de tradition. Nous ne ratons jamais le spectacle de Noël de Radio City avec les Rockettes et…

Les mots se coincèrent brusquement dans sa gorge. Elle venait de parler de sa sœur au présent. Comme si Lela était encore là.

— Allez donc vous asseoir, lui suggéra-t-il d'une voix calme et rassurante. Le dîner est prêt.

Ils s'installèrent face à face et commencèrent à manger en silence.

— D'après les infos de ce matin, votre sœur a obtenu un MBA de l'université de Columbia, reprit-il au bout d'un moment. Et vous ? Vous avez fait des études ?

— J'ai décroché mon MBA le mois dernier, en suivant les cours d'économie en ligne de l'université de l'Indiana.

— Sérieux ? L'université de l'Indiana ?

— Vous ne devriez pas snober l'université de l'Indiana, monsieur Texas A & M, plaisanta-t-elle. Leur programme d'enseignement à distance est très réputé.

— Mais pourquoi avoir choisi de suivre des cours à distance ? J'imagine que vous avez eu le même parcours scolaire que votre sœur.

— Exact. Sauf que Lela est entrée à l'université à dix-huit ans, aussitôt après le lycée. Tandis que moi, j'avais envie de m'amuser un peu avant d'attaquer les études supérieures. Et c'est ce que j'ai fait, mais pas de la façon dont la presse en parle. J'ai surtout pris le temps de voyager, de découvrir des pays, d'autres cultures. Pour autant, je n'ai jamais oublié que nous formions une équipe, avec Lela, et que je devais à mes parents d'être à la hauteur. Alors, j'ai repris les études et j'ai rattrapé le temps perdu. Pour toucher notre héritage le jour de nos vingt-cinq ans, nous devions chacune avoir un MBA ou avoir travaillé cinq ans à plein temps pour Wolf Enterprises.

— Si je comprends bien, votre sœur a choisi la voie universitaire classique en travaillant à temps partiel pour la compagnie. Et vous, vous avez travaillé à plein temps pour la compagnie tout en suivant des cours à distance.

— Exactement. Lela naviguait dans les bureaux de la direction. Pour ma part, je suis passée par tous les services, depuis le courrier jusqu'aux unités de production. Jamais plus de trois mois. J'ai ainsi pu étudier toutes les facettes de la compagnie, du bas de l'échelle jusqu'au sommet. Lela et moi sortions dîner ensemble une fois par semaine pour discuter de ce que nous observions dans la conduite des affaires et de ce qu'il faudrait améliorer ou modifier, puis nous remontions l'information à la direction. Il n'était pas question pour nous de supplanter les responsables nommés par mon père, mais nous tenions à participer activement à la vie de l'entreprise.

— Il me semble que c'est le meilleur moyen d'apprendre le métier.

— En effet. On ne peut pas passer directement des bancs de l'université à la direction d'une multinationale sans en connaître les activités et le mode de fonctionnement. Le simple fait d'avoir un diplôme ne garantit pas que l'on puisse faire tourner une entreprise. Notre père a travaillé dur pour bâtir un empire industriel à partir de rien. Nous lui devions de prendre le relais et de le faire correctement. Nous le devions à toutes les personnes qui ont travaillé pour lui et après lui pour maintenir l'entreprise à flot. Tout ce que nous possédons, c'est grâce à eux.

Elle sourit, songeuse.

— Evidemment, les gens sont sceptiques quand je débarque dans un nouveau service. Ils n'ont d'autre choix que de m'accepter, mais une fois qu'ils s'aperçoivent que je m'intéresse sérieusement à leur travail, ils coopèrent volontiers.

— Vous leur expliquez pourquoi vous circulez dans les différents bureaux ?

— Pas vraiment. En général, ils ont tendance à croire que je suis une dilettante qui papillonne d'un service à l'autre. Ou que je suis une paresseuse qui se contente du minimum syndical pour remplir les conditions de son héritage.

— Ils doivent vite réaliser leur erreur de jugement, non ?

Elle hésita, puis haussa les épaules.

— Je ne sais pas. En tout cas, mon oncle, *lui*, n'a toujours pas réalisé. Il me considère comme une bonne à rien et ne s'en cache pas.

— Est-il censé partir, une fois que vous aurez pris les commandes de Wolf Enterprises ?

— Non. Rien n'est censé changer pour lui, ni le salaire faramineux qu'il touche chaque mois, ni sa position au sein de la compagnie. C'est toute l'équipe du bureau exécutif qui décide. Personne ne dispose des pleins pouvoirs sur l'entreprise. Alors si mon oncle a tué Lela pour une histoire de pouvoir, c'est absurde. Et si c'est une question d'argent, c'est tout aussi absurde. En cas de problème financier, nous l'aurions aidé sans hésiter. Il a certainement tiré plusieurs millions de dollars de la vente des tableaux et il vous a escroqué d'une énorme somme d'argent. Pourquoi ? Combien lui faut-il ? Je ne comprends pas.

Gabe ne comprenait pas, lui non plus. Il réorienta le sujet sur l'aspect commercial.

— L'entreprise est-elle publique ?

— Non. Nous détenons 70 % des capitaux.

— Comment se fait-il qu'elle soit aussi diversifiée ? Restauration, élevage, équipements industriels et maintenant cosmétiques.

— Si mon père avait vécu, il aurait certainement étendu encore davantage ses activités. Il s'est lancé dans la restauration, quelques années seulement après ses débuts. Vous savez, ces machines à café qui produisent des expressos ? Elles sortent pour la plupart des usines Wolf. Nous fabriquons de l'électroménager et toutes sortes d'articles de cuisine.

— Et dire que vous ne savez pas cuisiner ! s'exclama-t-il en riant.

— Je sais me servir d'une cafetière et d'un ouvre-boîte, répliqua-t-elle, feignant d'être vexée.

— Et pour ce qui est des trucs de maquillage, vous en êtes où ?

La question lui valut un sourire amusé.

— Nous venons juste de lancer les *trucs* de maquillage, comme vous dites. Ce n'est que l'hiver dernier que l'idée a vu le jour, quand j'ai découvert par hasard une petite boutique au fin fond du Vermont. Je cherchais un baume pour les lèvres et je suis tombée sur deux sœurs qui fabriquaient des produits naturels dans leur cuisine.

— Et comme elles vous rappelaient le tandem que vous formiez avec Lela, vous leur avez proposé un partenariat, c'est ça ?

— En effet. Elles avaient le concept et nous les moyens financiers. Nous avons commencé par commercialiser les produits sur un petit nombre de secteurs. Dès le lancement, les ventes ont explosé. J'ai reçu les chiffres il y a trois jours et je voulais les montrer à Lela…

La voix d'Ella faiblit, les larmes brouillèrent sa vue. Gabe imagina sans peine ce qu'elle ressentait. Sa sœur et elle avaient dû passer des jours et des jours à monter leur projet. Et juste comme il était sur le point de se réaliser, Lela avait été lâchement assassinée, la laissant seule avec leur rêve.

Il y eut un silence.

— Apparemment, la cosmétique, c'est votre rayon, reprit Gabe d'une voix douce. Les photos de presse vous montrent souvent aux Fashion Weeks de Paris et New York.

Elle haussa les épaules.

— Dans le monde que je fréquente, difficile de ne pas s'intéresser à tout ce qui tourne autour de la mode. En fait, cette ligne de cosmétiques était avant tout l'occasion pour ma sœur et pour moi de prouver à notre oncle que nous étions dignes de diriger Wolf Enterprises. Il était difficile à satisfaire. Quoi que nous fassions, ce n'était jamais assez bien.

— C'est pour cela que vous avez décidé de décrocher un MBA ? Pour lui montrer que vous n'étiez pas une bonne à rien ?

Elle hocha la tête avec un petit rire empli d'amertume.

— Je voulais qu'il soit fier de moi.

Gabe posa sa main sur la sienne. Puis, pour l'empêcher de s'enfoncer dans le chagrin, il changea de sujet.

— Vous savez conduire une moissonneuse-batteuse ?

Une lueur de fierté éclaira aussitôt le regard de la jeune femme.

— Bien sûr ! J'ai passé deux mois à l'usine, en Indiana. Je travaillais sur la chaîne de production et je faisais les essais de conduite.

— Finalement, vous pourriez faire une bonne agricultrice.

— J'ai dit que je faisais les essais de conduite. Ce qui signifie que je sais comment fonctionnent ces engins. Mais je n'ai jamais dit que j'avais troqué mes Louboutin contre des bottes en caoutchouc.

— Citadine !

— Cow-boy !

— Hé, vous possédez près d'un millier de vaches. C'est beaucoup plus que moi.

— Je ne le savais pas, précisa-t-elle. Ce qui est d'autant plus surprenant que j'ai travaillé dans le département qui s'occupe des activités agricoles. Si ce bétail appartient bien à Wolf Enterprises, comment se fait-il que je n'aie jamais lu aucun rapport à ce sujet ?

— Cela fait peut-être partie de ce que votre sœur avait découvert en plus du vol de tableaux. Votre oncle tirait peut-être des revenus complémentaires du bétail qu'il ne déclarait pas.

— Possible. Vous avez trouvé les papiers de mon père ? demanda-t-elle en pointant le menton vers les cartons empilés près de la porte d'entrée.

— Oui, tout est là. Je les ai emballés moi-même et je ne me souviens pas avoir vu quoi que ce soit concernant des tableaux de maître ou du bétail. Il s'agit essentiellement de factures.

— J'y jetterai tout de même un coup d'œil, au cas où quelque chose vous aurait échappé.

— Ce qui est fort possible dans la mesure où je ne cherchais rien de précis. Votre oncle m'avait seulement demandé de tout mettre au garde-meuble. Il ne semblait pas avoir envie de s'en occuper personnellement.

— Normal. Sa devise, c'est de laisser les autres travailler à sa place. Il enverra quelqu'un plus tard vérifier le contenu du box de stockage.

— *Des* box. Il y en a cinq.

— Oh. D'accord. J'oubliais que la maison était si grande. Je n'y suis pas revenue depuis la disparition de mon père.

Le regard d'Ella se voila brusquement.

— A quoi pensez-vous ? demanda-t-il, inquiet.

— Si l'inspecteur Robbins a accepté de couvrir le crime de mon oncle, il a pu couvrir autre chose, non ?

— Peut-être la vente illégale des tableaux. Je suppose qu'il est plus facile de trouver des acheteurs à New York qu'ici.

— J'ai cherché sur Internet si Robbins avait enquêté sur des affaires ayant un rapport quelconque avec le monde de l'art. Résultat négatif. Pour autant, on ne peut exclure cette possibilité.

— Commençons par le début, Ella. Dites-moi très exactement ce qui est arrivé à votre sœur.

Il avait besoin de savoir et elle, elle avait certainement besoin d'en parler, même s'il détestait devoir l'obliger à revivre ces instants atroces.

Elle hésita un instant, puis lui raconta tout, d'une voix étouffée par l'angoisse et le chagrin, le regard dilaté par l'horreur des images imprimées sur sa rétine.

— Mon oncle se tenait au milieu de la bibliothèque… ma sœur étendue à ses pieds… Il a ordonné à l'inspecteur Robbins d'aller me chercher et de m'emmener dans une chambre d'hôtel pour y mettre en scène une mort par overdose.

— Sauf que vous ne touchez pas à la drogue et que tous ceux qui vous connaissent n'y auraient pas cru.

Elle ouvrit de grands yeux, visiblement surprise de sa remarque.

— En effet, ils n'y auraient pas cru. Car, contrairement aux apparences et aux racontars, je n'ai jamais touché à la drogue. Tous mes amis le savent.

Gabe tendit le bras et effleura sa joue du bout des doigts.

— Votre sœur était quelqu'un de bien, Ella. Aussi forte et courageuse que vous.

L'espace d'un instant, elle soutint son regard, puis détourna la tête. Dans ses yeux, le chagrin avait cédé la place à la culpabilité.

— Je ne suis ni forte ni courageuse, murmura-t-elle. Je me cache chez vous et je n'ai toujours rien fait pour envoyer mon oncle là où il devrait être. Devant la justice pour répondre du crime de Lela.

— Vous avez déjà découvert le vol des tableaux et le trafic

de bétail. Il y a aussi la vente illégale du ranch. Nous rassemblerons les preuves dont vous avez besoin.

— *Nous ?*

Il hocha la tête.

— Je n'ai pas pour habitude de me faire escroquer sans réagir. Et… je ne veux pas vous laisser partir.

Les mots avaient jailli malgré lui. Soudain gêné, il s'empressa de préciser :

— Pas tant que je ne vous saurai pas en sécurité.

Le silence entre eux s'étira. Un silence qui n'avait rien de désagréable.

— Robbins et mon oncle…, murmura Ella. Ils parlaient du meurtre de Lela comme si ce n'était rien. Froidement. Sans émotion.

— Ils ont parlé tout aussi froidement de vous éliminer. Vous êtes sûre qu'ils ne savent pas où vous trouver ?

— Je ne peux être certaine à cent pour cent, mais j'ai éteint mon téléphone portable, j'ai payé mon billet d'avion en espèces et je n'ai plus utilisé ma carte bancaire depuis que j'ai quitté New York. J'ai appelé Mary avec votre ligne fixe et je lui ai dit d'effacer le numéro appelant.

— Oui, mais vous avez demandé que le corps de votre sœur soit transféré à Crystal Creek.

— Où est le problème ? Mes parents sont enterrés sur le ranch. Il semble normal que Lela soit inhumée à leurs côtés.

— Vous avez tout de même pris un gros risque, Ella. Votre oncle pourrait se douter de quelque chose et envoyer quelqu'un ici.

Ella ne répondit pas, et en dépit de son inquiétude, il n'insista pas. Ce qui était fait était fait. Simplement, il allait devoir se montrer extrêmement vigilant. Les hommes de main de Phillip Wolf pouvaient débarquer à tout moment. Et apparemment, ce n'étaient pas des enfants de chœur.

— Comment allez-vous prouver que c'est votre oncle, le meurtrier de votre sœur ?

— Difficile, mais pas impossible. Il a arraché un pendentif du cou de Lela. Un pendentif que je tiens à récupérer et qui le perdra.

— Il s'en est peut-être déjà débarrassé.

— Je ne pense pas. A la façon dont il l'a regardé et mis dans sa poche… Je ne sais comment l'expliquer… C'était bizarre, mais il semblait convoiter ce bijou.

— Votre oncle m'a tout l'air d'un psychopathe. De quelle façon se comportait-il avec vous ?

— Distant. Indifférent. Nous vivions sous le même toit, mais nous ne nous connaissions pas vraiment. Il s'apercevait de mon existence uniquement quand j'apparaissais dans les journaux à scandale.

— J'imagine qu'il n'appréciait guère l'image publique que vous donniez.

Elle opina avec une grimace pleine d'amertume.

— Il a toujours cru tout ce que les journalistes écrivaient sur moi. Sans parler des paparazzis à l'affût du moindre de mes gestes.

— C'est peut-être ce qui va vous sauver la vie.

— Comment ça ?

— Compte tenu de la couverture médiatique qui entoure le meurtre de votre sœur, votre oncle n'a d'autre choix que d'affronter les questions de la presse vous concernant. Plus vous resterez absente de la scène publique, plus ce sera compliqué pour lui de vous éliminer. J'ai écouté les informations à la radio. Vos amis commencent à se manifester et à s'interroger. Ils essaient probablement de vous contacter.

Elle hocha la tête avec un soupir.

— Je sais. Ma messagerie doit être saturée, tout comme celle de mon téléphone portable. Mais je ne peux les consulter sous peine de me faire repérer. Toutes les chaînes télévisées diffusent ma photo. Et avec l'inspecteur Robbins à la tête de l'enquête, la police est à la botte de mon oncle. S'ils me trouvent, je subirai le même sort que Lela.

— Je comprends mieux votre méfiance à mon égard quand nous nous sommes rencontrés. Vous craigniez que je ne sois de mèche avec votre oncle.

— Vous vous êtes douté que je n'étais pas Lela, avant même de voir les actualités télévisées de ce matin, n'est-ce pas ?

D'un geste naturel, il prit sa main dans la sienne avec un sourire.

— Ce sont de petits détails qui m'ont d'abord mis la puce à l'oreille. Votre réaction à chaque fois que je vous appelais Lela. Vous ne vous souveniez pas m'avoir rencontré. Alors, je vous ai observée de plus près. Votre regard n'est pas tout à fait le même que celui de votre sœur. Votre parfum aussi est différent.

Elle laissa échapper un petit rire.

— Vous nous avez *senties* ?

— Eh oui ! Le jour où j'ai rencontré votre sœur, le vent soufflait et j'ai très nettement perçu son parfum.

— Il vous a plu ?

— Oui. Mais le vôtre est plus… envoûtant.

— Seriez-vous en train de flirter avec moi, Gabe Bowden ?

Lui-même en était le premier surpris, parce que cette femme n'était pas du tout son style. Belle, intelligente et sexy en diable, certes, mais citadine jusqu'au bout des ongles. Absolument pas faite pour vivre à la campagne au milieu des chevaux et du bétail. Pourtant, c'était plus fort que lui et il ne pouvait se résoudre à lâcher sa main.

— J'essaie, mais je manque un peu de pratique.

— Donc vous aviez deviné que je n'étais pas Lela.

Il s'empressa d'embrayer sur ce sujet. Ils parleraient de choses intimes plus tard.

— Disons plutôt que j'avais de sérieux doutes et que je trouvais votre comportement bizarre. J'ai compris quand j'ai vu les informations ce matin. Je suis sincèrement désolé, Ella. Pour la perte de votre sœur et tout ce que vous endurez à cause de votre oncle. Je vais vous aider à le mettre hors d'état de nuire. Il sera puni. Je vous le promets.

Elle plongea dans son beau regard brun. Un regard franc et sincère. Le regard d'un homme honnête sur qui on pouvait compter.

— Merci, Gabe. Mais rien ne vous oblige à…

— J'ai promis de vous aider. Mon père a l'habitude de dire qu'un homme qui ne tient pas ses promesses n'est pas un homme.

— Il me plaît, votre père.
— Je l'aime bien aussi.
— Vos parents habitent la région ?
— Ils possèdent un ranch à une centaine de kilomètres d'ici. Mais papa commence à se faire vieux. Il songe à prendre sa retraite. Nous essayons de persuader Dane, mon plus jeune frère, de prendre la relève. Blake travaille comme dresseur de chevaux dans un haras un peu plus au nord. Sa renommée commence à s'étendre bien au-delà du Montana. Quant à Caleb, il s'est marié le mois dernier. Il vit sur le ranch familial de son épouse dans le Colorado.
— Que fait Dane en ce moment ?
— La dernière fois que je l'ai eu au téléphone, c'est-à-dire hier, il était dans le Nevada en train de jeter un œil sur la centaine de têtes de bétail que j'ai achetées et que je vais devoir revendre très vite pour ne pas trop y perdre.
Ella baissa les yeux sur leurs doigts entrelacés.
— Je suis désolée, Gabe. Je vous promets d'arranger ça.
Il voulait la croire. Il ne pouvait en être autrement… parce que ce serait accepter l'idée que Phillip Wolf puisse s'en tirer. Qu'il puisse réussir à éliminer Ella. Et *ça,* c'était tout simplement inconcevable.
— Si nous passions à une note plus positive ? proposa-t-il. J'ai pris un fondant au chocolat à la pâtisserie.
— Oh ! Vous avez découvert ma faiblesse !
— Attention, je pourrais m'en servir, plaisanta-t-il.
— Je donnerais ma fortune pour du chocolat.
— Eh bien moi, je ne veux pas de votre fortune.
— Que voulez-vous ?
— Mieux vous connaître. Et il semble que je vais en avoir l'occasion.
Il tourna la tête vers la fenêtre.
Ella suivit son regard.
La neige tombait à gros flocons denses et paresseux.
— De fortes chutes sont attendues pour les trois prochains jours, précisa-t-il.
— Vous êtes sérieux ?
— Je ne plaisante jamais avec la neige.

13

Maintenant que la police avait libéré la scène de crime, Phillip Wolf était assis à son bureau dans la bibliothèque, les doigts crispés sur un verre de bourbon.

— Mary, j'ai appris que vous aviez porté des vêtements et une paire de chaussures à la morgue.

— C'est exact, monsieur.

— Qui vous a demandé de prendre une telle initiative ?

— Personne, monsieur. Je veille sur les jumelles depuis leur naissance, j'ai pensé que c'était mon rôle. Vous êtes si occupé que je n'ai pas osé vous déranger avec ça. Et puis surtout, j'avais besoin de faire quelque chose pour ma petite Lela, conclut-elle dans un sanglot.

Nullement ému, Phillip la dévisagea d'un œil dur.

— Vous avez également demandé le transfert du corps à Crystal Creek. Pourquoi ?

— M. et Mme Wolf sont enterrés là-bas, sur le ranch. Il est normal que Lela repose à leurs côtés et que ce soient les pompes funèbres de Crystal Creek qui se chargent de conserver le corps tant que la justice n'a pas délivré le permis d'inhumer.

L'explication tenait la route, mais cette vieille bique lui cachait quelque chose.

— Vous avez parlé avec Ella ?

— Non, monsieur.

Elle mentait. C'était évident.

— Vous lui êtes très dévouée.

— C'est mon travail, monsieur.

— Et ce travail, vous voulez le conserver, je présume. De même que la pension qui vous sera versée quand vous prendrez votre retraite. Une pension que vous perdrez, si vous êtes licenciée.

Le carillon de la porte d'entrée retentit, évitant à Mary de répondre à la menace non voilée.

Phillip la dévisagea d'un œil inquisiteur.

— Je ne veux voir personne en dehors de l'inspecteur Robbins, déclara-t-il. Et réfléchissez à ce qui pourrait vous arriver si jamais l'envie vous prenait de me mentir.

Mary redressa la tête et soutint vaillamment son regard.

— Je ne sais pas où se trouve votre nièce.

Il la regarda sortir.

Elle avait certainement parlé avec Ella, mais il la croyait quand elle disait ne pas savoir où elle se cachait. Ce qui soulevait une question essentielle. Pourquoi Ella se cachait-elle, quand il lui aurait suffi de se montrer pour l'accuser du meurtre de sa sœur ? Il avait fait en sorte que les preuves se retournent contre elle, mais elle aurait pu éveiller les soupçons à son encontre.

Il ne voyait qu'une seule raison : Ella avait l'intention de le châtier elle-même. Et il ferait bien de se tenir sur ses gardes. Il devait à tout prix la retrouver et lui apprendre ce qu'il en coûtait, de s'opposer à son oncle.

L'inspecteur Robbins donna un petit coup sec contre la porte restée ouverte, qu'il prit soin de refermer ensuite derrière lui. Phillip le regarda traverser la pièce et s'asseoir face à lui, de l'autre côté du bureau. Agacé, il le vit jeter un coup d'œil désapprobateur sur le verre de bourbon dans sa main. D'ordinaire, il ne buvait jamais si tôt dans la journée, mais il en avait besoin pour calmer sa nervosité.

— Vous avez découvert où était allée Lela ? lança-t-il sèchement.

— Non. Comme sa sœur, elle a retiré de l'argent liquide dans un distributeur automatique de New York et n'a plus laissé aucune trace avec sa carte bancaire.

Robbins passa une main nerveuse dans ses cheveux.

— Je continue de visionner les enregistrements des caméras de surveillance de l'aéroport, mais il y a des heures et des heures de vidéos. Pendant ce temps, mes supérieurs souhaitent voir l'enquête avancer rapidement et me pressent d'amener Ella pour un interrogatoire. J'ai fait en sorte qu'on trouve ses empreintes sur le revolver et je pourrai présenter les pièces à conviction dès que nous serons prêts. La presse parle déjà du mobile. Mais je me demande si on ne ferait pas mieux d'abandonner le scénario initial pour recentrer l'attention ailleurs.

— Impossible. On ne peut plus faire marche arrière. Convoquez une nouvelle conférence de presse pour annoncer que j'offre une récompense à toute personne qui nous permettra de localiser Ella. Quand vous lui aurez mis la main dessus, tuez-la. Vous direz qu'elle a résisté et que vous n'avez eu d'autre choix que de l'abattre.

— Je vais me retrouver dans le collimateur des Affaires internes, protesta Robbins.

— J'arrangerai ça. Je connais quelqu'un au ministère de l'Intérieur.

— Peut-être, mais je risque ma carrière, sur ce coup-là.

— Alors, faites votre boulot. Trouvez-la et qu'on en finisse.

— Ce n'est pas facile quand la fille en question est riche comme Crésus et qu'elle a les moyens de se déplacer n'importe où.

— Jusqu'où peut-elle aller, si elle n'a pas accès à son compte bancaire ?

— Avec des amis aussi fortunés que ceux qu'elle côtoie, elle peut très bien s'être sauvée à l'autre bout du monde.

— Dans ce cas, vérifiez auprès de ses amis.

— C'est fait. Elle n'a contacté aucun d'entre eux, dernièrement. Ils sont tous très inquiets. Ils pensent que celui qui a assassiné sa sœur pourrait l'avoir enlevée. Certains journalistes commencent même à évoquer cette possibilité.

— Raison de plus pour la retrouver avant que toute cette affaire ne nous explose à la figure.

— Si ça se termine ainsi, ne comptez pas sur moi pour couvrir vos arrières, marmonna Robbins.

— Et vous, ne comptez pas sur moi pour vous tirer du pétrin, riposta Phillip froidement. Je serai sorti du territoire et je mènerai la belle vie à l'autre bout du monde, pendant que vous moisirez en prison.

Robbins lui jeta un regard noir, se leva et quitta la pièce sans un mot.

Phillip termina son verre de bourbon d'un trait. Il fit pivoter son fauteuil face à l'immense baie vitrée donnant sur Central Park et contempla la vue en essayant de ne pas penser à ce qui pourrait arriver si Ella découvrait ses petits secrets.

14

Le sang sur la poitrine de Lela, ses grands yeux sans vie fixés sur elle, la suppliant de faire quelque chose…

Ella se réveilla en sursaut, tirée de son cauchemar par une main sur son bras. Submergée par la panique, elle saisit la main importune et se redressa brusquement, toutes griffes dehors, prête à se défendre.

— Chut. C'est moi, Gabe. Du calme. Vous êtes en sécurité.

Elle le fixa un instant sans le voir, le cœur battant, et se laissa retomber sur la chaise, le souffle court, toujours agrippée à son poignet.

De sa main libre, Gabe posa une tasse de café sur la table devant elle et poussa de côté la pile de documents qu'elle avait passé la nuit à éplucher.

— Ça va ? demanda-t-il en lui effleurant la joue du bout des doigts.

Elle ferma les yeux un instant, savourant la chaleur rassurante dont il l'enveloppait.

— Je n'ai toujours rien trouvé, murmura-t-elle.

— S'il le faut, nous ouvrirons chaque carton entreposé au garde-meuble.

— Je ne pense pas que la preuve soit dans ces cartons.

— Où Lela aurait-elle pu la cacher ?

— Si je le savais, je ne serais pas là ! s'emporta soudain Ella, épuisée et frustrée par les heures passées à examiner les papiers de son père, ravivant les souvenirs…

Elle s'en voulut aussitôt et abandonna sa tête contre le bras de Gabe.

— Excusez-moi.

— Ce n'est pas grave. Vous n'avez pas fermé l'œil de la nuit.

— Mais ce n'est pas une raison pour m'énerver contre vous. Vous êtes si gentil.

— Ouais, bon… mais si vous pouviez me rendre ma main, ce serait mieux. Je suis gentil, mais je ne suis pas de bois.

Elle baissa les yeux sur la main de Gabe posée sur sa poitrine, le poignet emprisonné entre ses doigts crispés. La prise de conscience de ce contact si intime suscita un frisson qui prit naissance à la pointe de ses seins et éveilla en elle des échos en des endroits qu'elle aurait préféré ignorer.

Affreusement gênée, elle rougit, desserra son étreinte sur le poignet de Gabe et le relâcha.

Incapable de le regarder, elle sentit ses doigts longs et souples remonter le long de son cou pour prendre son menton et l'obliger à redresser la tête. Puis il se pencha et posa un baiser sur son front.

Surprise par la tendresse de son geste, elle osa le regarder. Le temps s'arrêta. Les secondes s'étirèrent. Puis, lentement, presque en hésitant, Gabe baissa les yeux sur sa bouche. Peut-être allait-il l'embrasser… Le dernier baiser qu'elle lui avait donné avait été rapide, mais troublant. C'était un baiser pour le remercier, rien de plus. Pourtant, même dans son état de confusion et de tristesse, elle avait perçu ce courant unique et irrésistible qui circulait entre eux. Un courant qui les poussait l'un vers l'autre.

Il lui caressa la joue.

— Allez donc vous coucher. Il faut vous reposer.

Machinalement, elle jeta un coup d'œil sur sa montre.

— Bon sang ! 7 heures ! C'est l'heure du journal télévisé. Je veux savoir où en est l'enquête.

Elle bondit de sa chaise pour prendre la télécommande de la télévision, mais sa cheville se rappela aussitôt à son bon souvenir et lui fit perdre l'équilibre.

— Holà, pas si vite ! s'exclama Gabe en la rattrapant *in extremis*.

Une bourrasque fit trembler les vitres. Ella glissa un regard inquiet vers la fenêtre. Il neigeait toujours.

— Vous croyez que l'antenne satellite fonctionne ? s'enquit-elle.

— Elle devrait. Le ciel est moins chargé.

Elle voulut faire un pas, mais Gabe maintint son bras autour d'elle. Incapable de résister, elle s'appuya un instant contre lui.

— Du calme, dit-il doucement.

Etait-ce un avertissement à propos de sa cheville, de la relation naissante entre eux, ou pour lui-même ? Elle n'aurait su le dire. Et elle ne voulait pas le savoir. Elle était bien, dans ses bras. Elle avait besoin de se sentir protégée. Aimée… Lela était partie. Elle n'avait plus personne. Personne, excepté cet homme solide et attentionné qui faisait tout pour l'aider.

Elle pivota entre ses bras pour lui faire face. Puis, se dressant sur la pointe des pieds, elle noua les bras autour de sa nuque et le serra contre elle. La sensation de chaleur et de sécurité s'amplifia.

— Merci, Gabe. Merci pour tout. Vous êtes tellement différent… Je n'ai jamais rencontré d'hommes comme vous.

Ce qui expliquait sans doute qu'elle soit autant attirée par lui. Un homme bon et simple qui ne prenait rien pour acquis. Un homme sincère qui disait ce qu'il pensait. Un homme qui protégeait ce qu'il aimait et les principes auxquels il croyait. Tout ce qu'il faisait pour elle, il le faisait sans arrière-pensée. Uniquement pour l'aider. Oui, vraiment, elle ne connaissait pas beaucoup d'hommes comme lui.

Elle s'écarta légèrement pour le regarder, et dans ses yeux, elle lut l'expression d'un désir brûlant, fort et sincère. Incapable de résister, elle posa ses lèvres contre les siennes et les entrouvrit lorsqu'il caressa sa bouche de sa langue, une caresse douce qui contenait une demande inexprimée. Parce que les mots étaient inutiles. Et tout en elle lui soufflait que c'était ici qu'elle voulait être, dans les bras de cet homme. Sa place était ici. Maintenant. Pour toujours.

Elle n'aurait jamais cru qu'une chose pareille puisse lui arriver. Elle ne faisait jamais pleinement confiance aux personnes qui gravitaient autour d'elle. Son statut de riche héritière offrait, certes, de nombreux avantages, mais attirait aussi les profiteurs et parasites en tout genre. Des gens qui prenaient, prenaient, sans jamais rien offrir en retour.

Gabe approfondit leur baiser et elle fondit sous sa bouche, s'abandonnant à son goût, à la force dont il l'enveloppait, et au sentiment que cet homme ne désirait qu'une seule chose : elle.

Un terrain terriblement dangereux. Sa mère avait aimé son père jusqu'à en mourir. D'ordinaire, Ella veillait scrupuleusement à garder ses distances avec les hommes et ne s'autorisait jamais à ressentir plus qu'un simple désir charnel, les rares fois où elle rencontrait quelqu'un qui l'attirait suffisamment pour avoir envie de sortir avec lui.

Avec Gabe, c'était différent. C'était bien plus qu'un simple désir physique. C'était le besoin de sentir ses mains sur elle, ses bras l'envelopper, son torse contre sa joue, la chaleur de son corps. Ses bras étaient un refuge. Dans ses bras, son chagrin s'apaisait, sa colère faiblissait et sa frustration disparaissait. Tout ce qui comptait, c'était elle et Gabe, là, maintenant. Se noyer dans ce baiser et les émotions qu'il éveillait. Se laisser absorber par lui... Par eux...

Gabe se dégagea doucement, lui arrachant un soupir de protestation.

— Laissez-moi vous regarder, dit-il en prenant son visage entre ses mains. Vous êtes si belle.

Ce compliment, elle l'avait entendu dans la bouche de beaucoup d'hommes, accompagné d'un sourire et d'un baiser distrait. Mais jamais ces mots n'avaient été prononcés avec la sincérité contenue dans cette déclaration toute simple.

Emue, elle le fixa, les larmes aux yeux.

— Tout va s'arranger, Ella.

Elle le croyait. Parce qu'elle n'était plus seule.

Gabe s'écarta d'Ella et la dévisagea. Elle avait l'air si fatiguée, si pâle, qu'il aurait voulu l'embrasser jusqu'à ce que le sang revienne à ses joues. D'un geste tendre, il suivit du doigt la ligne de ses sourcils et cala une mèche folle derrière son oreille comme elle le faisait souvent de façon machinale. Il trouvait ce geste incroyablement sexy chez elle. Tout l'attirait chez cette femme, même de petits riens comme cette façon qu'elle avait de se mordiller la lèvre inférieure quand elle réfléchissait. Ou la façon dont elle fronçait les sourcils quand quelque chose lui déplaisait. Ces détails le faisaient sourire intérieurement et lui donnaient l'impétueuse envie de mieux la connaître et de la rendre heureuse. Parce qu'il ne supportait pas de la voir triste. Le pire avait été de l'entendre pleurer, la nuit dernière. Il s'était senti tellement impuissant. Il aurait voulu pouvoir lui ramener sa sœur, châtier son oncle et la garder en sécurité près de lui. Pour toujours.

Il avait cru être amoureux de Stacy, mais ce qu'il éprouvait pour Ella était cent fois plus fort.

Il existait un mot pour exprimer cette émotion, ce sentiment si puissant qu'il lui nouait la gorge. Un mot qu'il n'osait prononcer. Parce qu'il était conscient de s'aventurer en terrain dangereux. La raison lui conseillait de garder ses distances. Mais chaque instant passé avec Ella valait la peine d'être vécu. Alors il préférait laisser courir, même s'il était certain de finir le cœur en miettes. Une fois de plus. Sauf que cette fois, ce serait irrémédiable. Son cœur ne s'en remettrait pas.

— Allumez la télévision, si vous ne voulez pas rater les informations, dit-il soudain.

— Oh… D'accord.

Elle s'écarta à contrecœur. L'espace d'une seconde, son visage trahit son trouble intérieur, mais elle se ressaisit très vite et la détermination se lut de nouveau dans ses yeux.

C'était une battante, une race pour laquelle Gabe avait le plus grand respect. Ella Wolf ne se laisserait pas décourager. Elle ne baisserait pas les bras. Elle lutterait, tant qu'elle n'aurait pas vengé sa sœur. Il n'en doutait pas une seconde. Et cela en disait plus long sur cette femme que les centaines de photos d'elle qui circulaient dans la presse, prises à la sortie d'une boîte de nuit ou sur une plage des Caraïbes. Ella était jeune, il était normal qu'elle veuille s'amuser. Qui n'en aurait pas fait autant, à sa place ?

Lui-même n'avait-il pas passé deux longues années à courir les rodéos de ville en ville, à s'envoyer en l'air avec des inconnues au hasard des rencontres et à écumer les bars avec ses compagnons de route ?

Ces pensées en amenant d'autres, il se demanda brusquement s'il n'était pas trop vieux pour Ella. Six ans de plus. Et pourquoi diable s'amouracherait-elle d'un cow-boy vivant au milieu de nulle part ? Elle avait beau être différente de Stacy, le problème restait le même. Le seul endroit qui puisse s'apparenter à un night-club dans le coin, c'était un piano-bar à Crystal Creek, bondé de péquenauds carburant à la bière. A des années-lumière des soirées mondaines de la jet-set et des discothèques à la mode qu'Ella avait l'habitude de fréquenter. Cela dit, ils avaient quelques points communs. Comme lui, elle aimait manifestement les chevaux et les grands espaces. Elle lui avait aussi dit aimer la musique de Led Zeppelin lorsqu'il lui avait prêté son T-shirt pour la nuit. Peut-être allaient-ils se découvrir d'autres points communs ? A condition qu'elle reste suffisamment longtemps ici. Ce qui était peu probable, songea-t-il.

— Pourquoi faites-vous cette tête ? demanda Ella, debout près du canapé, en le regardant d'un œil inquiet. Quelque chose ne va pas ?

— Non… Pas du tout.

Peu convaincue par son ton hésitant, elle fronça les sourcils. Il força un sourire sur ses lèvres.

— Excusez-moi. Tout va bien. Je réfléchissais juste. Quelles sont les nouvelles, aujourd'hui ?

— Carambolage monstre sur une autoroute du New Hampshire. Huit morts.

— D'autres bonnes nouvelles ?

— Le NASDAQ a gagné neuf points.

— Génial ! Je vais appeler mon comptable et lui dire de vendre. Oh ! Mais suis-je bête ! Je n'ai ni comptable ni portefeuille d'actions.

Elle haussa un sourcil interrogateur.

— Qu'est-ce qui ne va pas, Gabe ?

— Rien. Je ne supporte pas de rester entre quatre murs. J'ai besoin de prendre l'air. L'hiver n'est pas ma saison préférée. Toute cette neige m'oblige à rester enfermé dans la maison, alors que je préfère vivre à l'air libre.

— Dans ce cas, pourquoi ne pas changer de région ?

— C'est chez moi ici. J'aime le Montana.

Sans doute amusée par la contraction, Ella esquissa un sourire qui s'effaça aussitôt en voyant apparaître sur l'écran de télévision le visage de son oncle.

— *Phillip Wolf offre une récompense de cent mille dollars pour tout renseignement concernant sa nièce,* déclara le présentateur. *Appelée à témoigner dans le cadre de l'enquête sur le meurtre de sa sœur jumelle, Ella Wolf a disparu depuis trois jours, ce qui soulève de nombreuses interrogations. Où est-elle et pourquoi n'a-t-elle toujours pas fait de déclaration à propos de cette nouvelle tragédie qui frappe sa famille ? On sait de source sûre que les jumelles devaient hériter le jour de leurs vingt-cinq ans de l'immense patrimoine laissé par leur père sous certaines conditions. Il semblerait que la police dispose de preuves indiquant que les relations entre les deux sœurs étaient tendues. Lela Wolf aurait reproché à sa jumelle de ne pas respecter les clauses du testament paternel. Rappelons que Lela avait brillamment obtenu un MBA à l'université de Columbia, pendant que, de son côté, sa sœur brillait sur la scène internationale de la mode et de la jet-set. Si vous avez la moindre information concernant Ella Wolf, appelez ce numéro.*

Elle éteignit la télévision et tourna vers lui un regard désespéré.

— Maintenant que mon oncle a mis ma tête à prix, je ne peux plus sortir sans courir le risque d'être reconnue. Comment vais-je faire pour découvrir cette fichue preuve, si tout le pays est à ma recherche ?

— Ce n'est peut-être pas une si mauvaise chose, essaya-t-il de la rassurer, malgré l'inquiétude qui lui nouait l'estomac.

Certaines personnes seraient prêtes à tuer père et mère pour mettre la main sur une telle somme d'argent. Des personnes comme Travis…

Il voulut garder ses réflexions pour lui, mais Ella avait déjà deux longueurs d'avance.

— Si ça se trouve, cette ordure de Travis est déjà en train de contacter la compagnie pour prévenir que je suis ici.

Une lueur de panique traversa son regard, et elle serra les poings.

— Mon oncle va dépêcher une armée d'hommes dans le

Montana pour fouiller tout le pays et me retrouver. Et quand il saura que Lela est passée au ranch, il va récupérer le contenu du garde-meuble et s'arranger pour faire disparaître toute preuve susceptible de lui porter tort.

— Non, Ella, tout n'est pas perdu. *Primo*, Travis n'est pas le genre de gars à regarder les journaux télévisés ou à ouvrir un quotidien. *Secundo*, à moins d'espérer encore dénicher quelque chose d'intéressant dans les papiers de votre père, à mon avis, ce que vous cherchez n'était pas dans la maison.

— Il y a forcément quelque chose, insista Ella en se tordant nerveusement les mains. Lela est restée deux jours ici. Qu'a-t-elle fait ? Qui a-t-elle vu ? Qu'a-t-elle découvert ? Nous ne le saurons jamais, conclut-elle, découragée. Mon oncle me retrouvera avant que je puisse répondre à une seule de ces trois questions. Il a tout prévu.

— Attendez une seconde ! Son plan est loin d'être parfait. Il avait prévu de vous faire disparaître en simulant une overdose, mais si vous vous présentez à la police et que vous l'accusez d'avoir assassiné votre sœur, il y aura une enquête et son scénario tombera à l'eau.

— Je n'ai *aucune* preuve ! C'est sa parole contre la mienne. Il a soudoyé un inspecteur pour falsifier les pièces à conviction. Combien d'autres responsables paie-t-il pour couvrir son crime et me le faire endosser ?

— Dans ce cas, il faut nous en tenir au plan initial. Découvrir cette preuve dont parlait Lela et l'apporter aux autorités. Un détail vous a certainement échappé. Vous connaissiez votre sœur mieux que quiconque. Vous partagiez le même ADN. Vous raisonniez de la même façon. Qu'a donc bien pu faire votre oncle et comment l'a-t-elle découvert ? Par où aurait-elle commencé ?

— Certainement pas par le ranch, répondit aussitôt Ella. Si elle est venue ici, c'est forcément parce que quelque chose l'y a poussée.

— D'accord. Alors, qu'est-ce que cela peut bien être ?

— Je ne sais pas.

— Réfléchissez. Quelque chose que votre oncle a dit ou

fait a piqué la curiosité de votre sœur. Aviez-vous perçu un changement chez elle, ces derniers temps ?

— Non. Elle travaillait comme d'habitude. Ensuite, elle a disparu pendant trois jours. J'ai pensé qu'elle avait peut-être rencontré un homme qui lui plaisait et qu'elle s'était échappée pour un week-end en amoureux.

— Elle ne vous en aurait pas parlé ?

— Si, mais j'ai pensé que cette fois c'était sérieux et qu'elle préférait ne rien me dire avant d'être absolument sûre. J'ai pensé qu'elle préférait garder le secret un petit moment pour elle toute seule.

Ella détourna la tête un instant, avant de reprendre d'une voix étranglée :

— Nous étions de véritables jumelles et nous partagions tout. Nous vivions les mêmes expériences, les mêmes vies, si bien que jamais rien ne nous était vraiment personnel. Alors je me suis dit que, cette fois, Lela avait trouvé quelqu'un qui n'était qu'à elle. Quelqu'un avec qui partager sa vie… sans moi.

Elle battit des paupières pour refouler les larmes qui menaçaient. En vain. Une larme jaillit et roula sur sa joue.

— Mais tout ça, c'est fini… Lela ne se mariera pas et je n'aurai jamais de neveux et nièces à cajoler. Nous étions censées grandir ensemble, avancer ensemble… Je ne sais pas comment vivre sans ma moitié. Dix fois par jour, j'ouvre la bouche pour lui dire quelque chose et je réalise qu'elle n'est plus là.

Elle ne put retenir ses larmes plus longtemps et se mit à pleurer.

Le cœur serré, Gabe s'approcha et la prit dans ses bras. Agrippée à sa chemise, elle pressa la joue contre son torse.

— Sans elle, je ne sais pas comment être tout simplement moi, quand ça a toujours été nous deux, souffla-t-elle.

Bouleversé par sa douleur, Gabe posa les lèvres sur ses cheveux et la berça doucement, conscient que les mots étaient impuissants à apaiser un tel chagrin. Rien ni personne ne pourrait jamais lui ramener sa sœur.

Elle s'arracha brusquement à ses bras et s'écarta, le visage ruisselant de larmes.

— Je l'ai laissée seule affronter notre oncle. Je n'ai rien fait pour la sauver. Rien !

— Vous êtes en vie, Ella. C'est ce qu'elle aurait voulu.

— Mais j'étais là ! J'aurais dû me montrer. J'aurais dû la protéger et empêcher mon oncle de…

— Comment ? Qu'auriez-vous fait ? Vous vous seriez avancée dans la pièce, votre oncle vous aurait tuées toutes les deux et il aurait ainsi pu simuler le crime fratricide doublé d'un suicide ? Cessez de vous flageller et essayez plutôt de penser comme votre sœur.

Il avait haussé le ton, mais il fallait qu'elle se ressaisisse et qu'elle se concentre sur ce qu'elle pouvait faire *maintenant*, pas sur ce qu'elle n'aurait pu éviter, de toute façon.

— Vous connaissiez Lela mieux que personne, reprit-il d'une voix radoucie. Alors dites-moi ce qu'elle aurait fait si elle avait découvert un truc louche au sujet de votre oncle.

Ella prit une inspiration oppressée et essuya ses yeux du revers de la main.

— Lela est… était… très méticuleuse et organisée. Elle prenait des notes, elle classait les papiers, créait des fichiers. Elle remarquait tout de suite quand quelque chose n'était pas à sa place ou ne collait pas.

— Dans ce cas, elle a peut-être découvert la fraude sur le bétail dans les dossiers de Wolf Enterprises et c'est ce qui l'a conduite jusqu'ici.

Elle fronça les sourcils.

— Possible. Mais cela n'explique pas sa réaction.

— Que voulez-vous dire ?

— Lela était folle de rage contre mon oncle. Même s'il a détourné de l'argent provenant de l'élevage, la somme est mineure au regard du chiffre d'affaires de la compagnie. Lela ne se serait pas mise dans un tel état.

— Et si ce n'était que le sommet de l'iceberg ? Imaginons que cette petite fraude ait attiré l'attention de votre sœur sur une escroquerie autrement plus grave.

Ella hocha la tête, songeuse.

— Peut-être…, murmura-t-elle. Oui… Cela expliquerait sa

colère et tout le reste… La complicité de l'inspecteur Robbins, le meurtre…

Gabe la dévisagea d'un air pensif.

— Résumons. Votre sœur découvre l'escroquerie concernant le bétail et commence à mettre son nez dans les dossiers de la compagnie pour voir jusqu'où va la trahison de votre oncle. Qu'a-t-il fait d'autre ?

Ella redressa le menton.

— Je ne sais pas encore. Mais je trouverai.

15

Ella n'avait pas perdu son temps lors de son passage au département informatique de Wolf Enterprises. Elle s'était liée d'amitié avec Chris, un employé extrêmement doué aux compétences sous-exploitées. Elle l'avait aussitôt signalé à sa sœur, qui s'était chargée de lui obtenir une promotion. Depuis, un système informatique hyper-sécurisé permettait d'accéder à l'intégralité des données des divers services de l'entreprise.

Elle prit le téléphone portable prépayé que Gabe était allé chercher en ville le matin même, profitant d'une accalmie de la météo, et envoya un texto à Chris sur le numéro privé utilisé par sa famille et ses amis pour le contacter lorsqu'ils plantaient leurs ordinateurs. Chris prétendait que sa mère le contactait plus souvent pour pouvoir ouvrir ses sites culinaires préférés que pour prendre de ses nouvelles.

Ella : J'ai besoin de ton aide.

Chris : Que se passe-t-il ? Impossible que tu aies tué Lela.

Ella : Quelqu'un de très proche l'a assassinée. Aide-moi à le prouver.

Elle retint son souffle, priant pour qu'il la croie et accepte de l'aider.

Chris : Qu'est-ce qu'il te faut ?

Ella : Un accès NON IDENTIFIABLE aux bases de données de Wolf Enterprises.

Elle se mit à se ronger nerveusement l'ongle du pouce. Gabe

posa sa main sur la sienne pour l'en empêcher. Les secondes s'écoulaient. Toujours pas de message.

— Pourquoi ne répond-il pas ? s'impatienta Gabe.

— Je viens de lui demander de commettre un délit.

— Comment ça, un délit ? Les données de votre entreprise vous appartiennent.

— S'il m'aide et que je suis reconnue coupable du meurtre de ma sœur, il pourrait être accusé de complicité et avoir de gros ennuis.

Chris : Je t'envoie le lien pour accéder au système. Connecte-toi au compte administrateur en utilisant le mot de passe que je t'ai donné.

Gabe fronça les sourcils.

— Vous savez de quoi il parle ?

— Oui.

Ella : Merci, Chris.

Chris : Lela nous manque. J'espère que tu vas trouver ce dont tu as besoin.

Dès que le lien URL s'afficha sur son téléphone, elle le tapa sur l'ordinateur de Gabe.

— J'y suis.

— Commençons par les données relatives au bétail et voyons où cela nous mène, lui conseilla Gabe.

— D'accord. Mais je vais d'abord jeter un coup d'œil sur l'agenda de Lela.

Il lui fallut une vingtaine de minutes pour découvrir la seule chose qui clochait dans le monde électronique ultra-organisé de sa sœur.

Vendredi–14 h 30–Mécanicien–27 Elk Road, Crystal Creek, Montana.

Pas de nom. Elle fit courir ses doigts sur le clavier une dizaine de minutes dans l'espoir d'obtenir des renseignements supplémentaires concernant l'adresse.

— Alors ? demanda Gabe. Avec qui avait-elle rendez-vous ?

— Je ne sais pas. L'adresse est au nom de Tom Wright, mais il existe trois autres adresses à ce nom.

— Ce doit être un bien en location.

— Exact. Il ne nous reste plus qu'à aller sur place.

Gabe lui montra la fenêtre.

— Jetez donc un coup d'œil dehors.

Après la brève accalmie du matin, la tempête de neige avait redoublé d'intensité. Le paysage disparaissait à présent sous un linceul blanc s'épaississant de minute en minute, et d'énormes nuages noirs s'amoncelaient à l'horizon, ne laissant présager aucune amélioration.

A cet instant, la radio diffusa un nouveau bulletin d'alerte météo pour le Montana.

— D'ici une heure, nous n'aurons probablement plus d'électricité ni de réception satellite, lui expliqua Gabe. Alors si vous voulez consulter les fichiers de Wolf Enterprises, vous feriez bien de vous dépêcher. Nous risquons d'être isolés du reste du monde pendant quelques jours.

— Non !

Sa voix avait grimpé d'un ton.

— Il faut aller là-bas, maintenant, ajouta-t-elle, plus calme.

— Ce n'est pas prudent.

— Gabe, insista-t-elle, le suppliant du regard pour lui faire comprendre le besoin d'agir immédiatement qui la tenaillait.

Mais il ne se laissa pas fléchir.

— Ella, dès que la route sera praticable, je vous promets d'aller à cette adresse.

— Vous me le jurez ?

— Je tiens toujours mes promesses.

Frustrée mais résignée, elle se plongea dans les fichiers de la compagnie.

Au bout de deux heures, elle avait découvert qu'il n'existait pas de contrat d'élevage en bonne et due forme entre Wolf Enterprises et Travis Dorsche, que de l'argent était cependant versé à ce dernier, mais qu'il n'y avait aucune entrée de bénéfices. Ce qui signifiait que les revenus générés par le bétail atterrissaient sur un compte extérieur à la compagnie. Sans doute directement sur celui de son oncle.

En examinant les données concernant Jim Harrison, le responsable de la branche agricole sur l'ouest des Etats-Unis, elle s'était aussi aperçue qu'il avait obtenu une augmentation de salaire conséquente, accompagnée d'une prime exceptionnelle, l'année précédente. Jim avait sans doute volontairement passé sous silence l'absence de revenus tirés de l'élevage, orchestrant ainsi le détournement de fonds opéré par oncle Phillip.

Cela dit, son cher oncle n'avait pas commencé à frauder avec l'élevage. Gabe avait raison. Sa traîtrise remontait à bien plus loin. Deux ans avant la disparition de ses parents, réalisa-t-elle, consternée, en étudiant les colonnes de chiffres qui défilaient sous ses yeux.

— Pourquoi ce soupir ? demanda Gabe, depuis le canapé où il était assis, un bras négligemment passé sur le dossier.

En dépit de son attitude décontractée, Ella le sentait tendu et aussi frustré qu'elle de ne pouvoir se lancer immédiatement sur la seule piste susceptible de leur donner une chance de mettre fin aux agissements de son oncle.

— Mon oncle ne s'est pas contenté de détourner les bénéfices tirés de l'élevage. Il fraudait dans le dos de mon père bien avant sa disparition. Ce ne sont pas de grosses sommes, mais il a détourné de l'argent dans toutes les activités, notamment dans la filiale restauration où les bilans comptables sont systématiquement déséquilibrés.

— Comment se fait-il que le service financier n'ait pas noté ces incohérences ?

— Probablement parce que mon oncle a soudoyé le comptable. Ce dernier touche un très gros salaire, ainsi qu'une prime annuelle. Tout comme Jim Harrison, qui s'occupe de la filière élevage.

— Vous croyez que Lela avait découvert la fraude ?

— Non. D'après l'historique de ses recherches, elle n'a pas eu accès à ces fichiers.

— Vous êtes sûre ?

— Oui. Tout ce que nous savons avec certitude, c'est qu'elle avait ce rendez-vous avec un mécanicien, à Crystal Creek. Il me tarde de savoir pourquoi.

— Je suis aussi curieux que vous de le savoir. Les états financiers de la société ont forcément fait l'objet d'audits comptables. Vous avez accès aux rapports ?

— Je vais essayer.

— Dépêchez-vous. Le vent s'est encore renforcé. Nous n'aurons bientôt plus de réseau.

Avec un nouveau soupir, elle se remit au travail. La piste des rapports d'audit — leur absence, en l'occurrence — la conduisit jusqu'aux fichiers du personnel qui lui apprirent que le contrôleur de gestion était décédé avant d'avoir pu vérifier les comptes. Elle chercha qui l'avait remplacé et poussa un cri.

— Qu'est-ce qu'il y a ? demanda Gabe.

— Deux contrôleurs de gestion chargés des audits comptables sont morts peu de temps après que mon oncle a commencé à voler la compagnie. Vous ne trouvez pas ça bizarre ?

— Drôle de coïncidence, en effet. Comment sont-ils morts ?

Elle tapa le nom du premier dans le moteur de recherche et parcourut les différents liens qui s'affichaient à l'écran. L'un d'eux attira son attention. Il s'agissait d'un article de presse. Elle l'ouvrit.

Comme s'il avait perçu sa stupéfaction et son horreur, Gabe se leva du canapé et s'approcha.

— De quoi s'agit-il ?

— M. Trahan travaillait pour mon père. Il est mort dans un accident. Sa voiture a quitté la route en pleine nuit. Aucun témoin. J'aimerais me tromper, mais je ne serais pas surprise que mon oncle soit derrière cet accident. Oh non !

La connexion Internet venait de s'interrompre.

— C'est fini. Le réseau est hors service, annonça Gabe.

Elle éteignit l'ordinateur avec un soupir frustré et se renversa contre le dossier de la chaise.

Gabe posa les mains sur ses épaules aux muscles noués par la tension.

— Je crois que vous avez raison, dit-il.

— A quel propos ?

— A propos de votre oncle. S'il a pu tirer sans hésitation sur votre sœur, c'est qu'il n'en est pas à son coup d'essai. Il a déjà tué. Ce contrôleur de gestion est probablement l'une de ses victimes.

Elle tressaillit et la question qui la tourmentait depuis la mort de sa sœur jaillit sur ses lèvres.

— Oh Seigneur ! Combien de personnes a-t-il bien pu assassiner ?

16

La lueur de la lampe à huile éclairait le visage d'Ella. Gabe étudiait la lumière et les ombres qui sculptaient ses traits délicats, tout en essayant de comprendre ce qui, chez cette femme, éveillait en lui un désir aussi violent. Ils venaient de passer ces cinq derniers jours cloîtrés dans la maison, tandis que le blizzard faisait rage autour d'eux, les isolant du reste du monde. Le vent du nord soufflait avec une telle violence qu'il était risqué de s'aventurer dehors, même pour aller jusqu'à l'écurie nourrir les chevaux.

Distraire Ella de son chagrin était devenu tout à la fois son passe-temps favori et son tourment. Il mourait d'envie de se rapprocher d'elle, tout en gardant ses distances, conscient que ce qui crépitait entre eux, aussi brûlant que les flammes dans la cheminée, ne durerait pas longtemps. Une fois son oncle démasqué, Ella sortirait de sa vie. Parce qu'il était tout simplement inconcevable qu'elle puisse quitter New York pour venir vivre à la campagne. C'était une citadine dans l'âme. Et il était bien placé pour savoir que si l'on demandait à l'être aimé d'aller à l'encontre de ce qu'il était réellement, c'était le naufrage assuré.

Ella jeta deux pièces sur la table basse entre eux.

— Je relance. Cinquante *cents*.

Dos à la cheminée, elle était assise à même le sol, les jambes repliées sous la table. Comme il se redressait pour jouer à son tour, leurs genoux se heurtèrent. Aussitôt, les pupilles d'Ella se dilatèrent comme à chaque fois qu'ils se touchaient accidentellement.

Dans la mesure du possible, il essayait d'éviter les contacts — l'attirance entre eux était comme un trou noir les aspirant. Mais quelquefois, il la touchait pour la sortir de sa solitude, une solitude qui l'éloignait de lui et de la réalité. Coincée entre quatre murs, sans rien à faire que de penser à sa sœur disparue, elle se renfermait parfois, l'humeur aussi sombre que le ciel chargé de nuages. Il n'aimait pas la voir ainsi, assise seule, repliée sur elle-même, son beau regard vert empreint de douleur.

Il jeta un coup d'œil sur ses cartes. Elle possédait sans doute mieux qu'une paire de six, mais il relança.

— Pour voir, dit-il.

Elle découvrit sa main.

— Brelan de reines !

— Tu as encore gagné, déclara-t-il en jetant ses cartes.

— Je vais finir par croire que tu fais exprès de perdre, juste pour me faire plaisir.

Elle retourna les cartes qu'il avait posées face contre table et, lentement, releva les yeux sur lui, remontant le long de son torse, s'attardant un instant sur sa bouche avant de plonger dans ses yeux.

Au prix d'un effort héroïque, il se retint pour ne pas se pencher vers elle et l'embrasser comme un fou. Immobile, il se contenta de savourer l'intensité du moment. Tous deux étaient conscients du désir de l'autre. Toutefois, ni l'un ni l'autre n'était prêt à faire le premier pas. Pas encore.

Combien de temps tiendrait-il ? S'il cédait, serait-il capable de s'en remettre ? Non. Alors, mieux valait s'abstenir.

— Ou alors, c'est que tu n'as vraiment pas de chance aux cartes, conclut-elle avec un sourire amusé.

— Je devrais t'emmener à Las Vegas pour renflouer mes récentes pertes financières.

— Quand tu veux. Je suis partante.

— Si ce n'était pas si risqué de sortir, je t'y emmènerais sur-le-champ.

Elle tourna la tête vers les fenêtres obstruées par un mur de neige.

— J'ai l'impression de vivre dans un cocon, dit-elle, soudain pensive. Bien au chaud. A l'abri. Et je ne peux m'empêcher de penser à ce qui va se passer quand cette tempête sera terminée, quand j'aurai trouvé la preuve et que je pourrai refaire surface. Ce qui est arrivé m'a totalement changée. Je ne suis plus la même, je ne suis plus Ella, la sœur jumelle de Lela. Je suis moi. Sauf que cette personne privée de sa moitié m'est inconnue.

Gabe tendit le bras et lui prit la main. Avec son pouce, il caressa ses doigts. Instantanément, Ella sentit la chaleur de sa peau contre la sienne remonter le long de son bras pour envelopper son cœur.

Parfois, une simple caresse avait plus de sens, plus de prix que les mots. Parfois, une simple présence suffisait. Parfois, tout ce dont on avait besoin, c'était d'un ami qui vous voyait telle que vous étiez et qui vous était suffisamment attaché pour être simplement là, avec vous, quand il n'y avait plus rien à dire.

Ces derniers jours, Gabe était devenu cet ami. Cette âme sœur. En peu de temps, ils avaient établi une relation naturelle. C'était comme s'ils se connaissaient depuis toujours, comme s'ils étaient capables de lire dans l'âme de l'autre.

Il se leva et la tira par la main pour l'aider à se relever. Puis il se pencha et éteignit la lampe à huile. Le feu dans la cheminée s'était réduit à quelques braises qui ne diffusaient plus qu'une faible lumière dans l'âtre. Sans autre éclairage, Ella était totalement dépendante de Gabe pour circuler dans l'obscurité à travers la maison. Il s'arrêta devant la porte de sa chambre. Et comme les trois soirs précédents, le courant qui circulait entre eux se mit à grésiller.

Ils se tenaient à quelques centimètres l'un de l'autre, main dans la main. Ni l'un ni l'autre n'osait respirer. Ils se fixaient dans l'obscurité, tenaillés par le désir, le besoin de l'autre. Mais aucun des deux ne bougeait.

Gabe se pencha vers elle. Sa bouche n'était plus qu'à un souffle de ses lèvres… Il s'arrêta, son regard cherchant le sien dans cette obscurité qui pourrait dissimuler leurs secrets, si seulement ils acceptaient de céder au désir qui les consumait. Puis il ouvrit la porte derrière elle, lui lâcha la main et recula d'un pas. Il la regarda encore l'espace d'un battement de cœur, avant de tourner les talons pour gagner sa chambre à l'autre bout du couloir.

Ella se glissa dans le lit froid et vide. Elle mourait d'envie d'aller vers Gabe. Elle mourait d'envie d'être près de lui. Mais ce n'était pas raisonnable. Ni pour lui ni pour elle. Elle craignait que son attirance pour cet homme ne soit uniquement motivée par son besoin d'être rassurée. Ce serait une folie de se jeter dans ses bras en sachant que c'était la peur et le chagrin, et rien d'autre, qui avaient stimulé son désir.

Cependant, l'idée de ne jamais passer une nuit dans ses bras, de ne jamais savoir ce que ce serait de faire l'amour avec Gabe lui serrait le cœur. Quand tout serait terminé, aurait-elle le courage de retourner à New York sans savoir ?

Non.

Parce que ce qu'elle éprouvait pour Gabe, c'était bien plus qu'un simple désir physique. Elle avait envie de faire mille choses avec lui ! Parcourir la prairie à cheval, l'aider à préparer un dîner, lui parler des livres qu'elle aimait, lui faire découvrir ses endroits préférés à New York ! Et tant d'autres choses encore.

Oui, cet homme valait la peine de prendre le risque.

17

Phillip décrocha dès la première sonnerie.

— Dites-moi que vous l'avez trouvée, Robbins ! lança-t-il d'un ton sec.

— Nous avons reçu beaucoup d'appels, mais ça n'a rien donné. Quant aux images de vidéosurveillance de l'aéroport, impossible de toutes les visionner à moins d'y passer des semaines. Je suis donc allé au siège de la compagnie pour consulter l'ordinateur de Lela. J'ai découvert dans son agenda un rendez-vous dans le Montana.

Phillip eut soudain l'atroce sensation que les murs de la bibliothèque se refermaient sur lui.

— Quoi ?

Si sa nièce était allée au ranch, elle avait certainement constaté la disparition des tableaux, et peut-être même découvert la fraude sur le bétail. En revanche, elle ne pouvait soupçonner le reste. A moins qu'elle n'ait aussi appris la vente du ranch… Il l'avait cédé pour un prix bien au-dessous de sa valeur. Parce qu'il avait besoin de cash. Pour continuer à verser les pots-de-vin destinés à couvrir ses petites affaires et entretenir son train de vie. Sa maîtresse lui coûtait une fortune, mais il ne pouvait s'en passer. Il avait enfin trouvé quelqu'un qui comprenait ses besoins.

— Elle avait rendez-vous avec un mécanicien, précisa Robbins. Il n'y a pas de nom. Juste une adresse.

Phillip crut un instant avoir mal entendu. Puis son visage se convulsa sous l'effet de la fureur.

Lela avait tout découvert. Et il y avait de fortes chances pour qu'elle ait mis sa sœur au courant.

Il abattit un poing rageur sur le bureau.

— Envoyez immédiatement des hommes à Wolf Ranch ! ordonna-t-il. Ella est là-bas. Et trouvez-moi aussi ce maudit mécanicien. Il faut les éliminer tous les deux.

— Je m'en occupe. C'est comme si c'était fait.

18

Gabe se gara devant l'entrée délabrée du mobil-home, au 27 Elk Road, Crystal Creek. Le ronronnement d'un moteur attira son attention.

Un peu plus bas, sur la route, le facteur faisait sa tournée. Il se précipita pour l'intercepter.

— Bonjour ! lança le facteur avec un sourire, en descendant de sa camionnette, un paquet de lettres à la main.

— Salut. Vous pouvez me dire qui habite ici ?

Le sourire du facteur s'effaça et son regard dériva vers le mobil-home beige.

— Le vieux Jarrod Finney. Une bien triste fin pour ce pauvre homme.

— Que s'est-il passé ?

— Il s'est suicidé, il y a de ça bientôt deux semaines. Je n'avais jamais rien de vu de pareil.

— C'est vous qui l'avez trouvé ?

Le facteur fronça les sourcils et détourna la tête, le regard fixé au loin.

— Le courrier s'entassait dans sa boîte aux lettres, alors je suis allé jeter un coup d'œil à travers les fenêtres. Il s'était pendu. C'était horrible. Sans doute a-t-il craqué à cause de toutes ces factures d'honoraires médicaux qui s'empilaient. Je ne sais pas de quoi il souffrait, mais c'était probablement trop lourd à supporter. D'autant que le malheureux vivait seul depuis la mort de sa femme. Une drôle d'histoire, là aussi… Elle a été retrouvée morte dans une chambre d'hôtel miteuse près de l'aéroport de Bozeman, abattue d'une balle en pleine tête.

Gabe tressaillit.

— Quand est-ce arrivé ?

— Oh ! Il y a longtemps. Ça doit bien faire une dizaine d'années.

— Quel était le métier de M. Finney ?

— Pour autant que je sache, il ne travaillait plus, mais je sais qu'il bossait comme mécanicien sur l'aéroport, quand sa femme a été assassinée.

L'homme n'était donc pas mécanicien auto, mais mécanicien en aéronautique, conclut Gabe qui ne croyait guère aux coïncidences.

Dix ans plus tôt, l'avion de Stuart Wolf s'était écrasé. L'épouse de Finney avait été froidement abattue d'une balle en pleine tête, près de l'aéroport. Et Finney lui-même, l'homme avec qui Lela Wolf avait eu rendez-vous, venait de se suicider.

C'était comme si les pièces du puzzle commençaient à se mettre en place.

— Merci pour le renseignement.

Il laissa le facteur reprendre sa tournée et regagna son pick-up garé devant le mobil-home. Comme il jetait un dernier coup d'œil sur celui-ci, des éclats de bois sur le chambranle de la porte d'entrée attirèrent brusquement son attention. La porte avait été forcée. Peut-être par les policiers quand le suicide de M. Finney leur avait été signalé. Ou peut-être pas. Il s'avança. Les marches en bois grincèrent en ployant sous son poids. Il s'approcha de la fenêtre poussiéreuse et mit ses mains en visière pour regarder à travers la vitre sale. La cuisine était sens dessus dessous. Il y avait des papiers éparpillés un peu partout, sur la table et au sol. Les placards avaient été ouverts et leur contenu jeté par terre. Les tiroirs, vides eux aussi, pendaient tristement sur leurs charnières. Le salon avait subi le même sort. La chambre ne devait pas être en meilleur état. Il ne s'agissait pas là d'une maison mal entretenue. Ce n'était pas non plus le travail de la police. Non, c'était le travail des hommes de main de Phillip Wolf. Ils étaient venus ici chercher quelque chose.

L'estomac noué, Gabe étouffa un juron.

Ella était en danger.

Il dévala l'escalier et sauta dans son pick-up. Le cœur battant, il mit le contact et fit demi-tour sur les chapeaux de roues.

Quelques mètres plus loin, une Cadillac Escalade noire surgit d'une rue adjacente et s'engagea sur la route derrière lui.

Il jeta un coup d'œil anxieux dans son rétroviseur. Le véhicule était trop loin pour pouvoir lire sa plaque, mais beaucoup trop près pour sa tranquillité d'esprit. Il appuya sur l'accélérateur, mettant de la distance entre lui et ceux qu'il supposait être les hommes de Phillip Wolf. Il fit un immense détour par les petites routes de campagne pour semer la Cadillac et ne reprit la direction du ranch qu'une fois certain qu'il n'y avait plus personne derrière lui.

Assise devant le bureau, Ella regardait par la fenêtre. Même si le ciel s'était un peu dégagé, son humeur était toujours aussi agitée que la météo des derniers jours.

Gabe arriva dans son dos, apportant l'odeur des grands espaces et de la neige.

Il avait été son phare dans ce monde de ténèbres qui l'avait engloutie. Il l'avait obligée à communiquer, à sortir de son isolement, de son chagrin. Il l'avait secouée, amusée, rassurée. Et vivre auprès de ce séduisant cow-boy ne la laissait pas indifférente. Elle rêvait de glisser ses doigts dans la masse épaisse de ses cheveux noirs et de s'y agripper jusqu'à ce que leurs corps fusionnent pour assouvir ce désir qui s'intensifiait chaque jour davantage, brûlant, lancinant.

Pourquoi fallait-il que cet homme soit si beau ?

Elle songea à la bouche de Gabe, si proche de la sienne la nuit dernière. A la façon dont il la regardait. Elle mourait d'envie de l'embrasser, maintenant. Juste pour le plaisir de sentir à nouveau ses lèvres fermes pressées contre les siennes.

Incapable de résister à ce que lui réclamait son cœur, elle se leva pour enlacer Gabe.

— Ça va ? demanda-t-elle.

— Super.

Mais le ton ne collait pas avec la façon presque brutale dont il la serra contre lui en laissant échapper un soupir de soulagement.

— Gabe, tu me caches quelque chose. Qu'est-il arrivé ?

Il hésita.

— Les hommes de ton oncle ont failli me piéger.

— Quoi ?

A contrecœur, elle s'arracha à la protection de ses bras.

— Ils… ils t'ont vu ? bredouilla-t-elle, la gorge serrée par l'angoisse.

— J'ai pris des chemins détournés pour rentrer. Personne ne m'a suivi.

— Tu es sûr ?

— Oui. Je ne permettrai pas qu'il t'arrive quoi que ce soit.

— Tu as trouvé quelque chose ? demanda-t-elle, toujours un peu vexée qu'il ait refusé de l'emmener suivre l'unique piste laissée par sa sœur dans le Montana.

— L'adresse que tu m'as donnée est celle d'un certain Jarrod Finney. Le facteur m'a appris qu'il travaillait comme mécanicien aéronautique et que sa femme avait été retrouvée morte dans une chambre d'hôtel à proximité de l'aéroport, il y a une dizaine d'années.

Ella sentit son cœur cogner dans sa poitrine tandis que l'incrédulité cédait la place au doute, puis à l'horreur.

— La mort de mon père… n'était donc pas un accident. Est-il possible que mon oncle…

Elle ne put achever. Ces derniers jours, l'idée s'était peu à peu frayé un chemin dans son esprit. Mais elle l'avait repoussée.

— Tu as pu parler à Finney ? demanda-t-elle.

— Malheureusement non. Il s'est suicidé. Et si je ne me trompe pas, il s'est suicidé le jour même du rendez-vous avec ta sœur.

— Il n'est donc plus là pour témoigner.

Découragée, elle se laissa retomber sur la chaise et posa les coudes sur la table, la tête entre ses mains. Elle avait envie de hurler. C'était comme si un éclat de verre tranchant fouillait les recoins les plus fragiles de son cœur.

— Mon oncle est un monstre. J'ai découvert d'autres disparitions mystérieuses. Je suis certaine qu'il les a orchestrées. Et je ne peux rien prouver.

— De quelles disparitions parles-tu ?

— Il y a d'abord eu celle de M. Trahan, le contrôleur de gestion chargé de vérifier les bilans comptables de l'entreprise. Nous savons qu'il est mort dans un accident de voiture inexpliqué, l'année où mon père est décédé. L'audit des finances n'a jamais été réalisé cette année-là, ni la suivante. Les membres du comité directorial s'en sont sans doute aperçus et le directeur administratif a demandé un nouvel audit des comptes. Mais cette fois encore, le contrôleur désigné, un certain M. Reiser…

Elle tendit à Gabe un article qu'elle avait imprimé.

— … est décédé.

— Que lui est-il arrivé ?

— Tué lors d'une agression dans la rue.

— C'est pas vrai !

— A la même époque, le directeur administratif qui avait demandé l'audit a été arrêté soi-disant pour complicité dans une filière de call-girls de luxe. La police aurait été alertée par un appel anonyme.

— Je crois deviner qui était l'informateur, marmonna Gabe.

Elle hocha la tête.

— J'étais au lycée. Je me souviens très bien du scandale. Mon oncle a renvoyé le directeur administratif pour le remplacer par un de ses amis. Un ami de longue date, comme par hasard. En consultant les fichiers, j'ai aussi découvert que la personne chargée de vérifier l'état des comptes chaque année, de façon indépendante, apparaît dans le système de paye en qualité de contractuel. Elle reçoit une indemnité mensuelle importante pour ses services. Le problème, c'est qu'elle ne travaille qu'un mois par an chez nous.

Gabe passa une main nerveuse dans ses cheveux.

— Bon sang, Ella ! Deux employés de la compagnie, peut-être la femme du mécanicien, Lela, ton père… Tous assassinés par ton oncle.

— Je sais. Mais je n'ai aucune preuve. Juste le détournement de fonds et mes soupçons.

— Qu'en est-il de la mort de ta mère ? demanda Gabe d'une voix douce.

Ella se raidit et détourna les yeux.

— Là, c'est différent. Mes parents s'adoraient. Ils étaient comme les deux pièces d'un même puzzle. Inséparables. Si maman s'est pendue dans les écuries de leur propriété de New York, c'est parce qu'elle ne supportait pas l'absence de papa. Elle vivait pour lui. Pas pour nous, conclut-elle d'une voix brisée.

— Je suis désolé, murmura Gabe.

Elle redressa la tête. Elle ne voulait pas de sa pitié et se hâta de changer de sujet.

— J'ai déniché deux ou trois autres pistes, mais il faudrait téléphoner et aller sur place pour éclaircir ce tissu de mensonges et d'escroqueries.

— Lela prétendait avoir la preuve des crimes de ton oncle, observa Gabe. Je parie que c'est Finney qui la lui a donnée avant de se suicider. Bourrelé de remords, il lui a probablement avoué avoir participé à un complot contre ton père. Il faut trouver cette preuve. J'ai autre chose à te montrer.

Il ouvrit l'enveloppe qu'il avait posée sur la table en arrivant, et en sortit un document.

— Avant de me rendre chez Finney, je suis passé au tribunal et j'ai demandé au greffier de me sortir tous les documents au nom de ton père concernant Wolf Ranch.

Il étala les papiers devant elle.

— Il s'avère que la propriété est bien plus étendue, dit-il. Dans les faits, ton père a d'abord acheté dix mille hectares sur lesquels il a bâti le ranch.

Il tira un second document de l'enveloppe.

— Deux ans plus tard, quand les prix du terrain se sont effondrés, il a acheté deux fois plus d'hectares. Ensuite, les prix sont remontés. Aujourd'hui, Wolf Ranch vaut une fortune.

— Combien ?

— Près de dix-sept millions.

Elle hocha la tête avec un petit sourire triste.

— Mon père était doué pour les affaires. On ne peut pas en dire autant de mon oncle, qui vend ce qui ne lui appartient pas bien au-dessous de sa valeur et s'imagine avoir fait une bonne affaire parce qu'il a besoin de cash. Merci d'avoir fait ces recherches, Gabe.

— J'ai pensé qu'il fallait que tu saches. D'après ces papiers, si la vente de Wolf Ranch s'était conclue, ton oncle vous aurait fait perdre des millions.

— Entre ça, les tableaux et le bétail, il ne s'agit plus d'une petite fuite dans le patrimoine familial, mais d'une véritable hémorragie.

— En effet. Et comme il y a déjà beaucoup d'éléments contre ton oncle, j'ai contacté quelqu'un que je connais au FBI.

— Quoi ? Mais tu…

— Ecoute-moi. La femme de mon frère Caleb a un frère qui travaille au FBI. Sam bosse en Virginie. Il a accepté de nous aider dès que tu seras prête à affronter ton oncle. Il se tient à notre disposition. Entre-temps, il va ouvrir une enquête sur l'inspecteur Robbins et sur ton oncle. Il s'agit d'une enquête préliminaire, mais avec ce que tu as découvert, il y a déjà de quoi porter plainte.

— Sans preuves ?

— Nous les trouverons.

— On peut faire confiance à Sam ?

— Absolument.

— Tu es sûr ?

— Ella, je ne risquerais pas ta vie, si je n'étais pas certain de l'intégrité de Sam. Viens. Habille-toi, nous sortons.

— Mais je ne peux aller nulle part. Quelqu'un pourrait me reconnaître.

— On ne va pas loin.

— Je ferais mieux de continuer mes recherches.

— Ce ne sera pas long et l'ordinateur ne va pas s'envoler.

— Gabe…

— Ella, tu as besoin de prendre l'air. Viens t'occuper des chevaux avec moi. Ça te changera les idées.

La proposition était tentante. Voilà des jours qu'elle n'avait pas mis le nez dehors. Et elle avait besoin d'avoir les idées claires. Elle fit mine de réfléchir, puis releva les yeux sur Gabe.

Il lui sourit.

— Ce regard me dit que tu en meurs d'envie. Allez, file t'habiller plus chaudement.

19

Gabe attendait dans la cuisine qu'Ella ait terminé de s'habiller pour sortir. Il s'inquiétait sincèrement de la voir dépérir. Des cernes noirs ombraient ses beaux yeux verts, elle dormait à peine et quand elle réussissait à sombrer dans le sommeil, les cauchemars la faisaient pleurer et hurler de terreur. Dans ces moments-là, il mourait d'envie de se précipiter dans sa chambre, de l'enlacer et de lui faire tout oublier. Il commencerait par presser ses lèvres contre les siennes, sa langue trouverait le chemin de sa bouche pour la goûter, la taquiner…

Le baiser qu'ils avaient échangé tournait en boucle dans sa tête. La fraîcheur de ses lèvres, son goût de framboise… Dieu qu'il la désirait ! Heureusement que le ciel s'était dégagé, parce que s'il devait passer une journée de plus seul avec elle entre ces quatre murs, sans possibilité de s'échapper, il n'était pas certain de pouvoir résister encore très longtemps à l'envie de l'embrasser comme un dément, de la soulever de terre et de la porter dans son lit.

Ella avait besoin de temps et il avait besoin de savoir s'il serait capable de la laisser partir une fois qu'il aurait couché avec elle. Parce qu'il était inimaginable qu'elle reste ici, quand tant de choses l'attendaient à New York. Ses amis. Une multinationale à faire tourner. Une existence de luxe qu'il ne pouvait lui offrir. Et il y avait encore tant d'autres raisons de ne pas coucher avec elle. Trop jeune. Trop riche. Elle ne ressemblait à aucune autre femme.

Et c'était justement ça qui l'attirait. Ella Wolf était unique.

Il l'admirait pour son courage et sa détermination. Il l'admirait pour sa perspicacité, ses compétences en informatique et en gestion d'entreprise. Son oncle l'avait sous-estimée. S'il l'avait laissée prendre les rênes de Wolf Enterprises avec sa sœur, comme prévu, il aurait récolté les fruits de leurs talents réunis. Au lieu de ça, Ella allait devoir réparer les torts causés par ce psychopathe et assurer seule l'avenir de la compagnie. Une tâche monumentale, mais il ne doutait pas une seconde de sa capacité à relever le défi. Pour l'instant, elle était prisonnière de son chagrin. Tant qu'elle n'aurait pas fait le deuil de sa sœur et de leurs rêves d'avenir partagés, elle resterait dans cet état dépressif qui l'écrasait et lui volait cette aura de lumière et de gaieté qu'il percevait en elle, dès qu'elle oubliait tout le reste et n'était qu'avec lui.

— Gabe. Je suis prête.

En revanche, lui ne l'était pas…

Il n'était pas prêt à recevoir le choc de la voir porter l'un des pulls qu'il lui avait offerts. C'était étrange de la voir porter quelque chose qu'il avait choisi spécialement pour elle après bien des hésitations. Il avait passé un temps fou dans la boutique à tergiverser sur le modèle et la teinte.

L'autre jour, elle avait choisi le pull rouge framboise qui mettait en valeur les reflets dorés de sa chevelure. Aujourd'hui, elle portait le turquoise. Et il adorait la façon dont cette teinte faisait ressortir le vert de ses yeux.

Comme il se contentait de la regarder sans un mot, elle lissa le pull sur ses hanches d'une main nerveuse.

— Il me va ?

— A la perfection. Tu es très belle.

Le pull soulignait ses épaules fines et sa poitrine haute. Gabe s'imagina glissant les mains dessous pour caresser sa peau satinée et prendre ses seins dans ses paumes, tout en l'embrassant longuement, profondément… Il n'avait jamais connu un désir d'une telle intensité.

— J'adore la teinte, murmura Ella d'une voix timide. Et la laine est très douce.

Comme tout chez elle, songea Gabe. Ses cheveux. Sa peau.

Son parfum. Ses yeux quand elle le regardait sans s'en rendre compte. Ses lèvres quand il l'embrassait.

— Allons-y.

Peut-être avait-il parlé d'un ton un peu trop brusque.

— Gabe… Qu'est-ce qui ne va pas ?

— Rien. J'ai simplement besoin de sortir de cette maison.

Il avait surtout besoin de mettre un peu de distance entre eux, mais il ne pouvait s'y résoudre. Tout en lui s'y refusait.

Il prit Ella par la main et l'entraîna dans le hall d'entrée. Il l'aida à enfiler son manteau et jeta un coup d'œil sur les bottes qu'elle avait aux pieds.

— La pointure est bonne ? Parce que l'on peut toujours les échanger.

— Elles sont parfaites. Avec ça, je suis sûre d'avoir les pieds au sec.

— Et ta cheville est maintenue.

Sur ce, il reprit sa main et la conduisit dehors en prenant soin de ralentir le pas pour le calquer sur le sien.

— Ta hanche te fait toujours souffrir ?

— Beaucoup moins. L'hématome se résorbe, répondit-elle en marchant avec précaution sur la neige.

L'esprit traversé par l'image de sa peau crémeuse, Gabe sentit monter en lui une sensation sans équivoque.

— Super. Je suis content que tu ailles mieux.

— Normal, vu comment tu t'occupes de moi. Tu t'arranges même pour m'organiser une pause avant que je ne jette l'ordinateur par la fenêtre.

— Disons que je m'inquiète pour ta tension artérielle.

— Tu devrais plutôt t'inquiéter que je ne prenne pas un de tes fusils pour aller abattre mon oncle.

— Je m'en chargerai pour toi.

Ils plaisantaient, mais cette ordure n'en méritait pas moins.

Il s'effaça pour laisser entrer Ella dans l'écurie. Elle s'immobilisa si brusquement qu'il faillit lui rentrer dedans.

— Qu'est-ce qu'il y a ?

— Regarde ! Ils nous saluent.

Une dizaine de chevaux passaient en effet leur tête par-dessus les portes de leur box en poussant de petits hennissements pour les accueillir.

Gabe baissa les yeux sur Ella, et la joie qu'il lut sur son visage le bouleversa.

— C'est la première fois que je te vois sourire vraiment, murmura-t-il.

Le cœur soudain léger, il posa un baiser sur sa tempe et la poussa devant lui.

— Va leur dire bonjour. Ils s'ennuient. Je les sortirai un peu plus tard dans le paddock.

Elle ne se le fit pas dire deux fois. Elle s'approcha du premier cheval pour lui flatter l'encolure, se laissa câliner la joue par le second et continua de distribuer des caresses en remontant l'allée.

Gabe avait préparé un plein panier de pommes. Cinq box plus loin, il rejoignit Ella en admiration devant une jument palomino.

— Elle s'appelle Winnie, dit-il. Ce n'était encore qu'une pouliche quand je l'ai achetée, il y a deux ans.

Winnie allongea le cou pour venir frotter son museau contre sa nuque, avant de plonger vers le panier pour chaparder une pomme.

— Elle adore ça, précisa-t-il en essayant de sauver le reste des fruits sous le regard amusé d'Ella.

— Tu ne peux pas savoir à quel point mes chevaux me manquent.

— Combien en as-tu ?

— Deux. Un noir et un blanc. Bentley et Mercedes.

— Bon sang, même tes chevaux portent des noms de voitures de luxe !

Elle éclata de rire.

— Je te fais marcher. J'étais certaine de ta réaction. Ils s'appellent Belle et Angel.

— Je ne savais pas que j'étais si prévisible, marmonna-t-il, feignant d'être vexé.

Il la regarda prendre la tête de la jument entre ses mains et poser sa joue sur le chanfrein.

— J'adore les chevaux. Mais ces derniers temps, je n'ai pas passé beaucoup de temps avec les miens.

— C'est dommage. Ils te rendent manifestement heureuse.

Elle confirma d'un hochement de tête.

— Dès que ça ne va pas ou que j'ai besoin de m'isoler pour réfléchir, je vais à la campagne. Là-bas, je monte à cheval des heures durant. Et quand je ne monte pas, je passe mon temps à pomponner Belle et Angel. Ça me détend et me remet les idées au clair.

Gabe lui tendit une brosse à étriller et ouvrit la porte du box.

— Ça tombe bien ! Winnie adore être cajolée. Occupe-toi d'elle. Pendant ce temps, je vais sortir ses petits camarades.

Ella entra aussitôt dans le box et se mit à brosser le pelage doré de la jolie jument.

Comme il s'éloignait, elle l'appela.

— Oui ?

— Merci, Gabe. C'est exactement ce dont j'avais besoin.

Il revint vers elle, prit son visage entre ses mains et le leva vers lui. Lentement, délicatement, il posa un baiser sur son front.

Il aurait préféré l'embrasser d'une autre façon, mais là, tout de suite, ce dont elle avait besoin c'était de douceur et de réconfort.

— De rien, mademoiselle Wolf.

Il contempla ses traits délicats éclairés par son lumineux regard vert.

— Il va me falloir une bonne demi-heure pour sortir les chevaux. Winnie est tout à toi.

Heureuse au-delà des mots, Ella se dressa sur la pointe des pieds, noua les bras autour de son cou et le serra contre elle.

Il se contint pour ne pas s'emparer de sa bouche. Il s'écarta à regret et commença à s'occuper des chevaux tout en glissant des coups d'œil fréquents sur Ella, qui en faisait autant avec lui dès qu'il passait à proximité. Ce qu'il ne pouvait ignorer.

Ce qu'il ne put ignorer non plus, ce fut la succession d'émotions qui passèrent sur le visage de la jeune femme, tandis qu'elle pansait Winnie. Sa joie initiale avait peu à peu cédé la place à une immense tristesse. A un moment, elle craqua. Il la vit poser sa joue sur l'encolure de la jument et pleurer.

Mais il poursuivit sa tâche, la laissant donner libre cours à ses souvenirs et à sa détresse.

Une fois calmée, elle alla poser la brosse à étriller sur la table et retourna vers Winnie pour la serrer dans ses bras.

Gabe sourit. Il savait exactement ce qu'elle ressentait. Ce besoin parfois de s'appuyer sur un être qui ne disait rien et ne portait aucun jugement sur vous.

Il hésita. Devait-il s'avancer et lui changer à nouveau les idées, ou fallait-il la laisser retourner éplucher des fichiers informatiques.

Il s'approcha et posa les mains sur ses épaules et massa ses muscles noués par la tension et la fatigue.

— Merci, Gabe, murmura-t-elle.

— De rien.

Elle le surprit une fois de plus en faisant volte-face pour l'embrasser. Une simple caresse de ses lèvres sur les siennes. Bien trop brève. Mais l'intensité dans ses yeux reflétait le même désir qui lui tordait les tripes de la serrer plus fort contre lui et de dévorer sa bouche.

Il se contenta cependant de laisser ses mains là où elles étaient, posées sur les hanches d'Ella. Parce que ces derniers jours il avait appris à la connaître. Et l'inclinaison de sa tête et la ligne de sa bouche indiquaient qu'elle avait quelque chose d'important à lui dire.

— Tu as bien fait de m'obliger à faire une pause.

— Il faut savoir prendre un peu de recul.

— Mais le temps presse, Gabe. J'ai l'impression de rater un élément fondamental. Comme si Lela me disait quelque chose que je n'entends pas.

— Sortons marcher un peu.

Il la lâcha et s'écarta d'un pas. Il avait besoin de mettre de la distance entre eux avant de commettre une bêtise. Comme la coucher dans les bottes de foin, la déshabiller et lui faire l'amour, ici même, dans l'écurie.

— C'est quoi, ce regard ? demanda-t-elle.

— Quel regard ?

— Celui-ci. Quand tu secoues la tête et que tu me regardes comme si j'étais une bestiole bizarre.

— Mais tu es *bizarre* ! Tu es ce que tu es, et en même temps, tu ne l'es pas.

— Vu sous cet angle, c'est sûr, je suis bizarre. Mais encore ?

— Tu es une citadine.

— En effet, je vis à New York. Mais j'ai aussi vécu dans bien d'autres endroits, y compris dans le Montana.

— Oui. C'est justement ça.

— Quoi, ça ?

— Tu es à l'aise n'importe où. Ta place est autant ici qu'à New York. Je te vois aussi bien sortir en discothèque et écumer les boutiques de Manhattan qu'étriller les chevaux et vivre avec un cow-boy comme moi, sur un ranch. Tu es ce que les médias montrent de toi, mais tu es aussi une femme qu'ils n'imaginent même pas.

— Et toi, tu n'es pas un simple cow-boy, Gabe Bowden. Tu élèves du bétail et des chevaux, mais tu possèdes un diplôme universitaire et tes tableaux prévisionnels feraient pâlir la plupart des chefs de projets de Wolf Enterprises. Statistiques, finances, gestion des stocks. Bien des dirigeants d'entreprise n'ont pas tes compétences. En même temps, tu es capable de faire tourner un ranch, de t'occuper du bétail et des chevaux. Ce n'est pas tant le profit qui t'intéresse que le travail lui-même, au contact de la nature et des animaux, n'est-ce pas ?

Il hocha la tête sans un mot.

— Si tu savais comme je t'envie, reprit-elle d'une voix teintée d'amertume. Je t'envie encore plus quand je vois tes photos de famille un peu partout dans la maison, quand je t'entends parler de tes frères.

Elle ferma brièvement les yeux.

— Je me demande ce qui se passera une fois que j'aurai envoyé mon oncle derrière les barreaux. Tout ce que j'avais prévu avec Lela, c'est fini. Pourquoi je fais tout ça ? Pour venger ma sœur, bien sûr. Mais quand mon oncle aura payé, qu'est-ce que je vais faire ?

— Tu dirigeras la compagnie. Tu retrouveras tes amis à New York. Tu vivras ta vie.

— Mais si je ne veux plus de cette vie ? Cette vie, je l'imaginais *avec* Lela. Sans elle, cela ne m'intéresse pas. Je vais travailler pour qui ? Pour quoi ? Pour la satisfaction de poursuivre l'œuvre de mon père et étendre encore l'empire Wolf ? Pour gagner plus d'argent ? Qu'est-ce que je vais en faire ? Acheter des tas de trucs dont je n'ai pas besoin et dont je n'ai aucune envie ?

— Ella, pour l'instant, tu ne sais plus trop où tu en es. C'est normal. Mais dès que tu en auras terminé avec ton oncle, tu reprendras le cours de ta vie.

— C'est ça. Le cours de ma vie…

Sa voix se brisa, son regard se fit vague, et Gabe perçut tout le poids de sa solitude.

Il ne savait quoi dire, parce qu'elle avait raison. Elle retournerait à New York pour diriger seule une multinationale créée par son père. D'un autre côté, elle finirait par surmonter son chagrin, ses amis l'entoureraient et elle en trouverait certainement un parmi eux avec qui partager sa vie.

La bouffée de jalousie qui l'étreignit le stupéfia. Il n'avait jamais été du genre possessif avec les femmes — sans doute la raison pour laquelle il les laissait partir si facilement. Cette fois, avec Ella, ce ne serait pas aussi simple. En fait, il avait de plus en plus de mal à se projeter dans un avenir sans elle. Et sa détresse le touchait plus que tous les signaux d'alarme qui résonnaient dans sa tête.

Alors il l'attira contre lui et l'enveloppa de ses bras. Peu importait la suite. Dans l'immédiat, ce qu'il fallait, c'était la réconforter.

— Tu n'es pas seule, Ella. Je suis là. Et je le serai aussi longtemps que tu voudras de moi.

Elle releva la tête, son regard étincelant d'un désir aussi violent que le sien. Un désir sans équivoque auquel il tenta cependant de résister. Pour elle. Pour lui.

— Dis-moi de te laisser tranquille, souffla-t-il. Dis-moi que tu préfères être seule.

— Non. Je ne veux pas être seule. Je veux être avec toi.

Il faillit lui demander pour combien de temps, mais se ravisa. Parce qu'il était évident qu'elle partirait tôt ou tard pour retourner à cette existence dont elle croyait ne plus vouloir, mais vers laquelle elle retournerait parce que c'était celle qu'elle avait toujours connue.

Malheureusement, il suffisait qu'elle se blottisse dans ses bras pour que son corps s'enflamme. Les lèvres d'Ella s'entrouvrirent sur un soupir. Alors, n'y tenant plus, il écrasa sa bouche contre la sienne et laissa libre cours à son désir, cette fois. Leurs langues se goûtèrent, se nouèrent. Il glissa ses mains sous le pull-over d'Ella, remonta le long de son dos, savourant le satin de sa peau et son gémissement de plaisir. Pressant ses hanches contre les siennes, il s'arracha à ses lèvres pour faire courir sa bouche plus bas, sur sa gorge et poser un baiser dans le creux délicat de son cou.

— Tu es si belle.

Elle renversa la tête en arrière. Il s'empara de nouveau de ses lèvres.

— Surtout, ne t'arrête pas, murmura-t-elle contre sa bouche.

— Je ne fais que commencer.

Et pour le lui prouver, il l'embrassa de nouveau avec avidité, profondément, fiévreusement.

Ella s'abandonna. Plus rien n'existait que le fait d'être dans les bras de Gabe, que la chaleur de sa bouche, la saveur de sa langue. C'était comme si seuls comptaient cet instant et ce baiser qui donnait un sens à sa vie. Plus rien n'existait hormis cet homme. Près de lui, elle avait l'impression que tout irait bien. Elle ne ressentait plus ni crainte ni doute. Et quand il l'embrassait, le lien entre eux était aussi intense que celui qui l'avait unie à sa sœur. Différent, mais aussi profond.

Elle sentit son dos heurter la paroi du box. Gabe posa les mains sur ses fesses et les serra, tout en poussant ses hanches contre son ventre, allumant des étincelles dans tout son corps. A son tour, elle glissa les mains sous sa chemise, enfonça ses doigts dans les muscles de son dos, se délectant de leur puissance. Elle en avait rêvé tant de fois…

Les mains de Gabe remontèrent sur ses hanches, lui arrachant un cri lorsqu'elles effleurèrent l'hématome encore douloureux.

— Pardon, chuchota-t-il contre sa bouche.

Doucement, il fit courir ses doigts en cercles langoureux sur son corps meurtri.

Ella sentait le sang battre à ses tempes. Sous la caresse sensuelle, le désir montait au creux de ses reins, violent, irrépressible. Fébrile, impatiente, elle se dressa sur la pointe des pieds pour prendre le visage de Gabe entre ses mains et l'embrasser à son tour, avidement.

Le souffle chaud de Winnie sur sa nuque la fit sursauter. Tendant le cou, la jument vint coller son museau contre sa joue. Elle éclata de rire.

Gabe la dévisagea, l'air soudain consterné.

— Ella, nous ne pouvons pas faire l'amour ici.

— Avec un peu moins de vêtements, je suis sûre que nous pourrions nous débrouiller.

— Bon sang, nous sommes au milieu d'une écurie et tu frissonnes !

— C'est toi qui me fais cet effet.

Elle se pressa contre lui et fit courir ses lèvres le long de son cou, tout en laissant sa main s'égarer vers son ventre pour effleurer la preuve de son désir pour elle.

Il laissa échapper un petit bruit de gorge étranglé.

— C'est absurde, mais je te désire comme un fou, reconnut-il dans un souffle.

— Alors emmène-moi au chaud dans ton lit.

Gabe plongea dans son regard, comme pour scruter le fond de son âme. Puis il l'enleva dans ses bras puissants, ouvrit la porte de l'écurie d'un coup de botte et traversa la cour enneigée jusqu'à la maison. Là, il s'arrêta quelques secondes dans le hall, le temps de s'emparer à nouveau de ses lèvres. Et c'est encore en l'embrassant qu'il l'emmena dans sa chambre pour se laisser tomber sur son lit.

Elle noua les jambes autour de sa taille et frotta son bassin contre le sien, déclenchant des ondes de plaisir au creux de ses reins.

— Trop de vêtements, murmura-t-elle lorsqu'il libéra ses lèvres.

Sans un mot, il se redressa et lui ôta ses vêtements à petits gestes efficaces et rapides. Il jeta le tout sur le sol et la regarda.

— Tu es belle.

Lentement, il s'inclina vers elle et baissa les yeux sur ses seins ronds et fermes, aux pointes d'un rose sombre. Il en prit une dans sa bouche. Elle se cambra et enfonça ses doigts dans ses cheveux pour le retenir là, tout contre elle.

Doucement, il se dégagea et fit glisser sa bouche entre ses seins, jusqu'à son ventre. Puis, sans la quitter des yeux, il se débarrassa de sa chemise et de ses bottes.

Se penchant de nouveau sur elle, il planta ses mains de chaque côté de sa tête et la contempla, prenant tout son temps.

Sous son regard sombre et brûlant, elle avait l'impression de se consumer. Elle s'enroula autour de Gabe, mais cette fois encore, il ne céda pas à la tentation de s'enfoncer en elle et reprit son exploration. Il promena ses lèvres sur ses épaules, ses bras, son ventre, embrassa le bleu sur sa hanche, contenant visiblement son désir.

Sous ses baisers, elle se détendait, se faisait toute douce et abandonnée. Emerveillée, elle observait cet homme lui faire l'amour. Elle ne ressentait plus ni chagrin ni douleur. Seulement du plaisir. Un plaisir nouveau pour elle. Quelques instants plus tôt, dans l'écurie, Gabe s'était montré avide et impatient. A présent, il n'était plus que calme et douceur. Ses mains, ses lèvres étaient partout à la fois. Caressantes, tendres, rassurantes. Elle se laissa dériver, envoûtée.

Gabe n'en pouvait plus. Il mourait d'envie de la posséder, mais quelque chose dans la façon qu'elle avait de le regarder, de soupirer et de s'offrir à lui en toute confiance lui ordonnait de ne rien précipiter. Ils avaient tout le temps. Même si au fond de lui, il savait que ce temps était compté, il voulait apprendre toutes ces choses qui arrachaient à cette femme qui l'ensorcelait de petits soupirs de plaisir.

Il glissa les mains sous ses fesses et les souleva légèrement. Puis il posa sa bouche entre ses jambes et la goûta du bout de la langue. Elle hoqueta et se raidit.

— Gabe…

Il leva les yeux vers elle. Elle le regardait, les yeux embrumés de jouissance. Comme il s'écartait pour ôter son jean, elle se redressa pour l'embrasser à son tour, semant des baisers sur son cou, sur son torse, tandis que sa main s'égarait plus bas pour se refermer sur son sexe et le caresser lentement.

Incapable de résister à cette douce torture, Gabe repoussa la main d'Ella. Il la fit basculer sur le dos pour la couvrir de son corps, et leurs langues se mêlèrent de nouveau tandis qu'il sortait un préservatif du tiroir de la table de chevet. Puis il se plaça entre ses cuisses et glissa au plus profond de sa chair d'un mouvement doux et ferme, tout son corps pressé contre le sien. Et les beaux yeux verts d'Ella s'abîmèrent dans les siens.

— Oh ! Gabe…

Il esquissa un lent mouvement d'avant en arrière, les mains sous ses hanches, la soulevant jusqu'à repérer l'angle précis qui faisait éclater le plaisir sur son visage, cherchant à s'harmoniser avec elle, se laissant guider par ses murmures et ses gémissements. Pour lui faire comprendre ce qu'il semblait être incapable de penser ou d'exprimer clairement de vive voix. En revanche, son corps, lui, savait ce qu'il voulait dire à Ella.

Et elle lui répondait de la même façon, en se donnant tout entière, sans retenue, le poussant toujours plus loin, exigeant davantage. Et soudain, le plaisir fut si violent que tous deux n'eurent plus la force que de fermer les paupières et de succomber à l'intensité de l'orgasme.

Ils restèrent enlacés, à bout de forces, hors d'haleine. Gabe enfouit son visage dans les cheveux d'Ella et respira son parfum. Puis il posa la main sur son cœur, baisa sa bouche alanguie et la contempla jusqu'à ce qu'elle ouvre les yeux. Des yeux emplis de larmes.

— Qu'y a-t-il, chérie ?

— Je me sens coupable d'être heureuse.

Il lui caressa la joue.

— Tu n'as pas à te sentir coupable. Ta sœur t'adorait. Elle aurait voulu que tu sois heureuse.

— Mais je suis venue ici pour trouver cette maudite preuve, pas pour coucher avec toi.

Il s'écarta. Il avait soudain la désagréable impression que ce qu'ils venaient de partager n'était pour elle qu'une simple partie de jambes en l'air qui l'avait distraite de son véritable objectif. Il s'assit au bord du lit, les doigts crispés sur le matelas, le regard rivé sur ses pieds.

Il voulut se lever, mais Ella le retint. Elle enroula les bras autour de son torse, le menton posé sur son épaule, les seins pressés contre son dos. Chaude. Douce. L'enveloppant de son parfum.

— Attends. Ne pars pas, murmura-t-elle. Excuse-moi, je me suis mal exprimée. Ce que je voulais dire, c'est qu'avec toi, mon cœur se gonfle de bonheur, mais en même temps, je ressens toujours ce vide immense en moi. Tous ceux que j'aimais ont disparu. J'ai regardé mon oncle assassiner ma sœur, je l'ai entendu dire qu'il voulait ma mort et je sais qu'il a déjà tué. Que se passera-t-il s'il me trouve ici ? Je ne supporterais pas qu'il t'arrive quoi que ce soit à cause de moi.

C'était donc ça.

— Il ne m'arrivera rien, Ella. Et je ne permettrai pas qu'il t'arrive quoi que ce soit. Parce que je ne peux imaginer ma vie sans toi.

— Alors tu comprends ce que j'éprouve pour toi. J'ai peur que cela ne nous apporte que du malheur.

Autrement dit que son oncle ne se serve de lui pour la faire souffrir, conclut-il.

— Tu me connais. Je suis solide et je suis là, près de toi.

— Pour combien de temps ?

Il la renversa sur le lit et la couvrit de son corps.

— Tant que tu voudras de moi.

— Je te veux, murmura-t-elle, le regard plongé dans le sien.

Ce n'était pas exactement ce qu'il aurait voulu entendre — il souhaitait tellement plus. Mais il s'en contenterait pour l'instant.

20

— Nom d'un chien ! Elle circule dans l'Intranet de la compagnie, s'introduit dans les fichiers, et vous n'êtes pas fichu de la repérer ? s'écria Phillip Wolf.

Il avait oublié le nom du type responsable du service informatique, mais il se souvenait très bien que c'étaient ses nièces qui l'avaient promu à ce poste.

— Monsieur Wolf, je peux vous assurer que la police et notre équipe ont passé tout le système informatique au crible, mais il est impossible de la localiser. Elle utilise des serveurs du monde entier et dissimule soigneusement son identité.

— Comment est-ce possible ?

— Il faut croire qu'elle est douée, à moins qu'elle n'ait embauché quelqu'un pour l'aider. Ce n'est pas compliqué, quand on sait comment faire.

Phillip avait la désagréable impression que cet homme lui cachait quelque chose. Peut-être même avait-il aidé Ella à pénétrer leur Intranet. Bon sang, mais que mijotait-elle ?

Il n'en avait aucune idée et cela le rendait fou.

— A-t-elle ouvert le mail contenant le programme de traque que la police vous a donné ?

— Non.

— Pourquoi ? Vous l'avez bien dissimulé sous forme d'un fichier ordinaire ?

— En effet, mais tant qu'elle n'ouvre pas le fichier ou qu'elle ne clique pas sur le lien, je ne peux rien faire.

— Donc, elle sait qu'il s'agit d'un piège.

Le responsable du service informatique ne releva pas la question implicite, confirmant ses soupçons.

— Vous travaillez toujours avec les hommes de la police judiciaire ? demanda-t-il.

— L'inspecteur Robbins a demandé à vérifier tous nos systèmes informatiques, mais notre service juridique a bloqué l'opération. A moins d'un mandat, je ne peux lui communiquer que les informations concernant le compte mail d'Ella et ses fichiers, c'est tout.

— Non, ce n'est pas tout. Vous devez lui donner accès à tout ce qui permettra de la retrouver.

— Désolé, monsieur, mais le service juridique refuse. Nous sommes une entreprise privée. Nos fichiers contiennent des données confidentielles qui ne doivent surtout pas être divulguées auprès de nos concurrents. Par conséquent, à moins d'un mandat en bonne et due forme, je ne peux pas donner davantage d'informations.

— J'exige que vous communiquiez à l'inspecteur Robbins tout ce que vous savez des interactions d'Ella avec la compagnie !

— Non, monsieur. J'obéis aux ordres du service juridique. Si votre nièce a fait quoi que ce soit d'illégal et que les fichiers en contiennent la preuve, vous ne voudriez tout de même pas que Wolf Enterprises s'expose à des poursuites judiciaires ?

Phillip fronça les sourcils.

S'agissait-il d'une menace le visant directement ? Plus cette histoire durait, plus il devenait paranoïaque. Il finissait par s'imaginer que le monde entier se liguait contre lui et que le couperet pouvait tomber à tout instant pour l'envoyer devant la justice.

— Débrouillez-vous pour la localiser au plus vite.

— Je fais de mon mieux, monsieur.

Faisait-il de son mieux pour la retrouver ou pour la protéger ?

21

Ella dormait, nichée contre lui, dans le creux de son bras. Il sentait son souffle sur sa peau. Elle avait calé sa jambe droite par-dessus la sienne et posé sa main sur son torse, au-dessus du cœur.

Il restait immobile pour ne pas la réveiller. Mais comme cela lui arrivait souvent dès qu'elle fermait les yeux, elle eut un cauchemar. Il sentit son corps se tendre brusquement, sa respiration s'accélérer. Un cri étranglé lui échappa tandis que sa main se crispait sur son torse, puis elle se mit à marmonner des paroles incompréhensibles. Il parvint à saisir le mot « grotte ».

Comme elle s'agitait, il la prit dans ses bras.

— Chérie, réveille-toi. C'est un cauchemar.

Elle ouvrit brusquement les yeux et tenta de le repousser, avant de réaliser que c'était lui, et non son oncle, qui tentait de la retenir.

Elle tremblait encore dans ses bras, quand quelqu'un frappa à la porte d'entrée. Tous deux se figèrent. Apeurée, Ella remonta les genoux contre sa poitrine.

— Reste là, lui ordonna-t-il en se levant. Quoi qu'il arrive, ne sors pas de cette chambre. Je vais voir qui c'est.

La porte d'entrée claqua, ce qui le rassura. Ce devait être l'un de ses frères. Il bondit hors du lit, ramassa son jean, sa chemise et ses bottes, et s'habilla en quatrième vitesse. Sur le seuil de la chambre, il se retourna vers Ella. Assise toute droite au milieu du lit, pâle comme un linge, ses yeux verts plus immenses encore que d'habitude, elle semblait si fragile qu'il sentit son cœur se serrer.

— Gabe ! appela Blake.

— Une seconde ! J'arrive.

Comprenant qu'il ne s'agissait pas d'un inconnu, Ella se laissa retomber sur les oreillers avec un soupir soulagé.

Gabe lui sourit.

— Je reviens vite. Je n'en ai pas terminé avec toi, ajouta-t-il avec un clin d'œil canaille avant de refermer la porte derrière lui.

Il ne savait pas ce qui amenait son frère, mais il allait devoir s'en débarrasser rapidement. Parce qu'il redoutait l'intrusion du monde extérieur dans la bulle de bonheur qu'il venait tout juste de découvrir avec Ella. Une bulle de bonheur dont il pressentait la fragilité.

— Tu as vu ça ?

Blake jeta un journal et deux tabloïds sur la table de la cuisine avant de l'observer d'un œil intrigué.

— On dirait que tu sors du lit, tes cheveux sont tout ébouriffés. Tu dormais ?

— Non.

Gabe n'avait aucune envie de lui expliquer que la femme dans son lit avait tendance à agripper ses cheveux quand ils faisaient l'amour. Il passa les doigts dans sa tignasse pour y remettre un peu d'ordre, puis s'approcha pour jeter un coup d'œil sur les revues. Des photos d'Ella faisaient la une. Ella en soirée avec des amis, en bikini sur une plage ou le ponton d'un yacht. Aucune ne retint son attention maintenant qu'il connaissait chaque millimètre de son corps de déesse. En revanche, il se pencha sur la photo qui faisait la une du quotidien national : un groupe de jeunes gens tirés à quatre épingles qui sortaient du commissariat. La légende précisait : « Des amis d'Ella Wolf et Michel Henry, son petit ami, ont tenu à témoigner de son innocence auprès des autorités policières et s'inquiètent de sa disparition. »

Gabe se retint pour ne pas déchirer la photo de cet homme qui disait être le petit ami d'Ella. L'idée que ce type ait pu la caresser, l'embrasser et lui faire l'amour le rendait malade.

Blake désigna la une du quotidien.

— Tu savais ? Lela Wolf est morte juste après que tu l'as croisée au ranch.

— Je sais.

— J'ai vu Joël, qui travaille aux pompes funèbres de Crystal Creek. Il m'a confié que son corps venait d'y être rapatrié. Que se passa-t-il, Gabe ? Tu croises Lela Wolf, elle te demande de ne pas toucher à sa maison, elle se fait assassiner, tout le monde pense que c'est sa sœur la meurtrière, et tu me préviens par texto que la vente du ranch est annulée. C'est quoi, ce bordel ? Tu peux m'expliquer ?

Gabe quitta la cuisine et se rendit dans le salon. Son frère lui emboîta le pas.

— J'ai signé un contrat avec Phillip Wolf stipulant qu'il me vendait le ranch, répondit-il. La maison et les terres. J'ai transféré la moitié du montant de l'acquisition, soit la modique somme de sept cent cinquante mille dollars, sur un compte séquestre. La vente était censée être conclue le 20 mars.

— C'est quoi le problème ?

— Le problème c'est que ce n'est pas Phillip Wolf, le propriétaire. Il ne peut donc pas signer la vente, sauf si ses nièces, Lela et Ella, ne sont plus de ce monde. Or c'est exactement ce qu'il a planifié, afin que la vente du ranch puisse avoir lieu le 20 mars. Jour de leur vingt-cinquième anniversaire et date à laquelle elles étaient supposées prendre les commandes de leur héritage et de la compagnie.

— C'est une blague ? Tu crois que c'est lui qui a froidement abattu sa nièce ? Pourtant, tout semble indiquer que c'est Ella qui a tiré sur sa sœur.

— Phillip Wolf est le meurtrier. Je le sais.

— Quelle merde ! Si je comprends bien, sa signature sur le contrat de vente ne vaut rien.

Gabe confirma d'un hochement de tête avant de préciser avec une grimace amère :

— Pour couronner le tout, les sept cent cinquante mille dollars ont été sortis du compte séquestre.

— Qu'est-ce que tu racontes ?

— L'argent a disparu.

— L'argent a disparu, répéta Blake, stupéfait. Tu as appelé l'agent immobilier ? Un avocat ?

— Pas encore. Je m'en occupe.

— Tu t'en occupes, répéta Blake, tel un perroquet. Qu'est-ce que tu vas faire ? Et le bétail que tu viens d'acheter ? Et les chevaux ? Il n'y a pas assez d'espace pour eux, ici.

— Je vais y réfléchir.

— Bon sang, ce salaud s'est royalement foutu de toi !

Blake posa les poings sur ses hanches, secoua la tête, un pli soucieux entre les sourcils.

— Tu n'as plus de quoi rembourser le crédit, Gabe. Il va te falloir vendre le bétail et les chevaux à perte. Tu risques même de perdre ce ranch.

— Je sais.

— Et ça ne te rend pas fou furieux ? Moi, je crève d'envie d'aller étrangler ce salopard. Pas toi ?

— Non, parce que je sais que ça va s'arranger.

Derrière Blake, Gabe aperçut Ella. Appuyée au chambranle de la porte, les bras croisés, elle portait un joli chemisier appartenant à sa sœur et elle avait pris le temps de se recoiffer pour rencontrer son frère. Gabe en fut touché.

Il alla lui prendre la main et se tourna vers Blake qui cligna des yeux, sidéré.

— Je te présente Ella Wolf. Ella, voici mon frère Blake.

— Enchantée, dit-elle poliment sous le regard incrédule de ce dernier. Vous froncez les sourcils de la même façon que Gabe quand vous êtes en colère.

Blake le regarda, de plus en plus surpris.

— Gabe, tu es sur le point de tout perdre à cause des Wolf et tu la caches ici ?

— Oui. Je ne permettrai pas qu'il lui arrive quoi que ce soit.

— Non, mais tu sais qui est cette fille ?

Ella se raidit. Elle baissa les yeux sur le journal posé sur la table, le prit dans ses mains et lut à voix haute :

— « Figure incontournable de la jet-set internationale, Ella Wolf mène une vie de conte de fées. Héritière d'un empire industriel, sa fortune lui ouvre les portes des cercles les plus huppés de New York et de L.A. Fan de mode, elle court les défilés et les boutiques de luxe à travers le monde. Elle aime faire la fête. Ses amis disent d'elle qu'elle est sympa et amusante. Selon eux, elle serait bien incapable de faire du mal à une mouche et encore plus de tirer sur sa sœur. » Si on en croit cet article, je ne suis qu'une Barbie sans cervelle. Nulle part n'est mentionné le fait que j'ai décroché un MBA en gestion des entreprises et droit des affaires. Evidemment, ce n'est pas très croustillant, comme info. Je signale que la moitié des photos de cet article ont été prises lors d'un gala de charité et certainement pas à la sortie d'une boîte de nuit. Quant à celles où l'on me voit faire du shopping, elles ont été prises dans ma propre boutique de cosmétiques.

Elle releva les yeux sur Gabe, l'implorant silencieusement de comprendre la dichotomie entre sa vie publique étalée dans la presse et la vie qu'elle menait réellement. « Tu ne me connais pas », disait son regard.

Mais elle se trompait. Il savait que ce qui intéressait les médias et leurs lecteurs, c'étaient les frasques, les drames et l'aura de luxe entourant la riche héritière de Wolf Enterprises, pas la femme qu'elle était vraiment.

— Je te connais, répondit-il simplement.

Puis, lui prenant le journal des mains, il désigna la légende sous la photo de l'homme qui passait pour son petit ami.

— C'est faux, n'est-ce pas ?

Il n'avait pas vraiment besoin de demander. Il savait qu'Ella n'aurait pas trompé un petit ami, pas plus qu'elle ne se serait jetée dans ses bras pour apaiser son chagrin. Mais il avait besoin de le lui entendre dire.

Elle lut la légende et sourit.

— Michel ? Il est gay et sort avec mon coiffeur, Mario. Il cache la vérité pour ne pas être déshérité par son père, un vieux barbon autoritaire, bourré de préjugés. Nous faisons semblant de sortir ensemble et c'est aussi pratique pour moi que pour lui. C'est un homme formidable, mais sa famille se soucie davantage des apparences et de l'argent que de son bonheur.

— Si je comprends bien, tout ce que l'on dit de vous est faux, intervint Blake d'un ton suspicieux. Avouez que c'est difficile de faire la part des choses.

— Posez-moi des questions et je vous répondrai franchement.

— Eh bien pour commencer, allez-vous laisser votre oncle ruiner mon frère ?

— Non. Je ferai en sorte que Gabe récupère l'argent qui lui a été volé et plus encore.

— Plus encore ? Ella, que veux-tu dire ? Je veux seulement récupérer mes sept cent cinquante mille dollars.

En réalité, il aurait surtout voulu la récupérer, elle…

— Tu me fais confiance ? lui demanda-t-elle d'une voix douce.

— Oui.

— Et tu la crois ? s'indigna Blake. Ce n'est pas parce que vous couchez ensemble qu'elle te dit forcément la vérité.

Gabe le foudroya du regard.

— Ne dis plus jamais ça, laissa-t-il tomber d'un ton sec. Tu ne la connais pas. Moi, si.

Il froissa le journal dans son poing et le brandit sous le nez de Blake.

— Ce n'est pas elle, ce ramassis de ragots. Du moins pas de la façon dont ils en parlent. Elle est venue jusqu'ici chercher la preuve que son oncle est un salaud de la pire espèce. Elle aurait pu payer une armée d'avocats à prix d'or pour le faire à sa place, mais elle a choisi de s'en occuper elle-même pour sa sœur, pour ses parents et pour l'héritage qu'ils lui ont laissé et qu'elle essaie de protéger. Elle fuit un homme qui veut sa mort. Alors, tais-toi, assieds-toi et prends le temps de faire connaissance avec elle, sinon, file. Je ne te retiens pas.

Nullement impressionné par sa tirade enflammée, Blake esquissa un petit sourire entendu et sortit son téléphone portable de sa poche. Il composa un numéro.

— Allô, m'man ? Tout va bien. Gabe a rencontré quelqu'un. Oui, la vente du ranch est annulée, mais ça pourrait s'arranger. En mieux, semble-t-il.

Blake jeta un coup d'œil à Ella qui hocha la tête, ce qui ne manqua pas d'inquiéter Gabe.

— Que comptes-tu faire ? lui demanda-t-il à voix basse.

A plusieurs reprises déjà, elle lui avait assuré qu'elle allait arranger les choses, mais sans préciser de quelle façon.

— Tu verras. Quelques coups de fil et tout s'arrangera, répondit-elle avec un petit sourire.

— Oui, je vais rester ici encore une heure ou deux, histoire de faire connaissance avec sa copine, conclut Blake, avant de tendre le téléphone à son frère, le visage barré d'un sourire angélique. Maman veut te parler.

Ravalant un soupir exaspéré, Gabe prit le téléphone et repoussa son frère d'un coup de coude dans l'estomac. Un coup de coude qui manifestait tout à la fois son amour fraternel et son droit d'aîné. Son cadet le lui paierait.

— Salut, m'man. Alors comme ça, tu as eu mon message et tu as envoyé Blake me surveiller.

— Cela n'avait pas l'air d'aller fort, mon garçon. Et tu as beau être un grand gaillard, je m'inquiète pour toi. Que veux-tu, je suis ta mère.

— Ne t'en fais pas. La vente du ranch est annulée, mais je vais certainement récupérer la somme que j'ai déjà versée. Et pour ce qui est du bétail, je vais essayer de le revendre sans trop y perdre.

Ella, qui s'était assise devant l'ordinateur, releva la tête et la secoua de droite à gauche.

— A moins qu'il y ait une autre possibilité, précisa Gabe, avec un regard interrogateur à l'adresse d'Ella qui lui fit signe que oui.

— Comment s'appelle ton amie ? demanda sa mère.

— Ella.

— Où l'as-tu rencontrée ?

— Je l'ai trouvée sur le bord de la route et j'ai décidé de la garder.

Blake, qui avait été chercher une bière dans le frigo et la portait à ses lèvres, s'étrangla sur la première gorgée, arrachant un éclat de rire à Ella.

— Je suis sûr qu'elle te plaira, précisa Gabe.

— Tu vas nous la présenter ?

— J'espère, répondit Gabe, conscient qu'il s'avançait dangereusement, parce que la seule fille qu'il ait jamais présentée à ses parents, c'était Stacy, dès qu'elle avait accepté de l'épouser.

Il aurait sans doute mieux fait de prendre le temps de

réfléchir, mais il avait envie de suivre son instinct et de faire confiance à cette attirance qui les unissait, Ella et lui.

— J'imagine qu'elle est ravissante ?

— Elle est très belle. Mais quand on le lui dit, elle détourne les yeux.

Comme pour confirmer, Ella esquiva son regard, puis revint sur lui quand il ajouta :

— C'est une fille bien, qui croit à l'importance de faire ce qui est juste, même si c'est difficile ou dangereux. Elle est aussi très intelligente. Elle est titulaire d'un MBA et dirige sa propre entreprise. Elle va lancer une gamme de produits cosmétiques à base de plantes.

Ella ne put s'empêcher de rougir sous les éloges, tandis que Gabe poursuivait :

— Elle sait aussi faire le café, conduire une moissonneuse-batteuse et même parler aux chevaux.

— Et sait-elle te faire sourire ? lui demanda sa mère en riant.

En sa qualité d'aîné, Gabe avait toujours été le plus sérieux des quatre frères. Toujours là pour les aider aux tâches de la ferme et surveiller ses frères. Bien sûr, en grandissant, ces derniers s'étaient assagis et avaient assumé leur part de travail, mais Gabe avait pris l'habitude de faire passer le travail et le devoir familial avant tout le reste.

— Elle me fait sourire à chaque fois que je pense à elle ou que je la regarde, m'man.

— C'est bien. Pourquoi ne viendriez-vous pas dîner ensemble ?

Gabe sourit. Sa mère avait parlé d'une voix prudente, sachant qu'il était d'ordinaire très secret sur ses fréquentations féminines. Mais cette fois…

— Ella, maman aimerait nous avoir à dîner. Tu es d'accord ?

Elle ouvrit de grands yeux et fixa les documents qui s'empilaient sur la table.

Il retint son souffle en priant pour qu'elle accepte.

— Avec plaisir.

— Elle est d'accord, m'man. Mais ce ne sera pas pour tout de suite. Ella va probablement devoir retourner à New York très bientôt, car elle a des affaires urgentes à régler. Je te préviendrai.

— Tu n'essaierais pas de te défiler, Gabe Bowden ?

— Pas du tout. J'ai hâte de te la présenter. D'ici là, tu n'auras qu'à bombarder Blake de questions. Maintenant qu'il l'a vue, il ne peut plus en détacher les yeux.

— Quoi ? protesta l'intéressé en détournant rapidement la tête. J'essaie juste de comprendre ce qu'elle peut bien trouver à un gars comme toi. Il y a forcément quelque chose qui ne tourne pas rond chez elle.

Ella laissa échapper un nouvel éclat de rire.

— Je te rappelle plus tard, m'man. Dis bonjour à papa.

Il raccrocha et rendit le téléphone à son frère en lui assenant un coup sur le crâne.

— Hé ! Qu'est-ce que je t'ai fait ?

— Tu es venu m'espionner.

— Fallait bien que quelqu'un vienne voir comment tu allais. Tout le monde s'inquiète depuis qu'on a appris que ce projet pour lequel tu as travaillé si dur venait de partir en fumée.

— On ne pourrait pas changer de sujet ? marmonna Gabe. C'est déjà suffisamment pénible comme ça de réfléchir à ce que je vais faire.

— Ne prévois rien pour l'instant, intervint Ella. J'ai une idée.

— Laquelle ?

— Tu verras.

— Ce n'est pas une réponse.

— Je sais, mais j'y travaille.

Elle se tourna vers Blake.

— Puis-je utiliser votre téléphone ?

Il le lui tendit. Elle le remercia d'un sourire et composa un numéro.

— Allô, Cheryl. C'est Ella. Oui, j'ai emprunté le téléphone d'un ami. Merci. Elle me manque tellement, oui…

Ses yeux s'embuèrent, une larme roula sur la joue.

— Je sais que tout le monde me cherche, mais j'aimerais que cet appel reste confidentiel. Oui, il y aura un service funèbre à sa mémoire dès que je rentrerai. Et je peux t'assurer que celui qui l'a lâchement assassinée sera bientôt sous les verrous.

Elle repoussa ses cheveux en arrière d'une main tremblante et prit une profonde inspiration, luttant pour se ressaisir.

— Ecoute, Cheryl. J'aimerais que tu prépares un panier cadeau que tu enverras dans le Montana. Tu y mettras un exemplaire de tous nos produits cosmétiques. Ajoutes-y aussi un ballotin de chocolats et envoie le tout à Mme Bowden. Je repasse le téléphone à mon ami. Il te donnera l'adresse exacte. A bientôt, Cheryl. Ne t'inquiète pas, je rentre bientôt.

Elle rendit le téléphone à Blake qui précisa l'adresse de ses parents.

— C'est gentil, observa Gabe, touché par l'attention. Maman sera ravie.

— Ce n'est rien, répondit Ella en détournant les yeux. Vous avez l'air très proches de votre mère, tous les deux.

— On n'a pas le choix, plaisanta Blake. Si on ne l'appelle pas, elle se met en pétard et envoie papa à nos trousses !

— Vous avez de la chance. Si vous saviez comme je vous envie…, murmura-t-elle.

Comprenant ce qu'elle ressentait, Gabe s'approcha. Du bout des doigts, il effleura sa joue. Elle prit sa main et la retint contre sa poitrine où son cœur cognait fort. Elle n'était pas aussi calme qu'elle en avait l'air, nota-t-il.

— Bon, il est bientôt l'heure de dîner, décréta Blake, la mine gourmande. Ella, dites-moi que vous êtes un cordon-bleu !

— La seule chose qu'elle sache faire en cuisine, c'est passer les commandes, répondit Gabe en souriant à Ella. Le dîner repose sur toi et moi, mon vieux. Viens, on va s'en occuper.

Et tout en préparant le repas, il raconta toute l'histoire à son frère. Comment Phillip Wolf avait tué sa nièce et mis au point un scénario machiavélique pour se débarrasser d'Ella.

Pendant ce temps, celle-ci poursuivait ses recherches sur Internet, remontant les pistes susceptibles de la conduire à la preuve qu'elle cherchait pour démasquer son oncle.

Une heure plus tard, quand ils s'assirent pour dîner, elle mit de côté son passé, l'avenir, ses doutes et ses angoisses pour profiter de l'instant.

— Vous montez à cheval ? demanda Blake qui la regardait à présent d'un tout autre œil.

— Dès que je peux. Je possède deux chevaux à la campagne.

— Dis-lui comment tu les as baptisés, intervint Gabe avec un clin d'œil complice.

— Cristal et Jimmy Choo. Des pur-sang arabes. Ils vous plairaient.

— Quoi ? Vous leur avez donné des noms de marques de champagne et de chaussures ? Les riches ont vraiment de drôles d'idées.

Ella éclata de rire et Gabe faillit s'étrangler face à la mine incrédule de son frère.

— Ils s'appellent Angel et Belle, rectifia-t-il.

— C'est malin, marmonna Blake. Vous comptez les amener ici et vivre sur votre ranch ?

Il venait de poser la question qui taraudait Gabe. Le regard d'Ella chercha le sien, et ils se dévisagèrent de longues secondes.

— Peut-être, répondit-elle doucement.

Elle se tourna de nouveau vers Blake.

— Si je ne suis pas morte d'ici à mon anniversaire et si nous réussissons à envoyer mon oncle derrière les barreaux, il faudra bien que je fasse quelque chose de Wolf Ranch et du bétail.

Gabe baissa les yeux sur son assiette, sa bonne humeur soudain envolée.

Manifestement, Ella n'avait pas décidé de ce qu'elle allait faire. Et même s'il rêvait qu'elle puisse rester ici avec lui, il était parfaitement conscient que la place d'une telle femme n'était pas dans un ranch perdu au fin fond du Montana. Pas plus que lui ne pourrait trouver sa place dans une grande ville. Mais peu importait ce qui arriverait. L'essentiel était de vivre le moment présent.

Blake continuait de bombarder Ella de questions sur sa vie new-yorkaise et sur les célébrités qu'elle avait côtoyées lors de la dernière cérémonie des Oscars à Los Angeles.

Gabe l'écouta avec attention. Elle menait une existence bien différente de celle décrite dans la presse, mais ancrée malgré tout sur des amitiés solides. En regardant les photos de plus près, on s'apercevait vite que les personnes gravitant autour d'elle étaient presque toujours les mêmes. En fin de compte, dans le Montana, vous retrouviez vos amis autour d'un gigantesque barbecue en plein air, tandis qu'à New York, vous sortiez dîner au restaurant. Et au lieu d'une soirée dansante dans la grange du voisin ou le saloon du coin, vous alliez en discothèque, conclut Gabe en la contemplant avec un sourire pensif. Après tout, elle n'était peut-être pas si différente de lui.

— Qu'est-ce qui te fait sourire ? s'enquit-elle.

Elle prit la bière qu'il s'était servie et porta le goulot à ses lèvres. Il lui en avait proposé une, mais elle avait refusé.

— Tu voles ma bière.

— Oh ! excuse-moi. C'est ça qui te fait sourire ? Parce que je bois ta bière ?

— En effet. Tu as l'air aussi heureuse de manger du poulet en buvant de la bière avec deux cow-boys que de déguster du homard accompagné d'une bouteille de vin à cinq cents dollars avec tes amis milliardaires.

— Le poulet est délicieux et votre compagnie plus encore, répliqua-t-elle avec un clin d'œil à l'adresse de Blake.

Ce dernier était définitivement conquis, nota Gabe, amusé. N'importe quel homme à sa place l'aurait été, d'ailleurs. Ella ne flirtait pas. Ce n'était pas son style, mais sa gentillesse, son ouverture d'esprit et sa franchise lui gagnaient l'adoration de ceux qui avaient la chance de la côtoyer.

Au moment de partir, Blake prit la main de la jeune femme.

— J'espère que nous nous reverrons bientôt.

— Merci, Blake. Ravie de t'avoir rencontré. J'ai adoré toutes ces anecdotes que tu m'as racontées sur Gabe quand il était petit.

— J'en ai d'autres encore plus marrantes qui le feront rougir.

— J'ai hâte de les entendre !

— Doucement ! intervint Gabe. J'ai mon mot à dire, là-dessus.

Son frère se tourna vers lui.

— Elle n'est pas la femme que j'imaginais pour toi, mais elle est parfaite.

Gabe comprenait tout à fait ce que voulait dire son frère.

Ella n'était certes pas le genre d'épouse qui resterait au foyer pour lui cuisiner des petits plats et élever leurs enfants, se satisfaisant de vivre à la campagne au milieu des chevaux et des vaches. Elle ne correspondait en rien au portrait-robot de l'épouse idéale qu'il croyait vouloir avant de la rencontrer. Mais elle était la femme idéale pour lui.

En revanche, il n'était pas certain d'être l'homme idéal pour elle.

22

Gabe s'empara de sa bouche et recueillit son cri tandis qu'il la tirait d'un cauchemar pour la propulser directement dans un rêve se faisant réalité. Il la couvrit de son corps dur et chaud, pressa ses hanches entre ses cuisses, son sexe contre son intimité, mais sans la pénétrer, usant de sa bouche et de ses mains pour l'arracher à sa terreur, à son chagrin.

— Gabe… chéri, je suis réveillée.

— Tant mieux. C'est plus amusant à deux.

Ella pouffa, mais son rire se transforma très vite en un soupir de pur plaisir quand la bouche de son compagnon descendit le long de son cou, sur sa gorge, pour s'emparer d'un sein et en éprouver la fermeté du bout des dents. Les yeux fermés, elle plongea les doigts dans ses cheveux et s'abandonna, savourant chaque caresse, chaque baiser qu'il semait sur son corps. Elle se détendit et fit glisser ses mains sur ses épaules, le long de son dos musclé.

— Partout où je te caresse, c'est dur.

— C'est toi qui me fais cet effet, chérie.

Elle adorait l'intonation dans sa voix quand il la taquinait ainsi. Et par-dessus tout, elle adorait la façon dont il jouait de son corps comme d'une harpe, la faisant vibrer, frissonner, gémir, comprenant ce dont elle avait besoin sans qu'il soit besoin de mots.

La veille, après le départ de Blake, il avait deviné combien elle souffrait de l'absence de sa sœur, combien lui manquait cette complicité qu'elles avaient connue autrefois, la même qu'elle l'avait vu partager avec son frère pendant la soirée. Alors il avait laissé la vaisselle dans l'évier et l'avait emmenée dans son lit, où il l'avait aimée avec douceur, en lui murmurant des mots tendres qui l'avaient fait fondre. Elle avait pleuré. Pas des larmes de chagrin pour sa sœur et tout ce qu'elle avait perdu, mais des larmes de joie. Parce que cet homme éveillait en elle une émotion profonde, une émotion qu'elle n'avait jamais connue avec aucun autre homme. Et tout en réfléchissant au moyen de démasquer son oncle, de reprendre les rênes de l'entreprise familiale, de s'occuper de Wolf Ranch et du bétail, elle réfléchissait aussi au moyen de ne pas perdre Gabe.

Etait-il possible de tout avoir ?

— Arrête de penser, murmura-t-il contre ses lèvres.

Elle ouvrit les yeux et plongea dans le regard mordoré penché sur elle.

— Viens, chuchota-t-elle. Fais-moi l'amour.

Tendant les mains, elle attira sa bouche sur la sienne et referma les jambes sur lui. Doucement, délicatement, il entra en elle et, pressé de tout son long contre son corps, il se mit à bouger lentement, créant une délicieuse friction qui attisa l'incendie entre eux.

Elle noua les bras autour de son dos et s'agrippa à lui, tandis que ses hanches ondulaient contre les siennes, asservies à son rythme.

D'une main, Gabe souleva sa jambe droite pour l'enrouler autour de sa taille et s'enfoncer plus profondément en elle, de toute sa puissance, de toute son âme, désireux de l'emmener plus haut à chaque coup de reins. Les seins pressés contre son torse, elle sentait les battements frénétiques de leurs cœurs, comme s'ils battaient en elle. Et les ondes de plaisir se propageaient dans son corps, de plus en plus fortes, l'amenant au bord du précipice.

Tendu comme un arc, il la maintint à ce point ultime de la jouissance, l'obligeant à en goûter toutes les vagues délicieuses. Puis il couvrit son visage de baisers et la rejoignit dans l'extase en murmurant son nom.

Ella ouvrit les yeux.

Le poids de Gabe sur son corps lui faisait l'effet d'un refuge la protégeant du reste du monde. Un endroit où elle pouvait se reposer et se sentir en sécurité, à l'écart des turbulences qui agitaient sa vie. Justement. N'était-elle pas tout simplement en train de fuir et de se cacher dans les bras de cet homme ? Non. Ce qu'elle ressentait pour Gabe allait bien au-delà de ses peurs et de son chagrin.

Comme il effleurait son cou d'un baiser empreint de tendresse, elle frémit, bouleversée par l'intensité de son émotion. Au milieu de toute cette folie, elle était tombée amoureuse de cet homme. Au milieu de son chagrin s'était allumée une lueur d'espoir qui la maintenait debout, qui la poussait à ne pas abandonner la lutte en l'autorisant à croire qu'une fois sa tâche terminée, elle ne serait pas seule.

Se soulevant sur les avant-bras, Gabe la dévisagea, le sourire aux lèvres.

— Bonjour, chérie.

Etirant les bras au-dessus de sa tête, elle resserra l'étreinte de ses jambes sur les hanches de Gabe pour le retenir en elle.

— Bonjour, toi.

— Continue comme ça et nous ne quitterons jamais ce lit.

Elle posa les mains sur ses épaules et les fit glisser le long de ses bras.

— C'est une promesse ? demanda-t-elle avec un regard délicieusement coquin.

Gabe se pencha pour l'embrasser et lui faire savoir combien il adorerait rester au lit avec elle. Puis il se redressa.

— J'ai faim. Les chevaux et le bétail aussi. Tu veux venir m'aider à les nourrir ?

— Oui… Bien sûr, répondit-elle d'une voix soudain hésitante.

Gabe se retira et s'accouda sur le côté pour la regarder.

— Qu'est-ce qu'il y a ?

Posant une main sur sa joue, il la força à tourner la tête vers lui.

— J'aimerais que tu m'emmènes voir ma sœur, ce matin.

— C'est trop dangereux, Ella. Il y a une grosse récompense pour celui qui te dénoncera. Quelqu'un pourrait te reconnaître et prévenir la police. Sans parler des sbires de ton oncle qui surveillent peut-être l'endroit, en espérant que tu te montreras.

— Gabe, je t'en prie, je serai prudente. J'ai besoin de la voir. Et je pourrais peut-être enfin comprendre le message qu'elle a essayé de me faire passer.

— Comment ça ?

— Nous avions ce lien si particulier aux jumeaux. Un regard suffisait pour savoir ce que l'autre pensait. Il m'arrivait de rentrer tard à la maison et de la trouver en train de m'attendre au salon, parce qu'elle pressentait que j'avais besoin de lui parler. Et c'était réciproque. Quand mon oncle l'a agressée, je suis certaine qu'elle a essayé de me dire quelque chose. Simplement, je n'arrive pas à mettre le doigt dessus. J'ai l'impression de faire un blocage.

— Ce n'est pas étonnant, chérie. Tu as vu mourir ta sœur. C'est déjà traumatisant en soi, mais voir ton oncle lui tirer dessus, c'est quelque chose d'inconcevable. Dans une famille, on est censé se protéger.

— Chez toi, Gabe. Chez moi, mon oncle n'a jamais été qu'un étranger vivant sous le même toit, utilisant les affaires de mon père, et s'intéressant à ses nièces uniquement pour les apparences. Et pendant tout ce temps, il nous volait.

— Tu crois qu'il avait prévu de tuer Lela ?

— Peut-être, mais certainement pas de cette façon. Il lui a tiré dessus sous le coup de la colère, parce qu'elle refusait de lui dire où était la preuve de ses petits trafics.

— C'est probablement au ranch qu'elle l'a cachée. Mais où ?

— Je ne sais pas. Pourtant, tu as vidé la maison et tu n'as rien vu de particulier.

— Je n'ai pas touché aux dépendances. Ce que nous cherchons est peut-être caché dans l'un de ces bâtiments.

Elle fronça les sourcils.

— Nous adorions jouer dans la grange…, murmura-t-elle. C'est peut-être là-bas. Papa nous avait aussi construit une cabane dans un arbre. Je ne suis pas certaine de retrouver l'endroit, mais ça vaut la peine d'aller y jeter un coup d'œil.

— La météo annonce un réchauffement dans les prochains jours.

— Tu veux dire que nous allons dépasser les quatre degrés ! s'exclama-t-elle, feignant le ravissement.

Gabe secoua la tête en riant.

— Ah, ces filles de la ville qui ne rêvent que de soleil et de cocotiers !

— Lela et moi avions justement prévu de partir une semaine à Bora Bora pour nos vingt-cinq ans. Plages de sable blanc, eaux cristallines…

Sa voix s'éteignit. Une larme roula sur sa joue. Gabe l'essuya avec son pouce.

— Je déteste te voir pleurer. Alors, ne me demande pas de t'emmener voir ta sœur.

— Rien ne t'oblige à m'accompagner. Prête-moi juste ton pick-up.

— J'ai dit que je ne voulais pas t'y emmener parce que je ne supporte pas de te voir pleurer, chérie. Pour autant, je ne te laisserai pas affronter cette épreuve toute seule.

Elle roula contre lui et il l'enveloppa de ses bras. Sécurité. Chaleur. Protection. Il lui offrait son soutien sans attendre quoi que ce soit en retour. C'était tout le contraire de ce qu'elle avait connu jusqu'à présent. Elle ne comptait plus tous ceux qui avaient tenté d'entrer dans son cercle d'amis dans l'espoir d'utiliser son nom pour pouvoir gravir l'échelle sociale. Il y avait longtemps qu'elle avait compris leur petit jeu. Aucun homme ne lui avait procuré autant d'attention et de tendresse désintéressées que Gabe.

« Je t'aime », chuchotait son cœur, mais elle ne pouvait pas l'exprimer. Pas encore. Pas quand son existence était prise dans un tel maelström que l'avenir était incertain. Il lui fallait trouver un moyen de ne pas le perdre.

Gabe lui donna une petite claque sur les fesses.

— Debout, paresseuse ! Nous avons mille choses à faire.

— Gabe…

— Oui, chérie.

— J'aimerais pouvoir rester ici avec toi. Pour toujours.

Il posa son front contre le sien.

— Tu peux si tu veux.

Puis il effleura ses lèvres d'un autre de ces baisers si doux, si tendres, dont elle était devenue dépendante, avant de rouler hors du lit pour gagner la salle de bains sous le regard émerveillé d'Ella.

Seigneur, l'homme était aussi beau de dos que de face !

Ramenant les draps sur sa poitrine, elle balaya des yeux la pièce toute simple aux murs blancs, le mobilier aux lignes épurées, les trophées de rodéo sur la commode. De toute évidence, Gabe était un cavalier émérite. Elle songea aux cicatrices sur son corps. Elle avait remarqué qu'il portait parfois tout son poids sur la jambe droite. Surtout en fin de journée ou après être resté longtemps dehors, dans le froid. Il s'était probablement blessé en montant des chevaux sauvages pour gagner l'argent nécessaire à l'acquisition de Wolf Ranch. Son rêve.

Un sourire songeur s'épanouit sur son visage. Oui, ce serait merveilleux de vivre ici avec Gabe. Et peut-être ne serait-il pas contre quelques mètres carrés supplémentaires, accompagnés d'une touche de décoration féminine.

— Qu'est-ce qui te fait sourire, chérie ?

L'objet de ses pensées sortait de la salle de bains, une serviette nouée autour des reins, les cheveux encore humides.

— Je complotais. Et te voir nu me fait toujours sourire.

Il dénoua la serviette et écarta les bras.

— Regarde donc, chérie, si ça te fait sourire ainsi.

Elle éclata de rire et roula hors du lit pour se jeter dans ses bras. Elle se pressa contre lui.

— Tu es tout mouillé.

— Donne-moi deux minutes et tu le seras autant que moi, la taquina-t-il en posant les mains sur ses fesses.

Elle fit de même avec un sourire mutin.

— Tu as de très jolies fesses, cow-boy.

— Et toi le plus joli sourire que j'aie jamais vu et de magnifiques yeux verts.

— Je croyais que c'étaient mes seins qui t'intéressaient.

Gabe baissa les yeux sur ses seins pressés contre son torse.

— Oh ! Ils m'intéressent, mais j'aime aussi beaucoup tes jambes.

— Y a-t-il quelque chose que tu n'aimes pas chez moi ?

— Ton oncle. Je le déteste vraiment.

— Sentiment partagé. Je vais prendre une douche pendant que tu prépares le café.

— J'espérais que tu l'aurais fait pendant que je me douchais, comme toute femme au foyer, répliqua-t-il, feignant d'être contrarié.

— Excuse-moi, chéri. Je suis trop habituée à ce que Mary fasse toutes ces choses pour moi. Je suis une riche héritière qui ne sait rien faire de ses dix doigts, ne l'oublions pas.

Sur ce, elle lui donna une petite claque sur l'épaule et entra dans la salle de bains en souriant.

— Ne pourrait-on pas la faire venir ici, ta Mary, pour nous préparer le café et nous mitonner de bons petits plats ? lança Gabe.

Alors, juste par curiosité, histoire de voir ce qu'il dirait, elle répondit :

— Je vais faire le nécessaire.

Il ne releva pas.

Sans doute croyait-il qu'elle plaisantait, mais il apprendrait vite qu'elle n'avait pas l'habitude de lancer des paroles en l'air.

23

Gabe tendit son bonnet de ski à Ella, trois kilomètres avant d'arriver en ville.

— Enfile ça. Je ne voudrais pas que l'on te reconnaisse.

Elle enfila le bonnet sur sa tête jusqu'aux oreilles avec une grimace.

Gabe lui glissa un coup d'œil. Il se fichait éperdument de son look, du moment qu'elle restait hors de portée des griffes de son oncle. Avec un inspecteur dans la poche et tous ceux qui avaient probablement aidé Phillip Wolf à couvrir le meurtre de sa nièce, il n'était pas question de faire confiance à qui que ce soit.

— J'ai appelé M. Henighan, le directeur des pompes funèbres. Je le connais depuis toujours. C'est un honnête homme. Il nous attend. Il m'a promis que nous serions seuls. A l'exception d'un journaliste local, personne n'est venu l'interroger à propos du transfert du corps de Lela. Ce qui ne veut pas dire que ton oncle n'a pas envoyé quelqu'un surveiller l'entrée des pompes funèbres, en espérant que tu montreras le bout de ton nez.

Elle tourna la tête vers la vitre, les mains crispées entre ses genoux.

— Je sais que c'est prendre un gros risque que d'aller voir ma sœur, mais il le faut.

— Je comprends, chérie. Si c'était l'un de mes frères, j'en ferais autant.

Ils passèrent devant les premiers bâtiments de Crystal Creek et s'engagèrent dans Webster Street. Quatre cents mètres plus loin, une pancarte signalant les pompes funèbres leur indiqua le chemin jusqu'au parking situé derrière le bâtiment.

Gabe prit la précaution de se garer en marche arrière au cas où il leur faudrait rapidement quitter les lieux. Puis il se tourna vers Ella.

— Quoi qu'il arrive, tu ne me quittes pas d'une semelle, ordonna-t-il.

— Ne t'inquiète pas. Je serai prudente.

Comme elle s'apprêtait à ouvrir sa portière, il la retint.

— Attends.

Il balaya le parking du regard. Deux voitures seulement y stationnaient. Celles de M. Henighan et de son employé, Joël Snell. Gabe jeta également un coup d'œil sur les véhicules garés dans la rue. Aucune Cadillac Escalade noire en vue.

Il sortit le premier de voiture et fit signe à Ella de descendre de son côté de façon à la dissimuler. Puis il l'escorta rapidement jusqu'à la porte de service. Celle-ci n'était pas fermée à clé, comme convenu au téléphone avec M. Henighan.

Ils pénétrèrent dans un couloir où s'ouvraient plusieurs portes. En dépit des murs couleur crème, des boiseries claires et du calme ambiant, censés mettre les gens à l'aise et rendre l'endroit solennel, Gabe sentit son estomac se nouer. Le parfum lourd des fleurs fraîchement coupées lui donnait presque la nausée.

— Monsieur Henighan ! appela-t-il.

Un homme d'une soixantaine d'années, grand et maigre, en costume bleu marine, déboucha au bout du couloir et s'avança vers eux.

— Gabe. Content de te voir, mon garçon. Ça va ?

— Bien. Merci pour votre aide.

— De rien. Ta mère et moi, ça remonte à un bout de temps.

Gabe, qui n'avait aucune envie de parler des amours de lycée de sa mère, se hâta de changer de sujet.

— Je vous présente Ella Wolf.

— Mes condoléances, mademoiselle Wolf. Suivez-moi, s'il vous plaît.

— Sommes-nous seuls ? demanda Gabe.

— Oui, bien sûr. Pour plus de sécurité, j'ai envoyé Joël faire une pause. Il est parti prendre un café.

En dépit de sa méfiance, Gabe voulait croire que M. Henighan ne les vendrait pas pour la récompense offerte par Phillip Wolf. Certes, il s'agissait d'une grosse somme d'argent pour laquelle certains vendraient père et mère, mais dans le coin, on croyait en la parole donnée, tant qu'il n'était pas prouvé qu'elle ne valait rien. Or, jusqu'à présent, M. Henighan n'avait donné à Gabe aucune raison de ne pas lui faire confiance.

— Puis-je la voir ? demanda Ella d'une voix tremblante.

Elle avait soudain l'air si perdue, si fragile, que Gabe l'enveloppa de son bras et la serra contre lui.

— Venez, dit M. Henighan. Je vais d'abord vous montrer les fleurs et je vous abandonnerai un instant, le temps de tout préparer pour que vous puissiez voir votre sœur.

Il les précéda dans une pièce où s'accumulaient d'énormes couronnes de fleurs. Il y en avait partout, du sol au plafond. Mary avait probablement dirigé tous les envois de fleurs à Crystal Creek.

— C'est magnifique, murmura Ella, émue par ces marques d'affection et d'amitié, d'autant plus touchantes qu'aucun service funèbre n'avait encore été programmé.

— J'ai rassemblé les cartes de condoléances. Je vous les remettrai quand vous partirez. Je reviens vous chercher dans quelques minutes.

Sur ce, il les laissa seuls.

Le cœur serré, Gabe regarda Ella circuler entre les fleurs et se pencher sur un bouquet de roses blanches pour respirer leur parfum.

— Je n'ai pas encore vingt-cinq ans, mais j'ai déjà enterré mes parents. Et maintenant, ma sœur… Ça fait trop mal de penser que… que je ne la reverrai plus. La vie est tellement injuste.

— C'est vrai, chérie, la vie est parfois terriblement injuste. Mais tu es forte et tu surmonteras cette épreuve.

— Parce que tu es là.

— Aussi longtemps que tu veux de moi.

Elle ne dit rien. Les larmes lui serraient la gorge. Elle détourna brièvement les yeux sur le cercueil destiné à sa sœur.

Si les choses tournaient mal, il se pourrait qu'elle rejoigne les siens dans la tombe.

Gabe comprit aussitôt le message. Elle vit son visage se décomposer.

— Du calme, Gabe. Tout va bien.

— S'il t'arrive quoi que ce soit, qu'est-ce que je fais ?

— Tu communiques à Sam tous les renseignements dont nous disposons. Le FBI pourra ainsi lancer des perquisitions et peut-être résoudre l'affaire.

— Je voulais dire…

Gabe se tut en entendant la porte s'ouvrir. Il pivota sur lui-même, aussitôt sur la défensive. Mais ce n'était que M. Henighan.

— Prête, mademoiselle Wolf ?

Gabe eut de nouveau le cœur serré en voyant Ella hocher la tête, blanche comme un linge, les mains crispées sur son sac. Il aurait voulu l'entraîner hors d'ici, lui épargner la souffrance de voir le corps sans vie de sa sœur. Il aurait voulu achever sa phrase, lui dire qu'il n'imaginait pas l'avenir sans elle. Au lieu de quoi, il la prit par la main et suivit M. Henighan.

Ils pénétrèrent dans la salle où étaient conservés les corps. Un tiroir réfrigéré était tiré. Lela était allongée là, sous un drap blanc. Seule sa tête était visible.

Gabe sentit la main d'Ella agripper la sienne, ses ongles s'enfoncer dans sa chair. Muette, elle semblait incapable de proférer un seul mot, aussi le fit-il pour elle.

— Merci, monsieur Henighan. Pouvez-vous nous laisser seuls quelques instants.

— Prenez votre temps. A propos, mademoiselle Wolf, le Dr Fortner a laissé cela pour vous.

Il lui tendit une enveloppe.

— Il vous fait dire de ne pas hésiter à l'appeler si vous avez des questions.

Ella ne fit pas un geste pour saisir l'enveloppe. Elle semblait comme pétrifiée, le regard rivé sur le corps sans vie de sa sœur.

Gabe prit l'enveloppe, curieux de savoir ce qu'elle pouvait bien contenir.

— Je vous laisse, déclara M. Henighan. Si vous avez besoin

de quoi que ce soit, appelez-moi. Je suis dans le bureau de l'autre côté du couloir.

Gabe le regarda refermer doucement la porte derrière lui. Puis il resta aux côtés d'Ella, immobile, attendant qu'elle trouve le courage de s'avancer vers sa sœur. S'il le fallait, il attendrait toute la journée.

— Je ne veux pas me souvenir d'elle ainsi, murmura Ella. J'ai peur de ne garder que l'image de son corps sans vie.

— Tu ne l'oublieras jamais, chérie. Il te suffit de regarder dans un miroir pour voir ta sœur telle qu'elle était.

— Mais je vais vieillir et mes traits vont changer.

— Tu la verras alors telle qu'elle aurait été si elle n'était pas partie si jeune. Et elle continuera de vivre à travers toi. Tu vivras pour vous deux, parce que c'est ce qu'elle aurait voulu.

— Pourquoi me dis-tu ça ?

— Parce que je sais que tu te sens coupable d'être encore de ce monde, même si tu ne pouvais rien faire pour la sauver. Si tu étais entrée dans cette pièce, ton oncle vous aurait tuées toutes les deux. Lela t'a appelée pour que tu puisses prendre le relais s'il lui arrivait malheur. Elle était certaine de pouvoir compter sur toi pour achever ce qu'elle avait commencé. Et elle avait raison. Il suffit de voir le nombre d'heures que tu viens de passer sur l'ordinateur à décortiquer des centaines de fichiers. Il te reste cependant une tâche à accomplir. La plus dure, sans doute. Dire adieu à ta sœur. Maintenant.

Ella porta la main au pendentif en forme de cœur accroché à son cou, comme elle le faisait toujours quand elle pensait à Lela. Gabe avait raison. Il fallait qu'elle lui dise adieu.

A contrecœur, elle lâcha sa main, s'avança vers la rangée de casiers réfrigérés et s'assit sur le tabouret installé pour elle par M. Henighan. Lentement, les yeux rivés au sol, elle retira le bonnet de sa tête et secoua ses cheveux. Puis, elle ôta le manteau de sa mère et le laissa tomber derrière elle.

Gabe s'adossa à la porte, sentinelle veillant à ce que nul ne vienne perturber ce moment précieux entre tous.

— Prends ton temps, chérie. Je suis là.

Ella le regarda et comprit que ces mots allaient bien au-delà du moment présent. Gabe lui faisait savoir qu'il attendrait aussi le temps dont elle aurait besoin pour décider ou non de rester avec lui. A jamais.

Au fond de son cœur, elle avait déjà décidé.

Elle prit une inspiration saccadée et posa les yeux sur le beau visage de sa sœur. Calme. Serein. Et tendit la main pour lui caresser la joue du bout des doigts.

— Sœurette, ce n'était pas ce que nous avions imaginé, dit-elle doucement. Nous avions prévu de vieillir ensemble. Je devais être ta demoiselle d'honneur et la tante préférée de tes enfants. Je les aurais chéris, et maintenant…

Sa voix se brisa, mais elle réussit à ne pas pleurer. Elle attendit un peu avant de tourner les yeux vers Gabe, et dans le regard intense qui la contemplait fixement, elle lut ses pensées. Elle chérirait ses propres enfants. *Leurs* enfants… Rêver d'un avenir avec cet homme était tellement plus doux, tellement plus facile que de dire adieu à sa sœur.

Elle prit une profonde inspiration et revint à Lela.

Lela avait toujours été la plus sage et la plus pragmatique des deux. Pourquoi ne lui avait-elle rien dit ? Qu'avait-elle donc découvert ? Pourquoi l'avait-elle appelée sur son portable ? Pour lui faire passer quel message ?

Pressant les mains sur ses paupières, elle rassembla son courage pour se souvenir de ce qui était arrivé ce matin-là. Elle avait l'intuition d'avoir vu ou entendu quelque chose d'important, mais elle n'arrivait pas à mettre le doigt dessus.

Elle essaya de ramener les souvenirs à la surface. Alors, comme dans un film en accéléré se rembobinant, des images l'assaillirent. La semaine précédant la mort de Lela, elles déjeunaient au bureau et discutaient des promotions offertes pour le lancement de leur gamme de produits cosmétiques. Plus loin dans le temps, vers les plages bénies de l'enfance. Les dîners d'anniversaire, les soirées pyjama de leur adolescence, les discussions à propos des garçons. Toujours ensemble, partageant les bons et les mauvais moments. Les succès et les échecs. Chaque jour de leur existence.

Le séjour en Europe à l'occasion de leur dix-huitième anniversaire. Première expérience de la liberté loin de l'autoritarisme de leur oncle. Elles avaient visité la France, l'Italie et l'Espagne. Par la suite, chaque année elles allaient explorer un nouvel endroit de la planète. Lela avait adoré l'Australie.

D'autres souvenirs encore lui revenaient dans le désordre, en une suite de flashs. Avec Lela, petites filles, se tenant par la main pour leur premier jour d'école. A cheval, les bras de Lela enserrant sa taille. Toutes deux engoncées dans des vêtements de ski, apprenant à dévaler les pistes derrière un moniteur. Lela l'aidant à rédiger un devoir de littérature. Ella l'aidant à son tour à résoudre une équation mathématique. Sa sœur détestait les maths. « Pourquoi mélanger des chiffres et des lettres ? » râlait-elle systématiquement.

Le rire de Lela était contagieux. Son sourire tout autant. C'était une artiste. Elle adorait lire et dessiner. Le dessin.

Ella rouvrit les yeux et sortit de sa poche de pantalon le dernier dessin de sa sœur.

— Les professeurs lui reprochaient de gribouiller partout dans ses cahiers et ses devoirs, mais ils lui mettaient de bonnes notes pour sa créativité.

Souriant à travers ses larmes, elle tendit le dessin à Gabe qui s'approcha pour le regarder.

— C'est la grotte dont tu parles dans tes cauchemars ? demanda-t-il en désignant l'arche en pierres qui surmontait le médaillon.

— Comment ça ?

— Dans tes cauchemars, tu parles d'une grotte.

La grotte.

« Les loups peuvent hurler »…

Brusquement, elle comprit. Son cœur s'accéléra.

— Je me souviens !

— De quoi ?

— Ce que nous cherchons est dans le garage ! Quand nous étions petites, nous adorions aller y retrouver papa. L'endroit nous amusait car il y avait de l'écho.

— Normal, chérie. On peut y ranger six limousines.

— Nos voix et nos pas se réverbéraient contre le sol et les murs en ciment. Comme dans une *grotte* ! Et nous nous amusions à hurler comme des loups.

Elle fronça les sourcils.

— Gabe, dis-moi… L'établi avec les tiroirs est parti ?

— Personne n'a pu le bouger. Il est solidement boulonné au sol.

— Un jour, papa nous a dit qu'il allait nous montrer quelque chose. Il nous a fait jurer de ne jamais en parler. L'établi permet d'accéder à un code qui fait pivoter une partie du mur. Derrière, il y a une chambre secrète.

— Tu plaisantes !

Elle secoua la tête.

— Pas du tout. Mon père adorait fabriquer ce genre de système. Je suis certaine que Lela y a caché la preuve que nous cherchons.

Gabe s'accroupit devant elle.

— Nous devons aller là-bas sans tarder. Mais d'abord, tu dois dire adieu à ta sœur.

Elle ferma les yeux et posa son front contre le sien.

— Je ne suis pas prête, gémit-elle.

— Il le faut, chérie. Nous reviendrons plus tard pour la ramener au ranch et l'enterrer auprès de tes parents.

Gabe effleura ses lèvres d'un baiser et reprit son poste, près de la porte.

Elle posa la main sur la tête de sa sœur.

— Il est super, n'est-ce pas ?

L'idée que c'était finalement Lela qui l'avait envoyée dans le Montana, vers Gabe, et que, d'une certaine façon, c'était elle qui lui avait permis de rencontrer l'homme de sa vie, la fit sourire malgré son chagrin.

— Merci, Lela, pour avoir été ma moitié, mon amie, mon soutien, et m'avoir aimée si fort. Je vais terminer ce que tu avais commencé et vivre pour nous deux. Je t'aime.

Elle se pencha et embrassa sa sœur une dernière fois. Puis elle se leva, chancelant sous le poids du chagrin. Et quand Gabe lui ouvrit les bras, elle s'y précipita, le visage ruisselant de larmes silencieuses.

Alors, tendrement, il l'enlaça en lui murmurant des mots tendres.

En lui murmurant son amour.

24

Blottie contre Gabe, Ella regardait défiler à travers le pare-brise la route verglacée serpentant dans l'ombre de la forêt.

— Qu'y a-t-il dans l'enveloppe que M. Henighan t'a donnée ? demanda-t-il.

— Le rapport d'autopsie du Dr Fortner, le meilleur médecin légiste du pays.

— C'est toi qui as demandé cette autopsie ?

— Oui. Je voulais un rapport d'autopsie indépendant de celui du service médico-légal de New York. Je voulais que le Dr Fortner précise l'heure exacte du décès et surtout l'angle de tir. Etant bien plus petite que mon oncle, les données balistiques devraient m'innocenter. Dans la mesure où je ne sais pas quelles sont les preuves fabriquées par l'inspecteur Robbins, j'ai préféré couvrir mes arrières.

— Tu as bien fait.

Ella esquissa un pâle sourire.

— J'ai le sentiment que tout va s'arranger, murmura-t-elle. Je ne peux pas l'expliquer, mais je sens la présence de Lela près de moi. Elle m'a fait venir ici pour retrouver la preuve, mais pas seulement… Peut-être m'a-t-elle fait venir aussi pour toi.

— Peu importe ce qui t'a amenée jusqu'ici. J'ai peur que quelque chose ou quelqu'un ne nous sépare. J'ai peur de te perdre.

Il attendit la réaction d'Ella, inquiet. L'aveu le rendait vulnérable comme il ne l'avait jamais été, mais il n'avait d'autre choix que de lui ouvrir son cœur. S'il ne le lui disait pas maintenant, il n'aurait peut-être pas de seconde chance. Et c'était cela qui l'effrayait plus que tout. La perdre, parce qu'il ne lui avait pas dit à quel point il désirait qu'elle reste. Ici. Avec lui. Pour toujours.

Il risqua un rapide coup d'œil vers elle. Elle regardait toujours devant elle mais posa la main sur la sienne, entrelaçant leurs doigts. Et c'est l'esprit soudain plus serein qu'il s'engagea sur la petite route conduisant à Wolf Ranch.

Cent mètres plus loin, il écrasa brusquement la pédale de frein. Le pick-up fit une embardée et faillit percuter une congère sur le bas-côté, avant de s'immobiliser au milieu de la route.

Ella se redressa brusquement sur son siège.

— Que se passe-t-il ? Pourquoi t'arrêtes-tu ?

— Regarde le sol. Il y a des traces de pneus récentes sur la neige. Or, personne d'autre que toi n'habite au bout de cette route.

Elle blêmit. Il sentit sa main trembler sur la sienne, mais comme il manœuvrait pour faire demi-tour, elle l'arrêta.

— Pas question. On y va.

— Les hommes de ton oncle sont peut-être là-bas à t'attendre.

— Sans cette preuve, tout est fichu, Gabe. Il nous la faut maintenant !

— Dans ce cas, appelons le shérif et demandons-lui de nous retrouver au ranch.

Elle secoua la tête.

— Nous ne pouvons faire confiance à personne. Je t'en prie, Gabe.

Elle soutint son regard, l'implorant de ses grands yeux verts. Il réprima un soupir. Pour elle, il ferait n'importe quoi.

Mais pas n'importe comment.

— D'accord. Toutefois, comme je ne tiens pas à me faire tirer comme un lapin par ceux qui nous attendent peut-être là-bas, nous allons retourner chez moi prendre les chevaux et rejoindre Wolf Ranch en passant par les bois.

Une demi-heure plus tard, Sully et Winnie était sellés, prêts à partir.

Ella flatta l'encolure de Winnie. Sans hésiter, elle mit le pied dans l'étrier et sauta en selle. Gabe posa la main sur sa cuisse.

Il aurait voulu la prendre dans ses bras, la faire descendre de cette jument et courir l'enfermer à double tour chez lui, là où elle serait en sécurité.

Mais il était trop tard pour reculer. Il fallait prendre Phillip Wolf de vitesse et tout tenter pour récupérer cette maudite preuve. Alors, il se jura de protéger Ella, quitte à y laisser la vie.

Ella regardait fixement la maison qui se dressait de l'autre côté du champ de neige, sur la crête dominant le vallon boisé par lequel ils étaient arrivés sans se faire voir. Elle attendait que Gabe lui fasse signe de venir. Elle avait promis de rester à couvert, pendant qu'il partait en éclaireur vérifier si la voie était libre. Mais son angoisse était telle qu'elle était sur le point de quitter l'abri des arbres pour aller le rejoindre.

L'estomac noué par la peur, elle le vit pousser sa monture dans la cour. Là, il s'arrêta et regarda autour de lui. Puis, lentement, il fit le tour de la maison et des dépendances en examinant le sol, avant de s'arrêter derrière la grange et de mettre pied à terre.

Elle attendit qu'il siffle pour s'avancer jusqu'à lui. Elle eut à peine le temps de tirer sur les rênes qu'il l'avait déjà saisie par la taille pour l'enlever de la selle et la faire glisser à terre. Elle leva les yeux sur son visage inquiet.

— Les hommes de ton oncle sont venus ici, dit-il. Deux gros 4x4, d'après les traces de pneus.

— Ils sont entrés dans la maison ?

— Oui. Ils sont passés par le garage. La porte a été fracturée. Si l'alarme s'est déclenchée, les types du poste de sécurité ont sans doute prévenu ton oncle qui les aura rassurés. Il est au courant, pour la chambre forte ?

— Non, murmura-t-elle.

Ils attachèrent les chevaux, contournèrent la grange en longeant le mur et débouchèrent sur la cour à l'arrière de l'immense maison.

Gabe la prit par la main.

— Tu restes près de moi, ordonna-t-il. Si quelqu'un vient, on retourne aux chevaux et on file par les bois.

— D'accord.

Ils traversèrent la cour au pas de course jusqu'à la porte de service. Gabe glissa les clés dans la serrure et ouvrit. Comme elle s'avançait pour pénétrer dans la maison, il la retint par la taille.

— Je passe en premier au cas où nous ne serions pas seuls, lui chuchota-t-il à l'oreille.

A pas de loup, ils remontèrent un couloir qui débouchait sur le salon. Tout était calme et silencieux autour d'eux. Pas un bruit. Il n'y avait personne d'autre qu'eux dans la maison. Seulement le vide immense. Le froid glacial. L'absence des êtres aimés. Le chagrin.

Gabe se tourna vers elle.

— Ça va ? demanda-t-il à voix basse, visiblement inquiet.

Elle parcourut du regard les murs nus, les fenêtres dépourvues de rideaux, l'âtre obscur, et s'arrêta sur le visage de Gabe. Ses yeux bruns emplis de sollicitude et de patience. Son cœur se mit à battre plus vite, plus fort. Elle ne pouvait désormais imaginer la vie sans lui, réalisa-t-elle, étonnée de la facilité avec laquelle elle acceptait ce simple fait. Oui, sa place était auprès de cet homme. Malgré la douleur, son amour pour Gabe grandissait à chaque minute passée près de lui. Malgré la tristesse, son amour pour lui s'épanouissait comme une fleur au soleil.

Eprouvait-il les mêmes sentiments ?

Sans doute. Sinon, pourquoi l'aiderait-il ainsi ?

Elle lui sourit.

— Ça va.

Ils traversèrent la cuisine jusqu'à une petite porte s'ouvrant directement sur le garage, situé dans l'aile ouest de la maison. Cette fois encore, Gabe passa devant.

Elle s'avança à son tour dans l'immense espace et marcha jusqu'au centre. Incapable de résister, elle s'éclaircit la gorge et, comme autrefois avec Lela, elle rejeta la tête en arrière en hurlant comme un loup.

Gabe secoua la tête avec un sourire en coin qui fit pétiller ses yeux.

— Tu dois assurer l'ambiance, dans une fête, lui fit-il remarquer.

— Tu as vu les photos, je suis le boute-en-train de service.

— Je dirais plutôt que tu es l'élément rassembleur.

Elle haussa un sourcil interrogateur.

— Comment ça ?

— Quand on regarde de près les photos prises par les journalistes, sur la plupart, on te voit avec des amis célébrant un anniversaire ou un événement spécial. Mais il ne s'agit jamais d'un événement te concernant directement. En fait, tu organises des soirées pour les autres. Parce que tu sais ce que c'est de n'avoir personne qui le fasse pour toi. Si j'ai bien compris, depuis le décès de vos parents, Lela et toi avez toujours fêté vos anniversaires autour d'un dîner à deux. Pour vos dix-huit ans, vous êtes parties ensemble en Europe. Et pour vos vingt-cinq ans, vous aviez prévu d'aller à Bora Bora.

Elle baissa les yeux.

— C'est vrai. Maintenant, il n'y a plus que moi et un immense gâchis. Et rien à célébrer.

— Regarde-moi, chérie, murmura Gabe en cherchant son regard. Promets-moi que quand toute cette histoire sera terminée, tu feras une fête à tout casser. Ne laisse pas ton oncle détruire la femme chaleureuse, drôle et attentionnée avec ses amis que j'ai vue sur ces photos. Même si j'aime en toi la femme sérieuse, courageuse et combative, je veux connaître l'autre aussi.

Emue, elle releva les yeux sur lui. Il était sincère, elle le lisait dans son regard.

— D'accord. Je t'emmènerai dans l'un de mes endroits préférés de New York où nous ferons la fête ensemble.

— Marché conclu !

Et c'est soutenue par son sourire, la chaleur de sa main dans la sienne, qu'elle s'avança vers la chambre secrète qui, espérait-elle, détenait les preuves qui mettraient fin à son calvaire.

25

Debout devant l'établi, Ella examinait les tiroirs. Elle passa l'index sur les numéros métalliques.

— Tu te souviens ? Je t'ai dit que mon père aimait bien bricoler.

Lentement, elle ouvrit le tiroir numéro 4. Le bruit du glissement sur les rails métalliques fut suivi d'un cliquetis. Ce fut ensuite au tour du tiroir numéro 2. 42, le nombre porte-bonheur de son père. Nouveau cliquetis.

— Papa adorait les casse-tête, murmura-t-elle, concentrée sur sa tâche. Il passait des heures à essayer de les résoudre. Ça l'aidait à réfléchir, à voir les choses sous un autre angle et à élaborer des stratégies.

Le tiroir portant le chiffre 8 était grippé par la rouille. Elle dut forcer dessus pour l'ouvrir, et le bruit d'un levier s'enclenchant résonna dans le silence. Elle termina par le tiroir numéro 12. Cette fois, un panneau de bois perforé sur le côté de l'établi coulissa, dévoilant un local sombre.

S'avançant sur le seuil de la chambre forte, elle scruta l'intérieur.

Il y avait là des papiers et des dossiers soigneusement empilés sur des rayonnages. Il y avait aussi des écrins portant les sigles de grands bijoutiers — Tiffany, Bulgari, Cartier — et des boîtes contenant divers articles.

Elle se baissa pour pénétrer dans l'espace exigu qui ne mesurait guère plus d'un mètre cinquante sur un mètre cinquante.

— Attention ta tête, dit-elle à Gabe qui se penchait pour regarder à l'intérieur.

Il y avait une lampe torche accrochée au mur près de l'entrée. Elle s'en empara et l'alluma. Le faisceau illumina la pièce minuscule. A ses pieds, elle découvrit un carton sur lequel se trouvait une feuille de papier blanc, pliée en quatre. Le cœur battant, elle la déplia.

Elle reconnut aussitôt l'écriture élégante. C'était celle de sa sœur. Ses yeux s'emplirent de larmes.

— « Mon doudou Ella, lut-elle d'une voix étranglée. Si tu es ici, c'est que je ne suis plus de ce monde. Tu vas devoir terminer ce que j'ai commencé. Les preuves sont là. Oncle Phillip a assassiné papa. Je te fais confiance pour faire ce qu'il faut. Là où j'ai échoué, tu réussiras, j'en suis certaine. Tu réaliseras tout ce dont nous avons rêvé ensemble. Mais cette fois, sœurette, tu n'auras pas à partager. »

Elle étouffa un sanglot.

— Elle a dessiné un smiley, dit-elle d'une voix étranglée en tournant la feuille pour la montrer à Gabe.

— Elle t'appelait son « doudou Ella » ?

— Oui. Quand nous étions petites, nous voulions dormir dans le même lit. Mes parents ont fini par renoncer à nous séparer. Chaque soir, ils venaient nous border et nous souhaiter bonne nuit. Maman s'assurait que j'avais bien mon lapin préféré et proposait systématiquement une peluche à Lela qui la repoussait en disant : « Je dors avec mon doudou Ella. » Elle se serrait contre moi, enfouissait son visage dans mes cheveux et s'endormait…

Un sanglot secoua tout son corps. Les doigts crispés sur le dernier message de sa sœur, elle baissa la tête et laissa libre cours à ses larmes.

Gabe prit son visage entre ses mains.

— C'est un merveilleux souvenir, chérie. Ta sœur t'adorait.

— Je les aimais tellement… et ils sont tous partis, hoqueta-t-elle.

Incapable de reprendre son souffle entre deux sanglots, elle eut à peine conscience que Gabe l'attirait dans ses bras. Elle enfouit son visage dans son épaule, s'accrocha à lui comme une enfant et se laissa submerger par la douleur. Elle pleura longtemps. Elle pleura la mort de ses parents, la mort de sa sœur, la fin de ses rêves. Et pendant ce temps, Gabe murmurait des paroles réconfortantes à voix basse.

Peu à peu, ses sanglots s'espacèrent, se calmèrent, mais ils restèrent encore de longues minutes enlacés, sans bouger.

— Lela te dit-elle autre chose, dans sa lettre ? demanda Gabe au bout d'un moment.

Ella défroissa la feuille et lut les dernières lignes :

— « J'ai foi en ton courage, Ella. Continue à vivre, poursuis ton chemin. Trouve quelqu'un avec qui partager ta vie. Il le faut. Tu le dois. Je serai toujours là près de toi, en toi. Je t'aime. Lela. »

Elle resta immobile. Devant elle, sous ses yeux, elle voyait Lela comme si elle vivait encore. Elle voyait l'éclat de ses yeux, entendait résonner son rire…

— C'était une fille formidable, dit Gabe d'une voix enrouée par l'émotion.

— Oui, murmura-t-elle.

Puis, rassemblant son courage, elle s'arracha à ses bras et se mit à examiner le contenu de la chambre forte.

— C'est joli, observa Gabe en désignant les deux roses sur une tige que Lela avait dessinées sous son nom. C'est le même motif que le tatouage que tu portes sur l'épaule.

— Lors de notre séjour en France, nous avions décidé de nous faire tatouer ce dessin. Je suis passée la première. Et quand Lela a vu à quel point l'opération était douloureuse, elle s'est défilée, expliqua-t-elle en ouvrant le carton que lui avait laissé sa sœur.

Elle ne put s'empêcher de sourire en voyant le contenu impeccablement rangé.

— Lela était une véritable maniaque de l'organisation.

— Et toi, tu ne l'es pas, peut-être ? répliqua Gabe d'un ton moqueur. Tu as réagencé toute ma vaisselle dans les placards de cuisine, rangé ma collection de DVD par ordre alphabétique, réaménagé la salle de bains et, comme si cela ne suffisait pas, tu as classé tous mes fichiers informatiques par dossiers.

— Ce qui permet de s'y retrouver plus facilement quand on cherche quelque chose.

— Ce qui fait surtout de toi une obsédée du rangement.

— Je t'ai retrouvé le film de Jason Statham que tu avais perdu, non ?

— Exact. Merci, chérie.

— De rien. Et maintenant, voyons ce qu'avait découvert Lela.

— Nous ferions mieux d'emporter ce carton chez moi et de sortir d'ici.

— Non. Il est plus en sécurité dans cette chambre forte. Lela a eu raison de le laisser ici. Elle se doutait que notre oncle ferait tout pour le récupérer. Mais ce que je ne comprends pas, c'est pourquoi elle n'a pas tout de suite prévenu les autorités. Pourquoi a-t-elle choisi d'affronter oncle Phillip, alors qu'elle savait de quoi il était capable ?

— Sans doute parce que c'était une fonceuse comme toi. Sans se soucier du danger, elle a couru voir votre oncle pour lui balancer à la figure qu'elle savait tout et qu'elle allait lui faire payer le meurtre de votre père.

— Et ça lui a coûté la vie…

— Raison pour laquelle nous n'allons pas procéder de la même façon, conclut Gabe en feuilletant une série de tableaux comptables. Je crois que ton père avait découvert ce que manigançait ton oncle. Ce sont des états financiers de la société. Il y a des annotations un peu partout, soulignant des dépenses excessives et l'absence de recettes.

Elle parcourut une autre série de documents.

— J'ai plus ou moins la même chose.

Gabe fouilla dans le carton d'où il sortit un CD auquel était épinglé un ticket de caisse.

— De quoi s'agit-il ? demanda-t-elle, intriguée.

— Une note de bar-restaurant pour deux consommations, datée du jour où ta sœur avait rendez-vous avec Finney, le mécanicien.

Au fond du carton, il y avait également un mini-enregistreur vocal numérique, accompagné d'une enveloppe.

Gabe mit l'appareil en marche.

— *Qu'est-il arrivé à votre épouse ?*

Ella sentit le sol s'ouvrir sous ses pieds. C'était la voix de Lela…

— *Phillip Wolf l'a assassinée. Il l'a enlevée chez nous. J'étais au boulot, en train d'effectuer des vérifications de contrôle sur l'avion de votre père.*

— *Il y avait un problème ?*

— *Non, mademoiselle. L'appareil était comme neuf. J'étais chargé de son entretien et des vérifications d'usage avant chaque vol.*

— *C'est donc vous qui avez effectué la visite de contrôle, le jour de l'accident ?*

— *C'est moi. J'ai tout vérifié. Mais un homme m'attendait à la sortie du hangar. Il m'a tendu une photo de Marjorie, assise sur une chaise, bâillonnée, le journal du matin plaqué contre sa poitrine.*

Ella saisit la main de Gabe et la serra fort.

— *Que vous a demandé cet homme ?*

— *De saboter la jauge à essence pour qu'elle affiche un réservoir plein alors que celui-ci était quasiment à sec, quand votre père a décollé. Il m'a aussi demandé de faire en sorte que la boîte noire ne donne aucun indice sur la cause de l'accident.*

La voix de l'homme se brisa, trahissant une souffrance extrême.

— *Je voulais sauver ma femme, mais je n'ai pas pu. Ils l'ont tuée.*

— *Comment avez-vous fait pour falsifier l'enregistrement de la boîte noire ?*

— *Je ne l'ai pas falsifié, j'ai échangé la boîte et la jauge à essence quand l'avion a été rapatrié, dès le lendemain de l'accident.*

— *Comment ? Il devait y avoir des enquêteurs de l'aviation civile et des policiers.*

— *Ils étaient partout, en effet. Mais le gars en charge de l'enquête, un certain Eardly… c'était le même qui m'avait ordonné de tuer votre père. Il s'est arrangé pour éloigner ses gars de l'avion, le temps que je remplace la boîte noire et la jauge à essence défectueuse. Quand le boulot a été terminé, je l'ai supplié de me dire où était ma femme. Il m'a dit que ce n'était pas de son ressort. Il m'a tendu une enveloppe contenant cinq mille dollars et m'a renvoyé en racontant à ses collègues qu'il m'avait interrogé et que je pouvais partir. J'espérais qu'ils avaient relâché Marjorie et que j'allais la trouver à la maison. Au moment de quitter le hangar, des pizzas ont été livrées aux enquêteurs pour le dîner. Ça a suffi à détourner leur attention et j'en ai profité pour subtiliser les preuves du sabotage.*

Ella regarda la boîte orange et la jauge au fond du carton. Elle était là, cette fameuse preuve. Celle pour laquelle Lela avait été tuée.

— *Deux jours plus tard, la police a découvert le corps de ma femme. Les flics ont conclu à une aventure extra-conjugale qui avait mal tourné. Alors j'ai filé en emportant les preuves, le temps que l'affaire soit classée. Les types qui m'avaient forcé à saboter l'avion de votre père avaient eu ce qu'ils voulaient et le responsable de l'enquête était dans le coup. Si je me manifestais, il me mettrait tout sur le dos. Je ne me voyais pas rester enfermé dans une cellule le restant de mes jours, à devenir fou de chagrin. Comprenez-moi, ce que j'ai fait… je l'ai fait pour sauver Marjorie. Voilà dix ans que je vis avec ce crime atroce sur la conscience. Le remords me dévore. Et maintenant, le cancer me tue à petit feu. Ils avaient ma femme…*

La voix se brisa de nouveau dans un sanglot.

Le cœur d'Ella se serra, mais cet homme avait tué son père. Et s'il avait eu le courage de parler au lieu de fuir, sa sœur serait sans doute encore en vie.

— *Si je vous ai contactée, mademoiselle, c'est pour que vous montriez ces preuves à la justice. Je veux que votre oncle paie pour avoir assassiné ma femme.*

— *Et vous ? Vous avez assassiné mon père.*

— *Je le paie chaque jour que Dieu fait. La maladie m'emportera d'ici peu. Je ne serai bientôt plus de ce monde.*

Ella serra le poing. Ses ongles s'enfoncèrent dans sa chair. Tant de vies détruites…

— *Comment savez-vous que mon oncle est le responsable ?*

— *La boîte noire et la jauge ne sont pas les seules preuves dont je dispose. J'ai gardé la photo de Marjorie. Je la regarde chaque jour, pour ne pas oublier. Chaque jour, je m'oblige à regarder son visage et je lui demande de me pardonner. L'autre soir, épuisé par la chimio, je me suis allongé. J'ai pris la photo et je l'ai vu… Je n'avais jamais remarqué ce détail auparavant. Regardez.*

Il y eut un bruissement.

— *Vous voyez ? Le reflet dans le miroir sur le mur. Ce salaud n'a pas seulement pris une photo de Marjorie. Il s'est aussi pris en photo.*

Gabe sortit la photo de l'enveloppe accrochée à l'enregistreur. Le visage d'un homme en train de prendre la photo se reflétait en effet dans le miroir derrière la malheureuse femme. Il fallait le savoir pour le remarquer. Mais une fois qu'on l'avait vu, on pouvait affirmer sans se tromper qu'il s'agissait de Phillip Wolf.

— *Après toutes ces années, j'ai enfin compris et je veux que cet homme paie pour avoir enlevé ma femme et l'avoir froidement abattue.*

L'enregistrement était terminé.

Ella poussa un soupir las.

— Mon oncle va certainement prétendre qu'il s'agit d'un enregistrement créé de toutes pièces.

Gabe brandit le CD sur lequel était inscrit « vidéosurveillance, The Rise, Bozeman, Montana ».

— Sauf que ta sœur n'a rien laissé au hasard. Elle a enregistré la conversation et récupéré la vidéo de leur rencontre. Elle a également conservé la note du bar-restaurant. Je parie que la date et l'heure du ticket de caisse correspondent à ceux de la vidéo.

— Elle est ensuite venue ici, cacher les preuves dans la chambre forte.

— De ton côté, tu as découvert la vente illégale du ranch, les fraudes sur le bétail, le vol de tableaux et l'assassinat des deux personnes chargées de vérifier les comptes de la société. Sans parler des preuves accumulées par ton père avant sa disparition. De quoi envoyer ton oncle derrière les barreaux pour le restant de ses jours.

— Mon Dieu, je ne peux pas croire qu'il ait commis tant de crimes…

— Le jour de l'accident, vous étiez censés rentrer à New York avec ton père ?

— Oui et non. Je crois me souvenir que mes parents ont eu une longue discussion à ce sujet. Lela avait pris froid et moi, je voulais profiter encore un peu des chevaux. Finalement, papa est parti seul, en promettant de revenir très vite. Je suppose qu'il avait décidé de tirer les choses au clair avec son frère. Celui-ci, se sachant découvert, n'a pas hésité à l'éliminer…

Le regard rivé sur la boîte noire, elle se tut, hantée par l'image de sa sœur affrontant leur oncle.

Sûre de son bon droit, indignée et enhardie par la présence d'un inspecteur qu'elle croyait de son côté, elle l'avait défié ouvertement et l'avait payé de sa vie. Comme leur père.

— Regarde ça, dit Gabe en lui tendant un dossier.

Elle le prit d'une main tremblante. Un coup d'œil sur la première page lui suffit pour comprendre.

— Mon père avait rédigé un nouveau testament. Il est daté de quelques semaines avant sa disparition.

Elle sentit quelque chose se nouer dans sa poitrine. Les mains tremblantes, elle se força à en lire les clauses. Au fur et à mesure de sa lecture, ses yeux s'écarquillaient.

— Le salaud ! La prison est trop bonne pour lui. Je vais l'écorcher vif et le regarder se tordre de douleur.

Gabe posa une main apaisante sur son bras.

— Que disent ces papiers ?

— Le testament sur lequel mon oncle s'est appuyé pour régenter notre vie jusqu'à aujourd'hui date d'il y a vingt-cinq ans, peu après notre naissance. Mais deux mois avant sa disparition, mon père l'avait modifié, probablement après avoir découvert les malversations de son frère. Il lui avait retiré le droit de tutelle sur nous pour le confier à une cousine de ma mère. Une femme charmante, une amie très proche de la famille. Le lendemain du décès de maman, elle est venue nous voir, Lela et moi. Ensuite, on ne l'a plus jamais revue.

— Ton oncle s'est certainement arrangé pour soudoyer le notaire et éloigner cette femme, de crainte qu'elle ne pose trop de questions. Tes parents l'avaient sans doute prévenue de leur intention de lui confier votre tutelle s'il leur arrivait malheur.

— Je suppose. Mais ce n'est pas tout. D'après les clauses du dernier testament de mon père, rien ne nous obligeait à obtenir un MBA ou à travailler pour Wolf Enterprises. Papa nous laissait libres de faire ce qui nous plairait.

Une larme silencieuse roula sur sa joue.

— Il est dit que si Lela et moi désirions faire des études artistiques ou devenir vétérinaires, nous pouvions vendre la compagnie ou recruter une équipe de managers pour la faire tourner.

— Tu voulais être vétérinaire ?

— J'avais quatorze ans et j'adorais les chevaux. Papa m'a offert Angel pour mes dix ans et Belle pour mon treizième anniversaire.

— Que n'aurait-il offert à ses princesses ?

— C'est vrai, murmura-t-elle avec un sourire empreint de tristesse. Il sautait sur toutes les occasions pour nous gâter. Maman lui faisait les gros yeux, puis elle éclatait de rire.

Elle ferma les yeux. Ils avaient été si heureux tous les quatre… Elle se souvenait des soirées de Noël au ranch, autour du sapin, des fous rires avec son père lorsqu'il leur avait appris à faire du vélo, des balades à cheval…

La main de Gabe se posa sur la sienne. Elle battit des paupières et esquissa un pâle sourire.

— Ils me manquent tellement.

— Je sais, chérie. Mais ils t'ont donné tout ce qu'il faut pour t'en sortir et mener l'existence dont ils rêvaient pour toi.

— Quelle existence ?

— Celle qui te plaît. Celle qui te rendra heureuse.

— Peut-être. Mais tout aurait été tellement différent, si mon oncle n'avait pas semé le chaos dans nos vies.

Les yeux brillants de larmes, elle se redressa et parcourut du regard la chambre forte.

— J'ai désormais suffisamment de preuves pour traîner ce monstre en justice et lui faire payer ses crimes. Il est temps de contacter Sam.

Gabe la dévisagea, et elle vit ses yeux se voiler de tristesse, le temps de quelques secondes. Mais il se reprit bien vite.

— Viens, dit-il. Rentrons à la maison. Nous appellerons Sam demain matin.

Elle aurait préféré l'appeler sur-le-champ, mais elle hocha la tête. Ils auraient ainsi une dernière nuit ensemble, tous les deux seuls.

Gabe referma la chambre forte sur les preuves. Elles y seraient en sécurité jusqu'à ce qu'elles soient confiées au FBI. Sans attendre, ils traversèrent de nouveau la maison. Comme ils arrivaient à la porte de service donnant sur la cour, une voix bourrue les fit sursauter.

— Où as-tu laissé ce foutu téléphone, bon sang ?

La voix provenait de la cuisine. Ils n'étaient plus seuls. Les hommes de son oncle. Ils s'étaient probablement introduits de nouveau par le garage.

Ella crut que son cœur allait exploser. Elle s'arrêta de respirer et sentit sa bouche se dessécher.

— Je crois que je l'ai laissé dans la salle de bains.

Une deuxième voix, plus proche, cette fois.

— Va le chercher. Cette baraque est glaciale ! Je sors griller une cigarette au soleil.

Sans perdre une seconde, Gabe ouvrit la porte de service et la poussa dehors.

— Cours chercher ton cheval et va te cacher dans les bois, lui ordonna-t-il à voix basse.

— Je n'y vais pas seule. Viens avec moi.

Gabe lui décocha un regard qui ne souffrait aucune discussion.

— Je vais d'abord me débarrasser d'eux et je te rejoins. Va-t'en. Vite. Avant qu'ils ne te voient.

Il lui donna un baiser rapide ainsi qu'une tape sur les fesses pour la faire déguerpir.

Elle courut jusqu'à l'arrière de la grange en rasant les murs.

Gabe retourna dans la maison. A pas de loup, il se faufila dans le salon. Contournant un énorme pilier, il arriva silencieusement dans le dos d'un des hommes. Vif comme l'éclair, il lui confisqua le revolver coincé dans sa ceinture et pressa le canon entre ses omoplates.

— Pas un mot.

L'homme était suffisamment futé pour se taire. Gabe le poussa vers la salle de bains d'où sortait son collègue, un téléphone à la main. L'homme s'arrêta net en écarquillant les yeux.

— Si tu veux revoir ton copain vivant, sors gentiment ton revolver, pose-le sur le sol et envoie-le vers moi, lui conseilla Gabe d'une voix calme mais ferme.

L'homme obtempéra en lui décochant un regard assassin.

— Qui êtes-vous ?

— Le propriétaire des lieux. Violation de domicile avec effraction, les gars. Vous savez ce que ça veut dire ?

— Vous plaisantez. Nous sommes envoyés par Phillip Wolf. C'est lui, le propriétaire. Pas vous.

— Erreur. Il m'a vendu le ranch. Je ne sais pas ce que vous fabriquez ici, mais vous allez me débarrasser le plancher, vite fait.

— Nous sommes à la recherche d'Ella Wolf.

— Comme vous pouvez le constater, elle n'est pas là.

— Vous l'avez vue ?

— Je ne vois que deux personnes qui rôdent chez moi. Vous deux.

— Allez, mec, tu ne vas tout de même pas appuyer sur la détente.

— Je ne parierais pas là-dessus, si j'étais vous. Dans le coin, on tire d'abord, on discute ensuite.

Son ton glacial eut le mérite de les convaincre.

— Et maintenant, foutez-moi le camp !

Il poussa sans ménagement l'homme dont il avait confisqué le revolver vers la porte d'entrée. Son comparse le suivit en courant. Gabe récupéra l'arme de ce dernier sur le sol et escorta le tandem vers la Cadillac Escalade noire, garée devant le perron. La même qu'il avait repérée près du mobil-home de Finney.

— Comment avez-vous su que nous étions là ? maugréa l'un des hommes.

— J'ai appelé la société de sécurité pour mettre l'abonnement à mon nom, mentit Gabe. Ils m'ont dit que l'alarme s'était déclenchée quand les deux abrutis que vous êtes ont fracturé la porte du garage. Si c'est Phillip Wolf qui vous a envoyés, pourquoi ne vous a-t-il pas donné les clés de la maison et le code de l'alarme ?

Les deux hommes se regardèrent, visiblement en mal de réponse. Ils avaient tout simplement choisi la facilité en forçant une serrure plutôt que de s'embêter à contacter Phillip Wolf pour des détails aussi terre à terre qu'un trousseau de clés et un code.

— Je vois, commenta Gabe. Je ferais bien d'appeler le shérif.

— Du calme, mec, protesta l'un des hommes en levant les mains en signe d'apaisement. La fille n'est pas là. On s'en va. Rends-nous simplement nos armes. Nous ne voulons pas d'ennuis.

— Vous avez *déjà* des ennuis, répliqua Gabe, glacial. Montez en voiture et filez. Et ne remettez plus jamais les pieds dans le coin. Compris ?

Les deux hommes ne se le firent pas dire deux fois. Trop heureux de s'en tirer à si bon compte, ils déguerpirent comme s'ils avaient le diable aux trousses.

Gabe attendit qu'ils soient hors de vue avant de relâcher ses épaules nouées par la tension.

Il redoutait la suite. Affronter Phillip Wolf serait bien plus dangereux que de faire face à ces deux rigolos. Satisfait toutefois de s'en être débarrassé aussi facilement, il fit le tour de la maison, ferma les portes et enclencha l'alarme. Puis il courut retrouver son cheval, sauta en selle et suivit les traces d'Ella jusqu'à l'orée du bois.

Là, il arrêta sa monture et siffla.

— C'est bon, chérie. La voie est libre.

Ella sortit du bois, les traits tirés par l'angoisse.

— Je ne peux rester plus longtemps ici, Gabe. Je te fais prendre trop de risques.

— Je n'ai pas peur pour moi, Ella. Mais pour *toi*. Tant que ton oncle est en liberté, tu es en danger.

— Oui, mais ce danger, je l'ai amené jusqu'à ta porte.

Elle se tassa sur elle-même, tête baissée, comme écrasée par un poids monstrueux.

— Je dois partir, Gabe.

26

La nuit était tombée. Gabe s'approcha d'Ella, assise à la table de cuisine, le regard rivé sur le dernier message de sa sœur entre ses mains. Il s'accroupit devant elle et posa les mains sur ses cuisses pour capter son attention.

— Viens te coucher, chérie.

— Je n'en peux plus, de toute cette horreur.

— S'il te plaît, essaie de ne plus y penser. Au moins pour cette nuit.

Elle posa sur lui un regard empreint de tristesse.

— Je n'ai pas envie de partir.

Gabe hocha la tête, conscient qu'elle redoutait la tâche qui l'attendait — faire arrêter son oncle et ses complices dans les hautes sphères de l'administration judiciaire, affronter les questions du FBI et des journalistes —, quand tout ce qu'elle voulait, c'était pleurer sa sœur et ses parents en paix. Il espérait aussi qu'une part d'elle avait envie de rester *pour lui*.

— Moi non plus, je n'ai pas envie que tu partes, dit-il. Je veux que tu restes.

Et pour lui prouver combien il était sincère, il l'attira vers lui pour un tendre baiser. Et si c'était tout ce qu'il pouvait lui offrir maintenant, il le lui donnerait sans réserve.

La bouche d'Ella était douce et fraîche sous la sienne. Il se leva, l'entraînant avec lui, leurs lèvres toujours scellées. Il approfondit leur baiser.

Dieu qu'il l'aimait ! Glissant les mains sous ses fesses, il la souleva contre lui. Elle enroula les jambes autour de sa taille et elle s'accrocha à lui. Enfouissant le visage dans son cou, il l'embrassa, la mordilla, avec une faim à laquelle il préférait ne pas réfléchir.

Sans cesser de l'embrasser, il la porta jusqu'à sa chambre et l'allongea sur le lit au milieu des draps froissés.

— J'adore te voir dans mes vêtements, chérie, dit-il en baissant les yeux sur le T-shirt Led Zeppelin et son bas de jogging, devenus la tenue d'intérieur préférée d'Ella. Mais je te préfère sans.

Joignant le geste à la parole, il la déshabilla lentement en dévorant des yeux chaque centimètre de sa peau veloutée et crémeuse.

— Aime-moi, Gabe.

Alors, au lieu de lui dire à quel point il était fou d'elle, il le lui montra. Il embrassa ses paupières, son nez, sa bouche. Descendit plus bas, sur sa gorge, ses seins, son ventre. Lentement, il explora son nombril du bout de la langue et effleura sa hanche d'un baiser. Puis il posa sa bouche entre ses jambes et la goûta, la lécha doucement, avant d'enfoncer sa langue en elle.

Les doigts agrippés à ses cheveux, elle se cambra en gémissant. D'une main posée sur son ventre, il la calma et poursuivit la caresse, déployant tout son art de l'amour pour lui donner du plaisir et lui faire oublier tout le reste. Pour lui faire savoir à quel point elle comptait pour lui. Pour lui exprimer avec son corps, ses mains et sa bouche cet amour qu'il ne pouvait exprimer avec des mots tant il était fort.

La force de son propre désir le rendait fou, mais il se retenait, soucieux de ne pas rompre l'équilibre délicat entre la satisfaction immédiate et l'art exquis de faire durer le plaisir. Comme il desserrait son étreinte sur ses hanches, le temps de prendre un préservatif sur la table de chevet, Ella en profita pour renverser la situation. Elle roula sur lui, planta les mains de chaque côté de sa tête et se pencha pour l'embrasser. Puis, elle le dévisagea.

— A mon tour.

Gabe ne savait pas ce qu'elle avait en tête, mais il adorait la voir ainsi. Ses cheveux répandus sur ses épaules, ses seins ronds et fermes, conquérants, magnifiques, surmontés d'une petite framboise alléchante. Et plus bas, sa taille fine, son ventre plat et ce chemin direct vers le septième ciel. Il mourait d'envie de s'enfoncer en elle, mais il perdit tout pouvoir de décision quand elle s'allongea sur lui de tout son long et se mit à explorer son corps avec une lenteur proche de la torture…

Les traits contractés par le désir, il ferma les yeux avec un gémissement quand il sentit les doigts d'Ella se refermer sur son sexe. Il tendit les bras vers elle. C'était trop. Beaucoup trop. Il en mourrait s'il ne la prenait pas tout de suite.

Mais elle posa les mains sur son torse et le repoussa en arrière, le forçant à s'étendre. Elle aussi avait décidé de faire durer le plaisir.

Alors il retint sa respiration, crispa ses doigts sur les draps et contraignit son corps à l'immobilité, tandis qu'il la regardait se glisser entre ses jambes et baisser lentement la tête vers son ventre.

Ce furent d'abord ses boucles d'or roux qui effleurèrent sa peau, puis son souffle chaud. Et quand elle effleura de ses lèvres le pourtour de son sexe et le prit tout entier, il frissonna et ferma les yeux.

Plus rien n'existait que la torture entre ses jambes, ce frisson continu qui augmentait sans cesse et le va-et-vient inexorable de cette bouche dont chaque assaut l'emportait dans un univers de pures sensations.

Sur le point d'exploser, il rouvrit les yeux dans un ultime sursaut de lucidité.

— Ella…, souffla-t-il. Je veux être en toi.

Elle se redressa, lui prit le préservatif des mains et le lui ajusta. Puis, mêlant ses doigts aux siens, elle le chevaucha, imposant un rythme effréné à leurs ébats. Et même lorsqu'elle le sentit jouir en elle, elle continua à le pousser toujours plus loin, exigeant davantage encore. Elle écrasa ses lèvres sur les siennes, insatiable, avant de les faire glisser le long de son cou, contre les battements frénétiques de son cœur, tandis qu'elle le sentait de nouveau durcir en elle.

Puis ce fut à son tour de la renverser sur le dos et de la noyer dans la chaleur de sa peau, l'éclat de son regard, la caresse de ses mains puissantes et impatientes. Leurs corps s'épousaient, s'écartant pour mieux se retrouver l'instant d'après, grisés, emportés dans un tourbillon de plaisir, donnant et recevant tout à la fois. Fondus l'un dans l'autre, ils s'abandonnèrent ensemble, parcourus par la même onde de jouissance.

Le souffle court, Gabe s'affaissa sur Ella, le front posé contre le sien. Il venait de lui montrer à quel point il l'aimait. Il savait que dès qu'elle aurait contacté Sam, elle partirait. Et il voulait lui donner une raison de rester.

— Gabe, je…

— Je n'ai pas envie de parler de ta famille et de tes devoirs. Pas maintenant. Pas ce soir.

Il roula sur le dos, rompant leur précieux contact.

— Gabe…

— Chut. Pas maintenant, murmura-t-il en l'enlaçant. Seulement toi et moi. Ici. Rien que nous deux.

27

Ella ne savait plus quoi faire. Gabe refusait de discuter de son départ pour New York. Satanée fierté masculine. Il avait passé le matin avec les chevaux. Normal, il fallait les nourrir et nettoyer leur box. En revanche, chercher tous les prétextes possibles pour l'éviter, ça, ce n'était pas normal.

Après un petit déjeuner rapide, Gabe avait appelé Sam au FBI pour lui donner un compte rendu de ce qu'ils avaient découvert la veille dans la chambre forte, lui détaillant la façon dont les faits s'articulaient pour aboutir au meurtre de Lela.

Elle avait ensuite pris le relais pour donner davantage de précisions à Sam. Entre-temps, Gabe était sorti et n'était toujours pas réapparu.

Ignorer les problèmes ne menait nulle part. Elle pianota nerveusement du bout des doigts sur la table. Elle ne partirait pas en laissant des non-dits entre eux.

Le bruit de la porte d'entrée qui s'ouvrait la fit sauter sur ses pieds.

Enfin ! Il avait décidé de revenir discuter.

Soulagée, elle pivota sur elle-même pour se retrouver nez à nez avec… Travis.

Le visage déformé par un rictus haineux, la brute plissa les yeux. En quelques enjambées, il fut sur elle et lui agrippa le bras.

Suffoquée par cette attaque imprévue, elle mit une seconde de trop pour réagir. Elle voulut le repousser, mais il l'écrasa contre son torse et plaqua une main sur sa bouche pour étouffer ses cris. Un bras passé autour de sa taille, il l'entraîna dehors.

Reprenant ses esprits, elle se débattit. Le regard rivé sur l'écurie dans l'espoir de voir apparaître Gabe, elle se mit à décocher des coups de pied dans les tibias de son agresseur et, dans une vaine tentative pour échapper à l'immonde contact de sa main sur ses lèvres, elle essaya de le mordre.

— Sale garce ! gronda-t-il à son oreille en lui écrasant la mâchoire de ses doigts moites. Je sais qui tu es. Les hommes lancés à tes trousses par ton oncle me l'ont dit. Je t'emmène chez le shérif pour décrocher la récompense.

Plantant les talons dans le sol, elle voulut freiner leur progression vers la camionnette de Travis, mais sa cheville blessée céda sous elle, lui arrachant un cri de douleur. Emporté par son élan, Travis perdit l'équilibre et la lâcha. Elle tomba tête la première. Le souffle coupé, elle roula sur elle-même pour se relever et se battre. Mais c'était inutile. Le poing de Gabe cueillit Travis en pleine face, lui brisant le nez et l'envoyant valser dans la neige. Une seconde plus tard, il l'empoignait par le col et le plaquait contre le capot de la camionnette.

— Ne t'avise plus jamais de l'approcher !

Comme elle se redressait, Ella eut soudain l'impression que l'enfer se déchaînait autour d'elle. Crissement de pneus. Freins. Sirènes hurlantes. Sidérée, elle vit débouler devant le ranch deux voitures de police, gyrophares allumés, suivies d'un pick-up Ford d'où jaillit une version plus jeune de Gabe — son frère Dane, d'après les photos qu'elle avait vues de la famille. Un autre homme descendit d'une camionnette portant le logo « Cabinet vétérinaire de Crystal Creek ». Elle l'avait contacté pour examiner le bétail dont était censé s'occuper Travis Dorsche.

Dane se précipita vers eux.

Gabe tenait toujours Travis plaqué contre le capot, un bras tordu dans le dos.

— Aïe ! Tu vas me casser le bras, gémit celui-ci.

— La prochaine fois que tu poses tes sales pattes sur elle, je te tue !

— Chéri, relâche-le, murmura Ella. Les flics sont là.

Gabe lui glissa un coup d'œil par-dessus l'épaule.

— Tu vas bien ?

— Oui. Relâche-le.

Elle boitilla jusqu'à lui pour poser une main apaisante sur son épaule. Gabe posa les yeux sur sa cheville, puis se retourna vers Travis, le regard étincelant de rage.

— Espèce d'ordure, tu lui as fait mal.

Comme il levait de nouveau le poing, Dane s'interposa.

— Du calme, vieux ! Laisse les flics s'occuper de lui.

— Je vais m'en occuper moi-même, rugit Gabe.

Dane tenta de l'écarter.

— La récompense est à moi ! hurla Travis, affalé sur le capot de sa camionnette, le nez en sang. C'est moi qui l'ai trouvée le premier !

— Encore un seul mot et je t'arrache la tête ! répliqua Gabe en essayant de repousser son frère.

Ella le prit par le bras.

— Arrête, Gabe.

Il finit par se calmer.

— Tu boites à nouveau, dit-il.

— Je me suis tordu la cheville en trébuchant.

Aussitôt, il s'agenouilla pour palper délicatement sa cheville.

— Tu me présentes ou quoi ? s'impatienta Dane dans son dos.

Gabe se redressa.

— Ella, je te présente mon frère, Dane.

Puis, se tournant vers ce dernier :

— Qu'est-ce que tu fais là ?

— Ta copine m'a contacté il y a deux jours pour me demander de transférer son troupeau de chez Travis à Wolf Ranch.

Le regard de Gabe se posa de nouveau sur Ella.

— Vraiment ?

— Tu croyais que j'avais oublié ces pauvres bêtes ?

— Non, mais…

— … avec tout le reste, j'aurais pu, conclut-elle. Je sais. Pour autant, je n'ai pas oublié ce que ce salaud m'a fait, ni la façon dont il traite les animaux. Je t'ai dit qu'il me suffisait de passer quelques coups de fil pour régler le problème. J'ai donc appelé ton frère et le vétérinaire pour organiser le transfert des bêtes. Le shérif était censé arrêter Travis.

Le Dr Potts s'approcha et lui tendit la main.

— Ravi de vous rencontrer, mademoiselle Wolf. Quand nous sommes arrivés chez Travis, il prenait la route pour venir ici. Nous l'avons suivi, mais nous sommes malheureusement arrivés trop tard pour l'empêcher de vous bousculer. D'un autre côté, quelques minutes de plus et Gabe aurait eu le temps de lui administrer une raclée bien méritée. Je n'ai jamais vu des animaux aussi maltraités.

— Ella, pourquoi ne m'as-tu rien dit ? demanda Gabe, interloqué.

— J'ai essayé de t'en parler, ce matin, mais tu… tu m'as ignorée.

— Oh chérie, excuse-moi.

Gabe voulut la prendre dans ses bras, mais le shérif fut plus rapide. Il le menotta.

— Qu'est-ce que j'ai fait ? protesta Gabe d'une voix rauque de colère contenue.

— On ne tape pas sur les gens, même s'ils le méritent. Suis-moi, Bowden. On va régler ça au poste. Travis sera lui aussi poursuivi pour agression sur Mlle Wolf.

Ce dernier était déjà enfermé à l'arrière du second véhicule de police. Un mouchoir pressé sur son nez, il continuait de beugler :

— La récompense est pour moi !

Le shérif se tourna vers Ella.

— Je vous attends au poste pour faire votre déposition, mademoiselle Wolf. J'ai parlé avec l'agent spécial Sam Turner. Il m'a assuré que vous rentreriez à New York pour vous présenter aux autorités dans le cadre de l'enquête sur le meurtre de votre sœur.

— Je pars dès que j'aurai fait ma déposition.

Satisfait, le shérif poussa Gabe vers sa voiture et l'aida à s'installer sur la banquette arrière.

Ella se tourna vers Dane, figé à côté d'elle, le regard inquiet rivé sur son frère.

— Je vais le sortir de là pendant que vous vous occupez du reste, dit-elle en désignant du doigt les semi-remorques qui passaient au loin, sur la route en direction de Wolf Ranch.

Elle n'avait aucune idée du nombre de voyages nécessaires

pour transférer toutes les bêtes, mais elles seraient bientôt en sécurité, nourries, soignées et correctement traitées, grâce aux bons soins du Dr Potts et des hommes recrutés pour travailler sur Wolf Ranch. Ne resterait plus qu'à convaincre Gabe d'en assurer la gestion.

Dane hocha la tête avec une grimace.

— Connaissant mon frère et son besoin de tout contrôler, quand vous allez lui expliquer votre plan, il ne va pas être ravi d'avoir été tenu dans l'ignorance.

— J'avais l'intention de lui faire la surprise.

— Par ici, nous avons l'habitude de mener une vie simple, sans surprise. D'autant que des surprises comme celle-ci, ça n'arrive pas tous les jours, lui fit remarquer Dane. Et maintenant, que comptez-vous faire ?

Elle regarda la voiture de police disparaître au bout du chemin.

— Je vais finir ce que j'ai commencé.

— Ce qui signifie que vous allez retourner à New York ?

— Pour le moment.

— Et Gabe, que devient-il dans tout ça ? D'après Blake, il semblerait qu'il soit raide dingue de vous.

— Je ne sais pas.

— Bien sûr que si.

Elle leva les yeux sur Dane et plongea dans son regard brun, le même que celui de Gabe. Un regard pénétrant qui lui était devenu si familier.

— J'ai pas mal d'affaires à régler, dit-elle. Raison pour laquelle Gabe et moi avons remis à plus tard toute discussion concernant notre avenir.

— Mais si vous lui confiez Wolf Ranch, c'est parce que vous envisagez un avenir avec lui ?

— Je lui confie Wolf Ranch parce que c'est son rêve et qu'il a travaillé dur pour ça. Mon père avait lui aussi bâti son rêve, mais il lui a été volé. Cela n'arrivera pas à Gabe. Son rêve, personne ne le lui enlèvera. J'ai promis de tout arranger et je le ferai.

Dane haussa un sourcil surpris.

— Blake a raison, vous n'êtes pas celle que tout le monde croit.

— Je me moque de ce que les gens pensent de moi.

— Mais pas de ce que pense Gabe.

— Il sait qui je suis.

— Peut-être. Et je parie que ça lui fait peur.

— Pourquoi ?

— Parce que, tout comme moi, il se dit que vous ne tiendrez pas un an ici, avant de crever d'envie de retourner à New York faire les boutiques, aller au concert, au cinéma, dîner dans les restaurants chics. Bref, tout pour fuir la solitude des grands espaces qui nous entourent.

— Eh bien, vous me connaissez mal, répliqua-t-elle aussi sec. Et vous ne savez pas ce dont j'ai envie.

Dane haussa les épaules.

— Peut-être. Quoi qu'il en soit, tout ce que je vous demande, c'est d'y aller doucement avec Gabe. Ne le faites pas souffrir plus qu'il n'a déjà souffert.

— Je ne ferai jamais rien qui puisse le faire souffrir. Votre frère m'a sauvé la vie.

Et il ne l'avait pas seulement sauvée d'une mort certaine sur une route déserte, en plein blizzard. Il l'avait aussi sauvée de cette existence qu'elle croyait devoir mener pour répondre aux attentes de chacun. Il l'avait sauvée d'elle-même en lui permettant de découvrir ce à quoi elle aspirait véritablement. Une vie simple auprès de l'homme qu'elle aimait, une existence rythmée par la nature et les bêtes — s'occuper des chevaux, conduire le bétail à travers les pâturages, écouter de la musique country, passer ses soirées à la maison plutôt que dans des discothèques à la mode.

New York lui manquerait-il ? Sans doute un peu. Elle y avait ses amis, ses habitudes. Mais rien ne l'empêcherait d'y faire un saut de temps en temps.

— J'espère que vous êtes sincère, Ella. Je n'aimerais pas qu'une autre femme lui fasse des promesses qu'elle ne tiendra pas.

Elle soutint son regard.

— Cela n'arrivera pas, je vous le promets. Maintenant,

je vous laisse assurer l'installation du bétail pendant que je m'occupe de votre frère.

— Quand pensez-vous revenir, tous les deux ?

— Gabe voudra certainement rentrer au plus vite. De mon côté, ça risque de prendre plus de temps.

Dane lui décocha un regard genre « c'est-bien-ce-que-je-pensais ».

— J'ai des employés et des responsabilités, expliqua-t-elle, sans pour autant tranquilliser Dane qui avait l'air toujours aussi sceptique. Je ne peux pas abandonner l'entreprise. Je le dois à ma sœur et à mes parents.

— Gabe pourrait venir vous aider.

Elle secoua la tête.

— Sa vie est ici. Dans ce pays, avec sa famille et le métier qu'il aime. Je n'ai pas le droit de lui demander de quitter tout ça pour moi.

— Et si le plus important pour lui, c'était vous ?

— C'est peut-être ce qu'il dira, et peut-être même ce qu'il croit. Mais il ne sera jamais heureux ailleurs qu'ici.

Dane contempla les champs couverts de neige, les montagnes baignées de soleil.

— Vous allez devoir faire des choix difficiles. Désolé, Ella, mais je ferai tout pour protéger mon frère.

— Dans ce cas, nous sommes deux. Je le connais, Dane. Je ne peux pas changer l'homme qu'il est. Et je ne le veux pas.

Dane la considéra avec l'ombre d'un sourire.

— Décidément, vous ne ressemblez pas à la femme dont parlent les médias. Vous n'êtes pas non plus celle que j'imaginais pour mon frangin. Mais vous pourriez bien être parfaite pour lui.

— Je crois que Blake a dit quelque chose d'assez similaire.

— Normal, nous sommes frères. Bon, faut que j'y aille, conclut Dane en regagnant son pick-up. Je m'occupe du ranch de Gabe et du vôtre jusqu'à votre retour. Ah, j'oubliais… Maman aimerait vous avoir à dîner. Elle m'a demandé de vous le rappeler.

Elle hocha la tête avec un sourire et retourna chercher dans la maison le téléphone portable de Gabe et ses clés de voiture.

Elle appela rapidement les deux avocats recrutés par ses soins juste après avoir parlé à Sam, le matin même, et leur demanda de venir la retrouver au poste de police de Crystal Creek. Elle rassembla ensuite les documents et les dossiers éparpillés un peu partout entre le salon et la cuisine, les fourra dans son sac avec son ordinateur portable, passa dans la chambre récupérer ses vêtements et prit dans la penderie une valise qu'elle remplit avec de quoi habiller Gabe pour une semaine. Puis elle posa le tout sur le siège arrière du pick-up et mit le contact.

Elle resta un instant à contempler la maison en se demandant si tout redeviendrait comme la nuit dernière, dans les bras de Gabe. Elle l'espérait de tout son cœur.

En quittant le ranch, au lieu de tourner à droite pour se rendre à Crystal Creek, elle tourna à gauche en direction de Wolf Ranch. Les camions étaient déjà en train de décharger le bétail. De loin, Dane l'aperçut et lui fit signe de s'arrêter.

— Où allez-vous ? Crystal Creek, c'est de l'autre côté.

— Je sais, mais j'ai quelque chose à récupérer dans la maison.

— Besoin d'aide ?

— Non merci. Comment ça se passe, ici ?

— Quand on voit l'état de ces malheureuses bêtes, Travis mériterait la corde.

— Je n'irais pas jusque-là, mais il aura ce qu'il mérite.

— Tant mieux. On se verra pour le dîner chez maman.

Après quoi, Dane alla rejoindre les hommes à cheval qui dispersaient le troupeau dans les pâturages.

Quelques minutes suffirent à Ella pour récupérer dans la chambre forte les preuves des crimes de son oncle. Elle prit ensuite la direction de Crystal Creek. En chemin, elle appela l'aéroport pour s'assurer que l'avion était prêt et vérifier les derniers détails de l'opération orchestrée par Sam.

Il était temps d'en finir. Mais d'abord, elle allait chercher son homme.

28

Ella poussa la porte du poste de police d'un geste décidé, prête à affronter la tâche qui l'attendait.

Elle parcourut la pièce du regard. Ses avocats n'étaient pas encore arrivés.

— Merci d'être venue aussi vite, mademoiselle Wolf, lança le shérif depuis son bureau en partie dissimulé derrière un muret qui le séparait de la zone d'accueil.

— Je suis venue porter plainte contre Travis Dorsche pour agression sexuelle, tentative d'enlèvement et maltraitance sur animaux.

— Il s'agit d'accusations extrêmement graves, vous savez.

— Ce sont les faits. Vous allez prendre ma déposition. De leur côté, mes avocats auront une petite conversation avec Travis concernant l'agression sexuelle et la tentative d'enlèvement sur ma personne, et il s'agira de savoir si oui ou non Gabe Bowden est intervenu pour me protéger.

Le shérif hocha la tête.

— Je vois où vous voulez en venir.

— Je savais que vous comprendriez. Reste à savoir jusqu'où Travis Dorsche est prêt à aller. S'il veut la guerre, il l'aura.

— Je ne voudrais pas être à sa place, fit remarquer le shérif avec une grimace.

— En effet.

Tout comme Travis allait bientôt en faire l'amère expérience, son oncle allait lui aussi découvrir qu'elle était tout le contraire d'une cible facile. Elle ne lâcherait rien et mettrait tout en œuvre pour que justice soit rendue et envoyer ces fumiers derrière les barreaux pour longtemps.

Elle ne ressentait plus ni doutes ni craintes. Et c'est avec assurance qu'elle fit sa déposition.

Assis sur la couchette étroite, dos au mur, Gabe se repassait en boucle la scène de la nuit dernière. Ella et lui au lit, unis corps et âme dans une totale communion qu'il n'avait connue avec aucune autre femme. Au petit matin, il s'était réveillé conscient du caractère éphémère de cette bulle de bonheur où il n'y avait qu'eux.

A présent, c'était terminé. Ella allait devoir rentrer à New York, obtenir justice pour ses parents et sa sœur, diriger l'entreprise familiale et reprendre sa vie d'autrefois, celle à laquelle elle était habituée depuis toujours. Le Montana et les bras d'un cow-boy, c'était bon pour pleurer, se cacher et se ressourcer, mais sa vie n'était pas là. Un week-end de temps en temps, peut-être. Mais pas une vie entière. Or, lui, ce qu'il désirait, c'était une vie entière avec elle. Sauf qu'elle avait des responsabilités à l'égard de son entreprise et de ses employés. Et s'il y avait bien une chose qu'il avait apprise la concernant, c'est qu'elle avait un sens aigu du devoir. Alors, comment son rêve de la voir venir vivre ici avec lui pourrait-il devenir réalité ?

Les jours qu'ils venaient de passer ensemble resteraient comme les plus beaux de sa vie. Cette femme, il l'aimerait jusqu'à son dernier souffle. Et même s'il espérait secrètement qu'elle lui demanderait de la suivre à New York, il savait qu'il ne serait pas heureux là-bas. Non, cela ne pourrait pas marcher. Quoi qu'il fasse, quoi qu'il arrive, cela se terminerait forcément par un désastre. Mieux valait la laisser partir maintenant et ne garder que de merveilleux souvenirs des moments passés ensemble. Des souvenirs qu'il se remémorerait quand elle lui manquerait. Autant dire à chaque seconde de chaque jour.

C'était ainsi. Il avait fini par trouver l'âme sœur, mais leur histoire était sur le point de se terminer avant même d'avoir réellement commencé. Dès l'instant où il l'avait rencontrée, Ella Wolf n'avait été qu'une comète traversant son existence.

— Salut, cow-boy ! lança Ella, l'arrachant à ses mornes pensées. Je suis venue te faire évader. J'ai deux chevaux qui nous attendent. Filons d'ici et disparaissons sous le soleil couchant.

Il voulut sourire, mais n'en eut pas le courage.

— Où allons-nous ? La Grosse Pomme ?

— L'avion nous attend sur le tarmac.

Il ne releva pas. Il se contenta de se redresser et de dévisager Ella d'un air sceptique, de l'autre côté des barreaux de la cellule.

Visiblement mal à l'aise, elle baissa la tête, le visage masqué par le rideau doré de ses cheveux.

— Excuse-moi, Gabe.

— Pour quoi ? Pour être celle que tu es ? Je t'aime telle que tu es.

Elle releva les yeux sur lui.

— Je suis parfois maladroite. Je regrette de ne pas t'avoir parlé du bétail et du ranch. Je voulais te faire la surprise.

— Ma foi, c'est réussi. Je n'imaginais pas que tu puisses en faire autant en si peu de temps, juste avec un téléphone et un ordinateur.

— Je suis une fille pleine de ressources.

Elle désigna les deux hommes en costume-cravate qui s'avançaient vers eux.

— Je ne pouvais pas abandonner ces bêtes aux mains d'un sale type comme Travis, reprit-elle. Ce bétail a besoin d'être correctement traité. Tu l'as dit toi-même, il a de la valeur. Qui plus est, tu rêvais d'acquérir Wolf Ranch et tu as versé une grosse somme d'argent à mon oncle. Je t'avais promis d'arranger les choses.

— J'étais loin de penser que tu m'embaucherais pour faire tourner ton ranch.

— Pas mon ranch. *Ton* ranch.

Il ne pouvait évidemment espérer que cela signifie qu'elle avait décidé de vivre ici avec lui. Pourtant, l'espace d'un instant, il se prit à rêver avant de redescendre sur terre.

— Qu'entends-tu par là ?

— En tant que femme d'affaires, j'ai une proposition à te faire.

— C'est pour ça que ces messieurs sont ici ?

Elle acquiesça d'un hochement de tête.

— Je ne peux plus faire confiance aux avocats de l'entreprise, ni à ceux de la famille. Aussi ai-je loué les services de M. Crawford et de M. White. Ils sont venus tout spécialement de Bozeman.

— Tu es sérieuse ?

— Bien sûr. Ils sont ici pour lever les charges qui pèsent contre toi suite à la plainte de Travis et officialiser notre accord.

C'était donc ainsi que ça se terminerait. Il aurait les terres, mais pas la femme. S'il avait cru souffrir avec Stacy, ce n'était rien en comparaison de l'étau qui lui broyait le cœur, en cet instant même.

Appuyant l'épaule contre les barreaux, il regarda fixement cette femme qu'il croyait connaître, mais qu'il ne comprenait pas.

— Explique-moi en quoi consiste cet accord, dit-il.

— C'est très simple. Tu as acheté Wolf Ranch pour un million et demi de dollars. Comme tu l'as découvert, au cours actuel du marché, il en vaut dix fois plus.

— Et tu m'offres quoi, exactement ? Un boulot de régisseur ?

L'amertume lui brûlait la gorge.

— Non. Un partenariat. Je te cède 20 % du capital pour un million et demi. C'est une excellente affaire. Tu t'installes dans la maison, tu supervises l'élevage, tu étends les activités comme tu l'avais prévu et tu gères l'affaire.

— Si je comprends bien, je fais tout le boulot et je récupère 20 % des profits.

— Tu possèdes 20 %, mais les profits seront répartis entre nous, 25/75.

— Tu te tailles la part du lion.

— Non. C'est *toi* qui récupères les 75 %. C'est *toi* qui montes l'affaire. Je fournis les terres et le bétail. Tu en fais ce que tu veux.

— C'est bien toi qui m'as conseillé de me méfier des marchés trop beaux pour être vrais ? C'est quoi, la contrepartie ?

Elle sourit.

— Angel et Belle.

— Tes chevaux ?

— Blake est en route pour aller les chercher et les ramener ici. Je ne veux pas les laisser seuls là-bas.

Gabe cligna des yeux et ses mâchoires se crispèrent. C'était clair. De retour à New York, elle n'aurait même plus de temps pour ses chevaux. Et encore moins de temps pour lui…

— Quelle organisation ! s'exclama-t-il, un rien moqueur. Qu'as-tu fait d'autre, ces derniers jours ?

Ella perçut la pointe de sarcasme et soutint son regard, avant de répondre doucement :

— J'ai appris qu'un drame pouvait parfois ouvrir la voie vers le bonheur. Je ne te remercierai jamais assez pour tout ce que tu as fait.

— Et c'est pour cette raison que tu m'offres Wolf Ranch ? Transformant tout ce que nous avons partagé en un simple accord commercial !

Cette fois, il n'avait pu dissimuler la rancœur dans sa voix.

— Ce n'est pas vrai ! protesta Ella. Et tu le sais très bien. Mais ce lien si particulier entre nous ne change rien à mes obligations envers toi et ma famille. J'ai promis de réparer les torts de mon oncle à ton égard et c'est ce que je fais. S'il y a bien une seule chose dont je suis certaine, c'est que Wolf Ranch est l'endroit dont tu rêvais, et que tu y seras heureux.

Les derniers mots ressemblaient à un adieu.

Gabe avait l'impression qu'une lame déchiquetait son cœur. Comment pourrait-il être heureux sans elle ? Il voulait le lui dire, mais là, tout de suite, c'était impossible. Pas avec les deux types en costume, plantés à quelques pas d'Ella, qui faisaient mine de ne rien voir et rien entendre, alors qu'ils n'en perdaient pas une miette.

— On en rediscutera plus tard, dit-il, faisant taire sa contrariété. Et maintenant, sors-moi d'ici.

Dans l'immédiat, il ne la lâcherait pas d'une semelle tant que son oncle ne serait pas derrière les barreaux. Certes, l'accord qu'elle lui proposait l'exaspérait, mais il ne serait pas stupide au point de refuser l'unique moyen de rester en contact avec elle — même si ce n'était qu'épisodiquement.

Elle lui sourit.

— M. Crawford a quelques papiers à te faire signer pour le ranch. Quant à M. White, il a passé un marché avec Travis qui a finalement décidé de ne pas porter plainte contre toi.

— Parce qu'il était clair que vous défendiez Mlle Wolf ici présente, l'interrompit l'avocat d'un ton pontifiant. Mlle Wolf avait en effet tout lieu de croire à une nouvelle attaque de la part de M. Dorsche, étant donné qu'il l'avait déjà agressée sexuellement et laissée pour morte sur la route en pleine tempête de neige, sans aucun moyen de…

— Merci, monsieur White, l'interrompit Ella avec une mimique agacée à l'adresse de Gabe. Pour faire bref, Travis retire sa plainte contre toi à condition que je retire la mienne contre lui.

— Tu veux rire ! Ce salaud a failli te tuer !

— Oui, mais sans lui, je ne t'aurais pas rencontré.

Gabe ne trouva rien à dire. Ces mots le touchèrent en plein cœur. Il prit la main d'Ella et l'attira plus près.

— Sors-moi d'ici tout de suite, murmura-t-il.

Il avait tellement besoin de la tenir dans ses bras.

— Crawford, les papiers, dit-elle en tendant sa main libre. Signe ici.

— Quoi ! protesta Gabe. Tu ne me laisseras pas sortir si je ne signe pas cet accord ?

Elle confirma d'un battement de cils.

— C'est une bonne affaire. Signe.

— Et si je veux davantage ?

Ce n'était pas 20 % de ci, 75 % de ça qu'il voulait. C'était *elle*, qu'il voulait. Elle tout entière. Même si cela semblait impossible.

Elle soutint son regard.

— J'aimerais te donner ce que tu souhaites, Gabe. Mais je ne peux pas. Pas encore.

— Sam est prêt ? demanda-t-il

— Tout est en place. Il suffit que je lui apporte les preuves.

Le regard de Gabe s'étrécit.

— *Nous* allons les lui apporter. Je viens avec toi.

— J'espérais que tu me le proposerais.

— Dis plutôt que tu savais que je te le proposerais.

— C'est vrai. Je t'ai même préparé un bagage, car nous partons immédiatement.

— J'espère que tes quartiers new-yorkais sont plus confortables que celui-ci.

— Je crois que l'appartement te plaira.

— Dans ce cas, donne-moi ces papiers que je les signe.

Elle les lui tendit avec un sourire radieux qui lui alla droit au cœur et effaça les doutes qu'il avait sur leur relation — tout au moins pour l'instant. Il signa sans vérifier les clauses du contrat, sachant qu'il pouvait lui faire entièrement confiance.

Les avocats, qui s'étaient momentanément éclipsés, revinrent avec le shérif. A la seconde où la porte de la cellule s'ouvrit, Gabe prit Ella dans ses bras.

Elle se pelotonna contre lui.

— Ça va, chérie ?

— Là, tout de suite, je me sens merveilleusement bien.

Il la serra plus fort. Oui, en cet instant, dans les bras l'un de l'autre, ils étaient merveilleusement bien. Mais cela durerait-il ?

L'appréhension de Gabe s'accrut lorsque, en arrivant à l'aéroport de Bozeman, il s'aperçut qu'ils ne monteraient pas dans un vol régulier, mais dans un jet privé spécialement affrété pour les emmener à New York. C'était au-delà de ce qu'il pourrait jamais se permettre, ou même imaginer.

Ils parlèrent peu pendant le vol. Assise à côté de lui, la tête posée sur son épaule, sa main dans la sienne, Ella avait fermé les yeux, sans doute pour mieux se préparer à ce qui l'attendait et qui, il le savait, ne serait pas facile.

Vingt minutes avant l'arrivée à New York, elle lui fit signe de regarder par le hublot. Il se pencha pour contempler le spectacle, des millions de lumières multicolores, scintillant de mille feux, immobiles ou mouvantes. Il n'avait jamais rien vu de pareil.

Elle posa un baiser sur sa tempe.

— Bienvenue à New York, chéri.

29

Dès l'atterrissage, l'instinct protecteur de Gabe reprit le dessus. Ils entraient en territoire ennemi, celui de Phillip Wolf.

Quand les consignes de sécurité s'éteignirent, il déboucla aussitôt sa ceinture et aida Ella à rassembler leurs affaires. Au pied de la passerelle, une limousine les attendait. Un homme s'avança vers eux.

— C'est lui ? demanda Ella.

Gabe hocha la tête.

— Sam, dit-il en posant son sac et celui d'Ella pour prendre la main tendue.

Les deux hommes avaient fait connaissance seulement quelques mois plus tôt, lors du mariage de Caleb et Summer, mais ils s'étaient aussitôt appréciés, et l'accolade entre eux fut fraternelle.

— Je te présente Ella Wolf.

— Ravi de faire enfin votre connaissance, mademoiselle Wolf.

— Appelez-moi Ella. Enchantée, Sam. Désolée pour le retard, mais il m'a d'abord fallu sortir Gabe de prison.

Sam glissa un coup d'œil amusé à ce dernier.

— Que s'est-il passé ?

— J'ai abîmé le nez du type qui a failli tuer Ella.

— Travis Dorsche, je suppose. Ella m'en a parlé. Lui aussi est dans le collimateur du FBI. Et maintenant que vous êtes là, nous allons pouvoir passer à la vitesse supérieure. J'ai mis pas mal d'agents sur le coup pour surveiller les protagonistes de cette affaire. L'objectif est de les arrêter tous en même temps, afin de ne leur laisser aucune chance de réagir.

— Parfait. N'attendons plus, alors, déclara Ella en s'avançant d'un pas décidé vers la limousine dont le chauffeur lui ouvrait déjà la porte.

Sam se tourna vers Gabe.

— Elle est encore plus belle que sur les photos.

— Bas les pattes. Elle est à moi.

— J'ai bien compris. Il suffit de voir la façon dont elle te dévore des yeux. Elle va s'installer dans le Montana ?

— Non. Oui. Enfin, je ne sais pas. Nous n'en sommes pas encore là, marmonna Gabe, frustré. Combien de temps devrait prendre l'opération ?

— Pas longtemps. Si les preuves que vous apportez sont sans équivoque, l'affaire sera bouclée d'ici à demain soir, une fois que tout ce beau monde aura été mis en examen et placé en détention. Bien sûr, il faudra quelques mois de procédure jusqu'au procès.

— Ella va-t-elle devoir témoigner ?

— Cela dépendra de la solidité des preuves et du mode de défense de Phillip Wolf. S'il plaide coupable ou non.

— Elle t'a expliqué ce qui s'est réellement passé.

— Oui. J'ai parlé avec elle près d'une heure au téléphone, ce matin. C'est une histoire épouvantable. Ce soir, je vais examiner les preuves que vous avez apportées et vous expliquer les modalités de l'opération qui sera menée demain, conjointement avec les hommes de la police new-yorkaise.

— Compte tenu des relations qu'entretient Phillip Wolf avec certains de ses responsables, n'est-ce pas risqué de travailler avec eux sur cette affaire ? demanda Gabe, inquiet.

Sam sourit.

— Au contraire. Tout le mérite de l'arrestation leur reviendra, et c'est l'occasion pour eux de faire le ménage dans leurs rangs en éliminant les flics véreux.

— Tu es certain qu'Ella est en sécurité ?

— Oui, tant que tu restes près d'elle à cogner sur les méchants. Par ailleurs, des agents assurent discrètement sa protection.

Gabe jeta un coup d'œil approbateur au malabar portant une

casquette de chauffeur qui chargeait le coffre avec les cartons contenant les preuves contre Phillip Wolf.

Sam lui donna une tape amicale sur l'épaule.

— Viens, il est temps de passer à l'action. Nous avons un homme à abattre.

— Je m'en serais volontiers chargé moi-même.

— Nous devons le faire dans les règles. J'ai une longue liste de chefs d'inculpation contre lui et je veux le coincer pour chacun d'eux.

— Messieurs ! les apostropha Ella depuis la voiture. Vous venez, oui ou non ?

— Autoritaire, la demoiselle, plaisanta Sam avec un clin d'œil complice à l'adresse de Gabe.

— C'est une femme décidée que rien n'arrête.

— Quand on possède sa fortune, tout est possible.

Gabe ne répondit pas et se rembrunit. Jusqu'à présent, il n'avait jamais vraiment réfléchi à la fortune d'Ella, en dehors du fait qu'elle était propriétaire d'un énorme ranch. Il la voyait davantage comme une femme d'affaires que comme une héritière immensément riche. Bon sang ! Tant de choses les séparaient…

— Il ne s'agit pas d'une compétition, lui fit remarquer Sam, devinant ses pensées. Vous menez des existences très différentes. Elle est ce qu'elle est. Et toi, tu es ce que tu es. Ce qui compte, c'est ce qu'il y a entre vous. Le reste est sans importance.

— Au détail près que je vis dans le Montana et elle ici.

— Ce n'est pas incompatible. Beaucoup de gens partagent leur vie entre deux endroits. Pourquoi ne pourriez-vous pas en faire autant ?

— A cause du ranch, pour commencer.

— Il me semble que tu peux compter sur l'aide de tes frères. Et puis, les cow-boys que tu vas embaucher pourront toujours faire tourner le ranch en ton absence. Il faut savoir déléguer.

— Messieurs ! les apostropha de nouveau Ella, debout devant la voiture cette fois, les poings sur les hanches. L'horloge tourne pendant que vous papotez !

Gabe la regarda, l'ombre d'un sourire songeur sur les lèvres.

Sam n'avait pas tort. Peut-être pourraient-ils s'organiser pour vivre entre New York et le Montana. Certes, ce n'était pas ainsi qu'il imaginait la vie de couple. Cela dit, Ella n'était pas non plus le genre de femme qu'il imaginait à ses côtés. Alors pourquoi ne pas tenter de trouver un arrangement qui leur permettrait de vivre ensemble, sans que ni l'un ni l'autre ne soit obligé de tout abandonner ?

Ella entrelaça ses doigts à ceux de Gabe et jeta un coup d'œil sur sa montre.

Alors qu'ils quittaient l'aéroport, Sam avait reçu l'appel d'un de ses agents le prévenant que Phillip Wolf venait de convoquer les médias pour un communiqué de presse, devant le tribunal, dans la soirée. Ils avaient aussitôt pris la direction du palais de justice.

La presse était arrivée, et on installait une estrade de fortune au sommet des marches. Les journalistes jetaient des coups d'œil curieux sur la limousine aux vitres teintées garée en contrebas, en se demandant qui pouvait bien s'y trouver.

Ella observait la foule sans un mot. Ils étaient venus assister à un spectacle et elle allait le leur offrir.

— Je ne peux pas croire que ton oncle ait le culot de tenir une conférence de presse pour t'accuser publiquement du meurtre de ta sœur, marmonna Gabe, incrédule.

Elle haussa les épaules.

— Moi, cela ne m'étonne pas. En m'accusant publiquement, il espère éloigner les soupçons qui commencent à peser sur lui. Les journalistes posent des questions. Et certains de mes amis ont eux aussi des relations haut placées. S'ils font suffisamment de bruit, le ministère de la Justice pourrait remettre en cause l'enquête de l'inspecteur Robbins. Et ça, mon oncle ne peut se le permettre.

Gabe hocha la tête en direction de la vitre teintée.

— Le voilà qui entre en scène.

— Parfait. Que le spectacle commence ! déclara Ella en posant la main sur la poignée de la portière.

Gabe se pencha pour l'arrêter avant qu'elle ait mis le pied dehors.

— Attends une seconde. Comment sais-tu qu'il n'est pas armé ?

— Je ne le sais pas.

Sur ce, elle ouvrit la portière et descendit de voiture sans se soucier de la volée de jurons lâchée dans son dos.

— Bon sang, tu mériterais une fessée, gronda Gabe.

— J'ai hâte de voir ça, répliqua-t-elle, moqueuse. Mais si nous en venions là, chéri, ne t'inquiète pas, je te sortirais à nouveau de prison.

— J'espère bien, marmonna-t-il sans pouvoir s'empêcher de sourire en dépit des circonstances.

Dès qu'ils l'aperçurent, des journalistes tournèrent leurs appareils photo vers elle. Des flashs crépitèrent.

Sur l'estrade, Phillip Wolf ne l'avait pas encore repérée. Les avocats de la famille, l'inspecteur Robbins, d'autres hauts responsables ainsi que le médecin légiste l'entouraient, l'air grave, attendant leur tour pour accuser Ella d'avoir commis l'impensable.

— Ma nièce a disparu depuis le meurtre de sa sœur…, commença Phillip Wolf.

— Je n'ai pas disparu, mon oncle. Je suis là.

Les journalistes s'écartèrent pour la laisser passer.

Serrant la main de Gabe, elle gravit l'escalier et, lentement, s'approcha de son oncle, savourant la stupéfaction peinte sur son visage.

C'était sans doute la première fois que les traits de cet homme figés par les injections de Botox affichaient une véritable expression, songea-t-elle, sarcastique. Ses soins esthétiques hors de prix allaient lui manquer, en prison. Peut-être lui ferait-elle parvenir un pot de crème antirides de sa nouvelle gamme de produits cosmétiques.

Passé le premier instant de surprise, Phillip Wolf se ressaisit très rapidement.

— Ella, dit-il, pesant chacun de ses mots, le regard rivé sur les journalistes. La police souhaite t'interroger. Ils savent que tu as tué ta sœur.

— Dites plutôt que vous les avez payés pour falsifier les preuves et diriger les soupçons sur moi, répliqua-t-elle, glaciale. C'est *vous* qui avez assassiné ma sœur.

— Chère enfant, tu ne sais pas ce que tu dis. Tu as perdu la tête.

— J'étais là, mon oncle. Dans l'appartement. Je vous ai vu tirer sur Lela.

— Allons, c'est absurde. Je l'aimais comme ma propre fille. Pourquoi ferais-je une telle horreur ?

— Pourquoi ? Mais tout simplement parce que vous convoitez depuis toujours ce qui ne vous appartiendra jamais. Il y a dix ans, vous avez assassiné mon père, votre propre frère, pour tenter de prendre sa place. C'est ce que Lela avait découvert.

Elle sortit l'enregistreur de sa poche et le mit en marche devant les micros.

— *Qu'est-il arrivé à votre épouse ?*

— *Phillip Wolf l'a assassinée…*

Elle laissa l'enregistrement se dérouler devant une foule de journalistes médusés qui se pressaient sur les marches en tendant leur micro pour ne pas perdre un seul mot de la confession du mécanicien qui avait saboté l'avion du fondateur de Wolf Enterprises.

— Mensonges ! s'écria Phillip Wolf, le visage luisant de sueur. Tu as fabriqué cet enregistrement de toutes pièces !

Ivre de colère et de peur, il la saisit par le col de son manteau et la souleva littéralement de terre pour lui cracher en pleine face :

— Tu es malade. Il faut te faire soigner.

Gabe abattit ses mains sur ses épaules, lui faisant lâcher prise. Et tandis que Sam tirait Ella en arrière, il agrippa le coude de Phillip Wolf d'une main pour le faire pivoter vers lui et lui balancer un uppercut qui l'envoya au tapis sous les yeux d'une foule de journalistes sidérés.

— Ne posez plus jamais vos sales pattes sur Ella.

Les appareils photo se déchaînèrent, immortalisant l'image d'un Phillip Wolf à terre, le nez en sang, hurlant de rage.

— Je porte plainte pour agression !

— Vous n'êtes pas le premier de la journée, répliqua Gabe en cédant la place aux agents du FBI.

Sam s'approcha.

— Monsieur Wolf, vous êtes en état d'arrestation pour les meurtres de Lela et Stuart Wolf, ainsi que de trois autres personnes. Je vous arrête également pour escroquerie, détournement de fonds et vol d'œuvres d'art.

— C'est un coup monté ! protesta Phillip Wolf en tentant de retrouver un semblant de dignité. Demandez à l'inspecteur Robbins. Il vous confirmera que c'est cette folle qui a tué sa sœur. Le reste est le fruit de ses délires de toxicomane.

— Regardez autour de vous, mon oncle, intervint Ella. L'inspecteur Robbins est également en état d'arrestation. Dès qu'il entrera dans la salle d'interrogatoire, je suis prête à parier qu'il ne se fera pas prier pour se mettre à table et nous préciser combien vous le payez, et donner les noms de tous ceux à qui vous versez également des pots-de-vin.

— Tu n'as aucune preuve !

— Détrompez-vous. En plus du témoignage du mécanicien qui a agi sur votre ordre et dont vous avez froidement abattu l'épouse, nous avons la boîte noire de l'avion et la jauge trafiquée. Nous avons aussi découvert les disparitions soi-disant accidentelles des comptables chargés de vérifier les comptes de Wolf Enterprises.

Elle vit les yeux de son oncle s'écarquiller sous l'effet de la panique.

— Enlèvement, chantage, pots-de-vin, détournements de fonds, falsifications de preuves, énuméra-t-elle avec un « tss-tss » désapprobateur. Vous n'avez pas chômé. Je me demande ce que je vais dénicher dans les tiroirs secrets de votre bureau.

Fou furieux, Phillip Wolf baissa la tête, tel un taureau, et voulut la charger, mais les agents du FBI le retinrent sous les flashs des appareils photo.

Elle récupéra l'enregistrement qu'elle tendit à Sam et tourna le dos à son oncle. Puis elle fendit la foule des journalistes qui la bombardaient de questions, Gabe sur sa gauche, un agent du FBI sur sa droite, et son oncle qui vociférait derrière elle.

Comme ils se frayaient un chemin jusqu'à la voiture, une

femme au visage chiffonné vint se poster devant elle, lui bloquant le passage. Gabe s'interposa aussitôt.

— Qui êtes-vous ?

— Je m'appelle Rose. Je suis la petite amie de Phillip.

— Fiche le camp, Rose ! hurla ce dernier.

Rose, le diminutif de « Rosalind ». Le prénom de sa mère, réalisa Ella. Un diminutif affectueux dont l'usage était exclusivement réservé à son époux bien-aimé.

Une étrange appréhension l'étreignit. Elle détailla la femme. Même taille, même longue chevelure brune, même yeux verts… Une rafale de vent entrouvrit son manteau, dévoilant une robe de soie prune. Une robe qu'elle se souvenait avoir vue sur sa mère autrefois…

Déstabilisée, elle plissa les yeux, regarda son oncle, puis de nouveau la femme qu'elle examina de plus près. Oui, la ressemblance était là, mais il y avait surtout les vêtements. Et les bijoux. Tous avaient appartenu à sa mère. C'était comme si Phillip avait voulu la… *recréer.*

Le cœur au bord des lèvres, elle se tourna de nouveau vers son oncle. Etait-il possible qu'il ait assassiné son frère pour tout autre chose que l'argent ?

Elle avait l'impression qu'une boule brûlante grossissait dans sa gorge. Oh mon Dieu… Un sacrilège de plus à ajouter à la longue liste des péchés de son oncle. « Tu ne convoiteras pas l'épouse de ton frère. »

— Vous êtes un monstre ! s'écria-t-elle en le fusillant du regard. Je veillerai à ce que vous récoltiez ce que vous méritez.

— Vous ne pouvez pas faire ça ! protesta Rose. Qu'est-ce que je vais devenir ? Phillip, tu avais promis de t'occuper de moi.

Ecœurée, révoltée, Ella se tourna vers Sam.

— Arrêtez-la. Elle porte les vêtements et les bijoux de ma mère.

— Mais je n'ai rien fait ! s'exclama Rose d'une voix plaintive.

— Nous verrons bien, répliqua Ella, incapable de supporter davantage la vue de cette femme.

Les agents du FBI repoussèrent les journalistes. Un bras passé autour de sa taille, Gabe entraîna Ella vers la voiture et se glissa sur la banquette arrière à côté d'elle, à l'abri des appareils photo et des questions.

Ils restèrent de longues minutes sans bouger. Puis Gabe effleura tendrement sa joue du bout des doigts, lui arrachant un profond soupir.

— Comment va ta main ? demanda-t-elle en examinant ses phalanges dont la peau avait éclaté sous la violence du coup de poing qu'il avait assené à Phillip.

— Pas trop mal. Je survivrai. Ton oncle aussi, malheureusement.

Elle posa un baiser sur ses doigts abîmés.

— Tu es très doué pour briser les nez, à ce que je vois.

— J'ai compris la technique au lycée. Quand j'avais dix-sept ans, j'ai dû me battre contre une véritable brute.

— Laisse-moi deviner. Je parie que c'était pour une fille.

— Ce n'était pas ma faute si elle me préférait à cette tête d'abruti. Quoi qu'il en soit, j'avais beau cogner sur ce type, il se relevait et me retombait dessus. Alors je lui ai mis mon poing au milieu de la figure, je lui ai cassé le nez et ça l'a arrêté net. En cas d'agression, il faut viser le nez. Cela fait un mal de chien et ça saigne énormément. Tout ce sang qui dégouline dans le nez et la gorge empêche ton adversaire de respirer.

— C'est bon ! s'exclama-t-elle avec une grimace horrifiée. N'en dis pas plus ! Tais-toi.

— Bonne idée, approuva Gabe en posant ses lèvres sur les siennes pour l'embrasser. Je suis fier de toi, chérie, murmura-t-il contre sa bouche.

— Il me reste encore tant à faire.

— Il est tard. Tu n'es pas fatiguée ?

— Si, mais nous devons attendre que Sam ait terminé ici, pour aller chez moi. Son équipe va mener une nouvelle perquisition. Notamment dans la chambre de mon oncle. Cela te dit de voir mon appartement ?

— Il est de la même taille que ton ranch ?

— *Notre* ranch. Tu en es aussi propriétaire. Et c'est toi qui vas le faire tourner.

Gabe ne releva pas. Dès qu'elle faisait allusion à l'avenir, il se taisait, comme s'il craignait de dire quelque chose qui pourrait rompre le fragile équilibre entre eux, avait-elle remarqué. Elle lut sur son visage la même gêne que lorsqu'il avait découvert le jet privé, les lumières de New York ou la limousine avec chauffeur. Ce n'était qu'un aperçu de l'existence qu'elle menait et déjà, il semblait mal à l'aise.

— Autant te prévenir, l'appartement est luxueux, reprit-elle, s'efforçant d'adopter un ton léger. Mon père avait l'habitude d'y inviter ses partenaires en affaires pour les impressionner, et ma mère prenait plaisir à le décorer. Lela et moi, nous avons grandi dans cet environnement et, d'une certaine façon, nous ne nous rendions pas compte que nous vivions différemment de la plupart des gens.

Gabe continuait de se taire.

— Je suis sûre que le personnel te plaira. Il y a Mary, Lee et Felicity.

— Tu m'as déjà parlé de Mary.

— Elle a toujours été là. C'est un véritable cordon-bleu. Une oreille attentive qui distribue ses conseils au moment du dessert.

— Tu lui racontais tes peines de cœur ?

— Toujours.

— Je parie qu'elle te consolait en te disant que ces garçons ne méritaient pas une fille comme toi.

— Jamais de la vie. Elle me disait d'arrêter de faire la difficile et de vouloir tout régenter, parce que ça les faisait fuir. Selon elle, je suis un brin trop autoritaire.

— J'ai vu ça quand tu m'as fait signer le contrat stipulant que je vais devoir m'occuper d'un millier de têtes de bétail.

— Et cela t'ennuie ?

— Pas du tout.

Elle l'observa avec attention. Pourquoi n'avait-il pas l'air si content que ça ? La question était sur le bout de ses lèvres, mais Sam ouvrit la portière et monta dans la limousine.

— L'inspecteur Robbins a été placé en détention, annonça-t-il. Il essaie de négocier un accord. Les avocats qui ont passé sous silence les dernières volontés de votre père ont également été mis en examen. Eux aussi sont prêts à passer un accord. Ils vont probablement vous proposer une énorme somme d'argent en guise de dédommagement. Grâce aux preuves que vous avez découvertes dans les fichiers comptables de l'entreprise et grâce à votre responsable du service informatique, nous avons également pu arrêter plusieurs membres de la direction.

Ella fit un petit signe au chauffeur, et la limousine démarra et prit la direction de Central Park.

— Une douzaine de vos employés sont impliqués dans les détournements de fonds, poursuivit Sam. La plupart ont obéi aux ordres pour conserver leur job.

— J'examinerai chaque cas individuellement, déclara-t-elle. Dans l'immédiat, je vais devoir faire une déclaration auprès du personnel.

— La presse et les paparazzis vous attendent déjà au pied de votre immeuble, précisa Sam.

— Génial, marmonna Gabe, visiblement agacé.

— Désolée, chéri, j'aurais dû y penser.

Posant la main sur son bras, elle lui sourit.

— Hé, tu as déjà assommé deux hommes, aujourd'hui. Tu peux bien ajouter quelques paparazzis à ton palmarès.

— Je vais finir par croire que tu prends plaisir à me sortir de prison.

— Je paie des avocats une fortune. Il faut bien qu'ils justifient leur salaire.

Gabe se pencha et la fit taire d'un baiser sur les lèvres.

— Tant pis s'il y a foule en bas de chez toi, dit-il. On s'en moque. L'essentiel, c'est de terminer au plus vite ce que nous sommes venus faire ici.

— Tu sais, je n'ai pas très envie de retourner dans cet appartement, avoua-t-elle. J'ai peur. Lela et moi, nous ne sommes jamais entrées dans la chambre de mon oncle. Autrefois, c'était celle de mes parents. En plus, je suppose qu'il a gardé des affaires de maman… Je n'aurais jamais imaginé qu'il puisse entretenir son sosie…

Le reste du trajet se déroula dans le silence.

Sam laissa échapper un juron en apercevant l'attroupement devant l'immeuble.

— Gabe, tu passes devant, Ella te suit et moi, je ferme la marche. On traverse la foule sans s'arrêter.

— Compris, répondit Gabe en ouvrant la portière.

Ella avait l'habitude d'être la cible des photographes et des journalistes, mais là c'était différent. Ils se pressaient autour d'elle en l'assaillant de questions à propos de sa sœur et de son oncle, les flashs crépitaient. Mais Gabe la tint fermement par la main, et lui fraya un chemin jusqu'à l'entrée de l'immeuble.

Arrivée sur le perron, elle s'immobilisa brusquement.

— Attends, dit-elle en tirant sur la main de Gabe pour le forcer à s'arrêter.

— Avancez, Ella, lui conseilla Sam. Il y a une enquête en cours. Ne dites rien qui pourrait compromettre la procédure.

— Je sais, Sam. Mais il y a une chose que je tiens à mettre au clair.

Elle se tourna face à la foule des journalistes. Le silence se fit instantanément quand elle se mit à parler.

— Mon oncle a assassiné ma sœur, Lela. Avec la complicité de certains responsables de la police et autres personnalités influentes, il a couvert son crime et maquillé les preuves pour essayer de me le faire endosser.

— Où étiez-vous ? lança un journaliste. Pourquoi revenez-vous seulement maintenant ?

Elle ignora la première question, consciente de l'intérêt provoqué par la présence de Gabe à ses côtés. D'autres questions fusaient déjà à son sujet. Elle les éluda aussi.

— Avant de revenir, il me fallait d'abord rassembler des preuves. C'est ce que j'ai fait ces dernières semaines, et vous en saurez plus demain. Mais je veux que les gens sachent que ma sœur était une personne adorable, belle, intelligente et généreuse qui ne méritait pas de disparaître si tôt, et dans des conditions aussi atroces.

Bouleversée, elle se retourna vers Gabe qui l'enveloppa aussitôt de ses bras.

— Monsieur, quelles sont vos relations avec Mlle Wolf ?

Ella sentit Gabe se raidir. Redressant la tête, elle jeta un coup d'œil par-dessus son épaule au journaliste qui savait que ses lecteurs désireraient forcément en savoir plus sur le beau ténébreux avec elle.

— C'est mon…

« Petit ami » ne reflétait pas ce que Gabe était pour elle. Il était bien plus qu'un homme avec qui elle sortait. Il était aussi bien plus qu'un amant.

— C'est l'homme que j'aime, répondit-elle simplement en levant les yeux sur lui.

Son regard noir et brûlant lui coupa le souffle. Il resserra l'étreinte de ses bras et elle fondit contre lui.

Les appareils photo crépitèrent, les micros se tendirent, mais Gabe l'entraînait déjà dans le hall d'entrée, tandis que Sam, le concierge et deux agents du FBI se postaient devant les portes, empêchant quiconque de les suivre.

Gabe enfonça le bouton d'appel de l'ascenseur. Ils s'y engouffrèrent, et elle composa le code de l'appartement.

A la seconde où les portes se refermèrent, Gabe la poussa contre le mur de la cabine et écrasa ses lèvres sur les siennes dans un baiser ardent.

Quand les portes se rouvrirent, il s'écarta, la laissant le cœur battant, le souffle court.

— Tu pensais vraiment ce que tu as dit aux journalistes ? demanda-t-il.

Elle sourit et leva les yeux sur lui en posant ses paumes de main bien à plat sur son torse.

— De tout mon cœur.

Gabe ouvrit la bouche pour dire quelque chose, mais elle posa un index sur ses lèvres.

— Ne t'inquiète pas. Ça va marcher. Je te demande juste de patienter, de ne pas renoncer. Promets-le-moi.

Il la contempla pendant ce qui lui sembla être une éternité. Puis le soulagement éclaira lentement son visage.

— Promis.

Elle lui prit la main et entra dans l'appartement.

Ils s'immobilisèrent au milieu de l'immense hall de marbre, brillamment éclairé par un somptueux lustre en cristal. Au-delà, deux marches descendaient dans un salon aux dimensions impressionnantes. Sur un luxueux canapé en forme de U, trois hommes sirotaient un café en échangeant des documents. Mary et Felicity étaient assises sur une chaise de chaque côté des portes closes de la bibliothèque.

Ella frissonna, assaillie par le flot des images atroces, imprimées à jamais dans sa mémoire. Sous la violence du choc, elle recula d'un pas.

Percevant son désarroi, Gabe enveloppa ses épaules d'un bras protecteur, solide et rassurant. Elle sentit la chaleur de son souffle sur sa joue.

— Respire, lui ordonna-t-il doucement.

Elle fit ce qu'il disait, inspira longuement, profondément, et l'angoisse s'apaisa.

— Fantastique ton appartement, chérie. La vue est… Les mots me manquent.

La baie vitrée occupant tout un pan de mur offrait un point de vue majestueux sur Central Park. Ella contempla un instant les étoiles et prit de nouveau une grande inspiration.

— Ma chérie ! s'exclama Mary. Te voici enfin de retour à la maison !

Oui. La maison où sa sœur était morte. Disparue. A jamais. Les larmes affluèrent de nouveau.

Mary et Felicity se précipitèrent pour venir la serrer dans leurs bras. Ella accueillit leur étreinte avec émotion, mais ne put la leur rendre, tant la douleur de retrouver ces lieux sans sa sœur était grande. Un sanglot enflait dans sa gorge. Les deux femmes s'écartèrent, leurs regards emplis de compassion.

— Chérie, calme-toi. Je suis là.

La voix de Gabe l'enveloppa de sa douceur. Ses mains sur ses joues la rassurèrent. Elle s'agrippa à ses poignets, bouleversée, consciente qu'il fallait qu'elle se reprenne et pourtant follement avide de s'abandonner au refuge de ses bras pour oublier tout le reste.

Rassemblant son courage, elle redressa la tête et essuya ses larmes.

— Ella, tu es venue avec un ami ? demanda Felicity.

Cette dernière était au service de la famille depuis plusieurs années. Elle s'occupait de l'entretien de la maison et des courses.

— Je vous présente Gabe. Gabe Bowden. Je l'ai ramené avec moi du Montana.

Gabe sourit.

— Tu parles de moi comme si j'étais un souvenir ?

— Plutôt un rêve devenu réalité, murmura-t-elle rien que pour lui.

Il posa sur elle un regard si ardent qu'elle sentit ses genoux trembler.

— Mademoiselle Wolf, nous sommes du FBI, intervint l'un des hommes en se levant du canapé. Sam Turner nous a demandé de le retrouver ici avec un mandat de perquisition.

Gabe s'effaça pour la laisser reprendre les commandes.

— Felicity, nos bagages sont en bas, dans la voiture. Fais-les monter dans ma chambre, s'il te plaît. Mary, peux-tu préparer de quoi grignoter pour Gabe ?

Puis, se tournant vers les agents du FBI :

— Messieurs, puis-je voir le mandat de perquisition ?

Elle lut le mandat et Sam entra, accompagné d'une équipe de la police scientifique.

— Ella, nous aimerions voir la chambre de votre oncle.

Elle désigna l'escalier et leur fit signe de la suivre. Arrivée à l'étage, elle longea le couloir et s'arrêta un instant devant une porte ouverte.

— Votre chambre ? demanda Sam.

— Non. Celle de ma sœur, murmura-t-elle.

Percevant son désarroi, Gabe la prit par la main et l'entraîna plus loin.

— La chambre de ton oncle, c'est laquelle ?

— Au bout du couloir.

Lentement, ils remontèrent le couloir, et elle s'immobilisa devant la double porte en chêne richement ouvragée, le cœur battant, la gorge serrée. Fermant les yeux, elle revit la chambre de ses parents telle qu'elle était avant que son oncle ne vienne s'installer ici. Elle se revit avec Lela descendre le couloir en courant, ouvrir grand ces portes et grimper sur le lit de leurs parents pour les réveiller et se blottir entre eux en riant sous les câlins et les chatouilles. C'était le temps des jours heureux. Le temps où elle était aimée et protégée.

— Ella ?

La voix de Sam l'arracha aux souvenirs.

— Vous n'êtes pas obligée d'entrer. Vous pouvez attendre dehors, si vous préférez.

Elle secoua la tête, posa les mains sur les poignées, tourna et poussa les battants.

— Oh mon Dieu ! s'exclama-t-elle d'une voix étranglée.

— Qu'y a-t-il ? demanda Gabe.

— Rien n'a changé. Tout est resté exactement comme du temps où c'était la chambre de mes parents…

Elle contempla les murs lavande, l'édredon pourpre sur le lit à colonnes, les commodes en bois de rose, la collection de miroirs anciens de sa mère, ses flacons de parfum en cristal. Mais aux murs et sur chaque meuble, des dizaines de photos de sa mère qui n'y étaient pas autrefois, réalisa-t-elle soudain avec stupéfaction.

Elle n'en croyait pas ses yeux. Oncle Phillip était réellement obsédé par sa belle-sœur.

— Ella ?

Elle sursauta, se força à revenir à la réalité du moment et à ce que l'on attendait d'elle.

— Où est le coffre-fort ? demanda Sam.

Elle s'avança vers le dressing et jeta un regard hésitant à Gabe.

— J'ai peur de ce que je vais découvrir, murmura-t-elle.

— Cela ne peut être pire que ce que tu as déjà vu, le meurtre de ta sœur, une maîtresse qui est le parfait sosie de ta mère, et une chambre qui ressemble à un sanctuaire. Mary et Felicity ne t'en ont jamais parlé ?

— Non. Elles n'étaient pas autorisées à entrer ici. Seul Lee était au service exclusif de mon oncle.

— Trouvez-moi cet homme, lança Sam à ses agents.

— Je m'en occupe, dit l'un d'eux en quittant la pièce.

Ella prit une profonde inspiration et poussa la porte du dressing. Elle aperçut le miroir en pied de sa mère, les costumes de son oncle et divers vêtements suspendus tout autour de la pièce, les chaussures alignées sur les étagères. Rien d'anormal.

Au mur du fond était accroché un tableau de près de deux mètres de haut.

— En voilà un que ton oncle a gardé, fit remarquer Gabe.

— Il ne pouvait pas s'en débarrasser. Il est solidaire du mur.

Elle se baissa pour presser le coin inférieur droit du tableau, juste sous la signature du peintre. Avec un léger chuintement, le panneau se déplaça, révélant la porte d'un énorme coffre-fort.

Derrière elle, Sam ouvrit un dossier et s'avança. Suivant les instructions contenues dans une annexe au testament de Stuart Wolf, il composa la combinaison de chiffres actionnant l'ouverture du coffre. La lourde porte s'ouvrit.

Ella contempla les documents, les liasses de billets et les écrins vides qui avaient autrefois abrité les bijoux de sa mère.

— Avec Lela, nous adorions jouer à nous déguiser avec les vêtements et les bijoux de maman, murmura-t-elle. A présent, ils sont chez cette femme, la maîtresse de mon oncle.

— Je veillerai à ce qu'ils vous soient rendus, promit Sam.

Elle lui adressa un sourire reconnaissant et se pencha pour examiner le coffre de plus près.

— Je ne vois pas le médaillon que mon oncle a pris sur le corps de ma sœur. Il devrait pourtant être là.

Abandonnant le coffre-fort aux agents du FBI, elle fit lentement le tour de la chambre. Sur un guéridon, près de la fenêtre, trônait une boîte en nacre, richement ouvragée. Lorsqu'elle souleva le couvercle, elle y découvrit les dessins qu'elle avait réalisés avec Lela quand elles étaient enfants.

— Je ne savais pas que maman les gardait, murmura-t-elle d'une voix tremblante d'émotion contenue.

Gabe posa une main réconfortante sur son épaule et se pencha pour regarder les dessins enfantins.

— Les mères ont une admiration inconditionnelle pour les talents artistiques de leurs enfants. Je suis certain que la mienne a gardé une bonne partie de mes œuvres.

— Je parie que tu dessinais uniquement des chevaux.

— Comme toi, répliqua Gabe en montrant un dessin la représentant de toute évidence, juchée sur un cheval noir, une couronne sur la tête. La plupart des filles rêvent qu'un chevalier en armure étincelante, monté sur un fier destrier blanc, vient les sauver, mais pas toi, chérie. Tu es une princesse qui monte à cheval, prête à affronter l'ennemi. Pas besoin d'un chevalier pot de colle.

Elle ne put retenir un sourire.

— Cela ne veut pas dire que je ne rêve pas d'un cow-boy, dit-elle en posant un baiser sur sa joue.

Elle referma la boîte et balaya lentement la chambre du regard, en essayant de se mettre dans la tête de son oncle. En apparence, tout avait l'air normal. Exactement comme l'image qu'il donnait de lui. Costume, chemise et cravate pour se donner du style. Boutons de manchette et épingles à cravate comme marques extérieures de richesse, pas trop ostentatoires cependant pour ne froisser personne. Mais derrière cette apparente normalité se dissimulait le véritable Phillip Wolf.

Irrésistiblement attirée par l'armoire normande, elle ouvrit grand les portes.

Le monstre était là…

Sur l'étagère du centre, des photophores entouraient une photo de sa mère nue, debout devant une fenêtre, la lumière du soleil glissant le long de son corps, tandis qu'elle levait les bras pour attacher ses cheveux.

— Où a-t-il bien pu prendre un tel cliché ? s'exclama Gabe.

— Je crois qu'il s'agit de la chambre de l'appartement parisien de mes parents, murmura Ella d'une voix étranglée. On dirait que maman s'apprêtait à prendre un bain.

— Elle ne se doutait pas que son beau-frère l'espionnait, dit Gabe avec une grimace écœurée.

Révoltée, Ella coucha le cadre sur l'étagère pour ne plus voir la photo et serra les poings.

— La prison est trop bonne pour un être aussi pervers, laissa-t-elle sèchement tomber. Sa place est en enfer.

Machinalement, son regard se posa sur une boîte en bois au couvercle orné d'un loup en métal doré. Un étrange pressentiment l'étreignit.

— Sam, venez voir.

Il s'approcha, enfila des gants et tenta de soulever le couvercle. Sans succès.

— Un casse-tête ? demanda Gabe.

Elle hocha la tête.

— Cette boîte appartenait à mon père, mais je ne me souviens plus de l'astuce pour l'ouvrir.

— Eh, les gars, l'un d'entre vous aurait-il un tournevis à me prêter ? lança Sam à ses coéquipiers.

— Non, ne l'abîmez pas ! Laissez-moi réfléchir une seconde.

Sam lui tendit une paire de gants.

— Enfilez ça. Tout ce qui s'y trouve peut constituer une pièce à conviction.

Elle enfila les gants, examina la boîte et finit par découvrir qu'il suffisait d'appuyer sur la queue du loup pour déverrouiller le couvercle. Le cœur battant, elle le souleva, certaine de ce qu'elle allait y trouver.

Le médaillon de Lela taché de sang.

D'une main tremblante, elle le sortit et le plaça dans le sachet que lui tendait Sam. Dans la boîte, il y avait aussi un pistolet Beretta. Elle vérifia le nombre de balles dans le chargeur. Il en restait trois.

— Sam, serait-il possible de vérifier que les balles qui ont tué le comptable, M. Reiser, lors de sa prétendue agression, sont bien les mêmes que celles retrouvées sur le corps de l'épouse du mécanicien et celui de Lela ?

— La balistique nous le dira, répondit Sam en enfermant l'arme du crime dans un sachet. Sans compter que ce revolver ne devrait pas se trouver là. Robbins va devoir nous fournir quelques explications supplémentaires.

Au fond de la boîte, Ella découvrit un cahier. Elle l'ouvrit et reconnut aussitôt l'écriture élégante.

— Le journal intime de ma mère, murmura-t-elle en le tournant vers Gabe.

— Mais ce n'est qu'une suite de chiffres.

— Mes parents utilisaient un code secret pour s'écrire des mots d'amour.

— Tu sais le déchiffrer ?

Elle acquiesça d'un signe de tête et prit le bloc-notes et le crayon que lui tendait Sam. Il lui fallut plusieurs essais pour se rappeler la clé du code, mais ensuite décrypter le texte fut un jeu d'enfant. Et ce fut d'une voix tremblante qu'elle lut :

— « Phillip veut me posséder de la même façon qu'il veut posséder tout ce que Stuart a bâti. Il l'a assassiné, je le sais, j'en suis certaine, mais je ne peux le prouver. Il me tuera aussi sans hésiter, si je ne lui donne pas ce qu'il veut. Mais il n'obtiendra rien. Je ne serai jamais à lui. Je vais l'attirer dans notre propriété de campagne et en finir avec lui. Je n'ai pas d'autre choix pour protéger mes filles. Ella et Lela, mes chéries, je vous aime de tout mon cœur. »

— C'est tout ? C'est tout ce qu'elle a écrit ? demanda Sam.

La vue brouillée par les larmes, Ella parcourut les dernières pages du cahier.

— Elle parle de l'obsession grandissante de Phillip à son égard et combien ça l'effraie.

Elle releva les yeux.

— Je ne comprends pas. Comment a-t-il pu s'imaginer avoir la moindre chance avec maman ? Tous ceux qui la connaissaient savaient qu'aucun autre homme ne pourrait jamais remplacer mon père dans son cœur. Elle l'adorait, et quand elle a découvert qu'oncle Phillip l'avait tué, elle a certainement voulu se venger.

— D'après ce qui est écrit dans son journal, il semble en effet qu'elle ait eu l'intention de l'éliminer, observa Gabe.

Elle hocha la tête.

— Oui. Elle l'a attiré à la campagne, sachant qu'il ne se ferait pas prier pour être seul avec elle. Mais ensuite, quoi qu'elle ait tenté, l'empoisonner ou l'abattre, cela s'est retourné contre elle et c'est mon oncle qui a eu le dessus. Il l'a tuée en faisant croire à un suicide…

L'énormité de tout cela la rattrapa, la percuta tel un coup de poing en pleine poitrine, lui coupant le souffle.

— Oh mon Dieu… Pendant toutes ces années, j'ai cru que maman s'était pendue parce que l'amour qu'elle portait à notre père était plus fort que son amour pour nous.

Le goût acide de la culpabilité lui brûlait la gorge, à présent.

— A cause de mon oncle, je… je l'ai détestée. Je croyais qu'elle nous avait abandonnées.

Elle ne s'était jamais autorisée à pleurer la mort de sa mère. Elle ne s'était jamais autorisée à admettre qu'elle lui manquait. Et maintenant… Toutes ces émotions refoulées débordaient, la submergeaient, menaçant de l'entraîner dans un abîme de désespoir sans fond. Les larmes ruisselaient sur ses joues, témoins silencieux de sa douleur.

Gabe prit son visage entre ses mains, caressant du bout des doigts ses joues humides. Il chercha son regard.

— Elle ne vous a jamais abandonnées, chérie. Elle a tenté de vous protéger.

Elle serra les poings, frémissante de rage et de chagrin.

— Ce salaud me les a tous enlevés… Papa, maman, Lela. Toutes ces vies volées. Et pourquoi ? Pour l'argent, cracha-t-elle, dégoûtée.

— Ton oncle sera puni, chérie.

— Ce journal ne peut servir de pièce à conviction pour le meurtre de votre mère, intervint Sam. Sauf aveux de la part de votre oncle, je vais devoir demander une exhumation du corps et une nouvelle autopsie.

Ella secoua la tête.

— Non. Laissons maman reposer en paix auprès de mon père. Bientôt, Lela ira les rejoindre. Ils sauront que j'ai fini ce qu'ils avaient commencé.

Sam n'insista pas. Il prit la boîte et alla rejoindre ses coéquipiers pour la suite de la perquisition.

Comme elle ne bougeait pas, Gabe l'enlaça sans un mot et l'entraîna hors de la chambre jusqu'au salon.

Mary s'approcha aussitôt avec un plateau.

— Monsieur Bowden, voici un sandwich et une bière pour vous. Ella, mon ange, je t'ai préparé un jus de fruits et une salade au poulet.

Ayant retrouvé le contrôle de ses émotions, Ella la remercia d'une pression affectueuse sur l'épaule.

— Merci, Mary. Tu peux poser le plateau sur la table basse. Nous allons attendre ici que ces messieurs du FBI aient terminé leur travail. Assure-toi qu'ils ont du café et de quoi grignoter.

— Bien sûr. Je m'en occupe tout de suite.

Gabe attendit que Mary ait quitté la pièce pour s'asseoir sur le canapé. Ella s'installa sur ses genoux et se blottit aussitôt contre lui.

Il examina son sandwich d'un œil incrédule.

— Je rêve ou c'est un sandwich au filet mignon ?

Elle y jeta un coup d'œil, le lui prit des mains et mordit dedans.

— Je confirme. Avec du cheddar, de la moutarde de Dijon, de la laitue et des oignons rouges. C'est bon. Goûte, dit-elle en lui tendant le sandwich.

Gabe en croqua un morceau.

— Délicieux.

Dix minutes plus tard, Sam fit irruption dans le salon.

— Ella, nous sommes prêts à passer la bibliothèque au peigne fin.

— Elle n'entre pas là-dedans, décréta Gabe d'un ton qui n'admettait aucune discussion. Faites votre boulot sans elle.

— Ecoute, vieux, ce serait tout de même plus facile si elle nous décrivait la scène et…

— Pas question. Elle a besoin de se reposer.

Comme Ella ne protestait pas, Sam prit seul la direction de la bibliothèque.

— Je ne peux pas, murmura-t-elle.

— Je sais, dit Gabe en la serrant contre lui. Mange.

Comme elle avait déjà grignoté le quart de son sandwich, il goûta la salade.

— Excellent ! Il faut que j'embauche une cuisinière.

Elle laissa échapper un petit rire.

— En effet, confirma-t-elle. De toute façon, c'est ça ou tu devras te mettre aux fourneaux si tu ne veux pas que nous mourions de faim. Tu sais bien que je suis nulle en cuisine.

Une telle déclaration indiquait clairement qu'elle entendait vivre avec lui, mais Gabe ne fit aucun commentaire.

— Dans ce cas, il ne me reste plus qu'à prendre soin de toi, dit-il avec un sourire au coin des yeux.

Elle posa un baiser sur sa joue.

— Tu le fais si bien.

30

Gabe sortit de la salle de bains, habillé pour affronter la journée, mais il était fatigué. Il n'avait guère dormi plus de trois heures et Ella sans doute pas plus d'une petite heure. Il n'avait qu'une envie : la ramener illico dans le Montana, loin de ce cauchemar.

Il avait été bouleversé de la trouver sanglotant en pleine nuit dans la chambre de Lela. Il avait eu beau faire tout ce qu'il pouvait pour lui manifester son amour et lui faire comprendre qu'elle ne serait plus jamais seule, il n'avait pas réussi à la consoler. Au fond de lui, il était conscient qu'elle devait s'en sortir par elle-même, à son rythme et à sa façon. Mais la voir souffrir ainsi lui brisait le cœur et le laissait désemparé. Et il détestait se sentir impuissant.

Il descendit au rez-de-chaussée, stupéfié par le luxe de l'appartement, et ouvrit la double porte donnant sur le salon gigantesque prolongé par une terrasse dominant Central Park. C'était l'un des quartiers les plus chers de la planète. Ella était riche. Immensément riche. Elle était habituée à vivre dans un tel luxe, tandis que lui… il se sentait totalement déplacé. Il se faisait l'effet d'un gamin dans un magasin de porcelaine qui n'ose toucher à rien.

Il la trouva assise à la table du coin repas avec Mary et Felicity, toutes trois penchées sur leur bloc-notes.

Ella leva les yeux et sourit en le voyant.

Comme le carillon de la porte d'entrée retentissait, Felicity se dépêcha d'aller ouvrir, tandis que Mary s'esquivait discrètement.

Ella s'approcha de lui et, nouant les bras autour de sa nuque, l'embrassa. Un baiser qui avait un goût de café et de désespoir aussi à la façon dont elle pressa ses lèvres contre les siennes.

— Je n'aime pas me réveiller sans toi à mes côtés, murmura-t-il en la serrant contre lui.

— Je ne pouvais pas dormir. Trop de choses à faire.

— Tu as besoin de repos.

— J'ai seulement besoin de toi, murmura-t-elle en posant la tête sur son épaule.

Il embrassa ses cheveux et releva les yeux sur Sam qui arrivait, le téléphone à l'oreille.

— Oui, il est ici. Je te le passe.

Gabe prit le combiné.

— Allô ?

— Salut, frangin. C'est Caleb.

— Oh ! Salut. Que se passe-t-il ?

— Bonne nouvelle. Summer est enceinte ! Je vais être papa !

Le cœur de Gabe se gonfla de bonheur.

— Félicitations à tous les deux. C'est pour quand ?

— Fin septembre.

— Génial ! C'est formidable, Caleb. Je suis vraiment content pour vous.

— Merci, frangin. Ecoute, je ne veux pas te retenir trop longtemps. Sam m'a mis au courant et je sais que vous avez un tas de choses à régler ce matin, mais je tenais à te dire combien je suis heureux pour toi. Blake et Dane ne tarissent pas d'éloges sur Ella. J'ai hâte de la connaître. Il faut que l'on se voie. Appelle-moi dès que vous en aurez terminé là-bas.

— Je n'y manquerai pas. Embrasse Summer pour moi.

— Bien sûr. A plus.

Incapable de dissimuler sa joie, Gabe rendit le téléphone à Sam avec un immense sourire.

— Que se passe-t-il ? demanda Ella. Vous avez des mines réjouies, tous les deux.

— Mon frère a mis la sœur de Sam enceinte. Nous allons être tontons ! répondit Gabe en tapant dans la main de Sam.

Ella sourit.

— Félicitations. Voilà un bébé qui a de la chance. Il aura

un oncle pour jouer aux gendarmes et aux voleurs, et un autre pour jouer aux cow-boys et aux Indiens.

Gabe perçut cependant la lueur de tristesse dans ses beaux yeux verts. Elle n'entendrait jamais sa sœur lui annoncer cette merveilleuse nouvelle. Elles ne partageraient jamais cette formidable expérience de donner la vie. Il y avait tant de choses qu'elles ne partageraient jamais. Et toutes se reflétaient dans son regard empreint de mélancolie.

Il prit sa main et embrassa le bout de ses doigts en la regardant droit dans les yeux.

— La future princesse aura peut-être une tante fortunée qui l'emmènera faire les boutiques sur Madison Avenue.

Elle soutint son regard. Puis lança, avec une moue espiègle :

— Et si c'est un garçon ?

— Peut-on acheter une moto trial sur Madison Avenue ? s'enquit Sam en riant.

— Je vais me renseigner, répondit-elle. Au cas où.

Gabe aurait voulu lui demander si c'était au cas où ce serait un garçon, ou bien au cas où elle accepterait de l'épouser. Demander, c'était facile. En revanche, concevoir la réalité d'une telle éventualité, c'était nettement plus difficile, surtout dans cet environnement pour milliardaires quand on n'était qu'un simple éleveur de bétail.

— Il est temps d'aller rendre visite à votre oncle, annonça Sam. Ça ira, Ella ?

— Je suis prête.

Gabe aperçut sur la table la brochure d'une agence immobilière new-yorkaise. Il leva sur Ella un regard interrogateur.

— Je vais vendre cet appartement, répondit-elle à sa question silencieuse.

— N'est-ce pas prématuré ?

— Je ne peux plus vivre ici, Gabe.

— Mais…

— J'ai une propriété à la campagne et je peux toujours acheter un autre appartement en ville, mais je ne veux plus remettre les pieds ici.

— Si c'est ton souhait.

— Ça l'est. Tu sais ce que j'ai appris en voyant Rose, hier

soir ? Même si j'ai trouvé insupportable de voir cette femme porter les vêtements et les bijoux de ma mère, l'essentiel, ce n'est pas ça. L'essentiel, ce sont les souvenirs que je garde de mes parents et de ma sœur. Conserver cet appartement ou le vendre n'y changera rien. Ces souvenirs resteront gravés dans mon cœur et dans ma mémoire. Ils comptent plus que tout le reste.

— Mais une fois que toute cette affaire aura été réglée, tu réagiras peut-être différemment au bout de quelque temps, lui fit-il remarquer.

— Non. L'existence que j'ai menée ici est révolue. J'avais déjà l'intention de changer dès que Lela et moi aurions eu fêté nos vingt-cinq ans et pris la direction de Wolf Enterprises. Mais les événements de ces dernières semaines ont accéléré les choses. Mon monde a brusquement basculé. J'ai changé. Je ne veux pas me contenter de faire tourner l'entreprise familiale. Je ne veux pas vivre avec les fantômes du passé. C'est trop douloureux. J'en mourrais. Je veux une vie qui vaille la peine d'être vécue, une vie remplie d'amour, de joies, d'amis et, je l'espère, d'une famille. Je suis prête à tout pour y parvenir, mais avant cela, il me faut d'abord clore ce chapitre de mon existence.

Gabe prit sa main.

— Alors allons-y. Finissons-en.

31

Ella contempla le visage tuméfié de son oncle. Son nez cassé avait été pansé. Il avait l'air parfaitement ridicule, assis face à elle, sur une chaise de l'autre côté de la table métallique, dans la petite salle d'interrogatoire du poste de police, avec son sourire arrogant, sûr de lui, en dépit de sa situation.

— Ella, très chère, assieds-toi, tu as l'air fatiguée.

— Fatiguée de vous, mon oncle. Aussi, je ne vais pas m'éterniser en votre compagnie et c'est la dernière fois que nous nous voyons.

— Tu crois ça ?

— Oui. Vous allez finir vos jours avec les criminels de votre espèce. Enfermé à vie derrière les barreaux.

— Tu oublies que j'ai les meilleurs avocats du pays.

Elle secoua la tête.

— Vous faites erreur. Désormais, c'est moi qui dispose des meilleurs avocats. Les vôtres ont été arrêtés la nuit dernière.

Elle marqua une pause et ajouta :

— Vous pensiez pouvoir vous en tirer, mais c'était compter sans la mauvaise conscience d'un homme.

— Tu veux parler de l'enregistrement ? Il a été trafiqué.

— Mais pas les pièces à conviction.

Le sourire ironique de son oncle s'estompa. De petites gouttes de transpiration perlèrent sur sa lèvre supérieure.

— L'homme que vous avez forcé à saboter l'avion de mon père avait eu la présence d'esprit de dérober la jauge trafiquée et la boîte noire, expliqua-t-elle d'une voix glaciale. Il les a cachées pendant toutes ces années, en pleurant sur son crime et la mort de son épouse.

Elle posa sur la table le sachet en plastique contenant la photo de Marjorie Finney, bâillonnée et ligotée sur une chaise.

— Vous, face à la femme que vous avez froidement abattue d'une balle en pleine tête, précisa-t-elle en désignant le reflet de son oncle dans le miroir. Finney a contacté Lela, il lui a tout raconté et remis les preuves du sabotage. Lela a également découvert les dossiers constitués par notre père concernant vos magouilles financières. Des dossiers qu'il comptait utiliser pour vous renvoyer, il y a dix ans. Alors vous l'avez fait disparaître, lui aussi, sans hésiter. Votre propre frère… De mon côté, j'ai épluché les comptes de la compagnie. Vous nous volez depuis des années.

— Tu n'as aucune preuve.

— Bien sûr que si. Les bilans comptables, ou leur absence en l'occurrence, ne mentent pas. Les dépôts d'argent sur vos comptes des îles Caïmans ne mentent pas. Les virements pour entretenir votre maîtresse ne mentent pas. Les pots-de-vin versés à l'inspecteur Robbins et autres complices ne mentent pas. Le FBI a mené une enquête approfondie à ce sujet. En revanche, il aurait été plus difficile de prouver que vous avez aussi assassiné M. Reiser, le commissaire aux comptes de Wolf Enterprises, abattu lors d'une tragique agression. N'oublions pas Marjorie Finney. Par chance, une photo est parfois plus parlante que des mots. Vous me direz, cela ne prouve pas que c'est vous qui lui avez tiré une balle dans la tête. Sauf que vous avez commis l'erreur de conserver le revolver qui a servi à ce double meurtre. Un motif supplémentaire d'inculpation. Détention d'armes non déclarées.

Elle marqua une pause, le temps que ses paroles pénètrent l'esprit troublé de son oncle, puis reprit froidement :

— Prouver que l'accident de voiture de M. Trahan, l'autre commissaire aux comptes, était également un meurtre aurait été impossible si vous n'aviez pas eu besoin de l'inspecteur Robbins pour vous débarrasser du véhicule avec lequel vous avez envoyé le malheureux dans le décor. Décidément, vous n'aimez pas les comptables. Sauf s'ils travaillent pour vous.

Quoi qu'il en soit, Robbins l'a gardée. La voiture. Dans le garage d'un cousin. Pendant toutes ces années. Histoire d'assurer ses arrières au cas où vous auriez l'intention de le doubler.

Son oncle la dévisagea, les traits déformés par un rictus de haine pure. Elle soutint son regard.

— Et maintenant, venons-en au meurtre de Lela, poursuivit-elle. Même si je vous ai vu tirer sur ma sœur de mes propres yeux, c'était ma parole contre la vôtre et chacun sait que vous avez des relations haut placées un peu partout. Ce qui, soit dit en passant, n'est plus le cas aujourd'hui. Mais là encore, vous avez omis un détail. Vous avez effacé vos empreintes sur le revolver, certes, mais pas celles sur les balles. De plus, l'inspecteur Robbins a avoué avoir falsifié le rapport d'enquête m'accusant du meurtre de ma sœur. Naturellement, il a précisé que c'était vous le meurtrier. Vous lui avez également remis les bijoux de Lela dans le mouchoir avec lequel vous vous êtes essuyé le visage. Là aussi, les tests ADN ne mentent pas.

Rouge de fureur, son oncle se leva d'un bond en dépit de ses poignets menottés. Sans ciller, elle le repoussa sur sa chaise violemment.

— Assis. Je n'ai pas terminé.

Il se pencha en avant, les traits convulsés par la rage.

— Tu n'es qu'une misérable garce ! hurla-t-il, perdant son sang-froid.

Gabe fit aussitôt irruption dans la pièce.

— Tout va bien, chéri, le rassura-t-elle.

Gabe haussa un sourcil sceptique, mais se retira non sans avoir fusillé son oncle du regard.

Quand elle avait demandé à voir son oncle seule, il s'était inquiété, mais il avait compris à quel point c'était important pour elle. Les policiers n'avaient pas été ravis non plus, et Sam avait dû se battre pour lui obtenir cet entretien en tête à tête.

— Qu'est-ce que tu fiches avec ce péquenaud ? s'exclama son oncle, le regard mauvais.

— C'est un homme bien. Vous ne lui arrivez pas à la cheville.

— Je me moque de ce que tu penses de moi ou de ce que tu crois savoir sur moi. Mes avocats vont lancer une bataille juridique qui durera des années.

Le ton était toujours aussi arrogant, mais une pointe d'hésitation trahissait les premières fissures dans sa confiance.

Elle le dévisagea froidement.

— Vous comptez les payer comment, vos avocats ? J'ai demandé au juge de geler tous vos comptes bancaires. Et compte tenu des énormes sommes d'argent que vous avez ponctionnées dans mon capital, il ne vous restera plus un *penny* quand vous m'aurez remboursée.

— Tu n'as pas le droit de faire ça !

— Détrompez-vous. Je ne suis plus sous votre tutelle. Je ne l'ai d'ailleurs jamais été, si l'on en croit les clauses du dernier testament de mon père. Alors voici ma proposition. Vous plaidez coupable et je veux bien payer un avocat pour vous représenter et établir un arrangement raisonnable avec le procureur fédéral. Je vous rappelle que pèsent sur vous des charges d'une extrême gravité justifiant une peine de prison à perpétuité. Vous pourrez peut-être négocier le minimum incompressible de vingt-cinq ans. Mais ce n'est pas sûr.

— Cesse de me parler comme à un gamin !

— Pourquoi ? Vous avez agi comme un enfant pourri gâté qui s'approprie ce qui ne lui appartient pas et qui s'en prend à tous ceux dont il n'obtient pas ce qu'il veut. Si vous ne plaidez pas coupable, vous n'aurez qu'à tenter votre chance avec un avocat commis d'office.

— Ce n'est pas juste !

Elle lui jeta un regard méprisant.

— Soyez adulte, mon oncle. Affrontez les conséquences de vos actes. Ce que je vous propose est juste et équitable, et vous n'en méritez pas tant. Vous avez assassiné ma famille !

Elle prit une profonde inspiration et, s'appuyant des deux mains sur la table, écrasa son oncle de son mépris.

— Vous étiez obsédé par ma mère et vous l'avez assassinée parce que celui qu'elle aimait, c'était mon père. Pas vous.

Le visage congestionné par la colère et la frustration, son oncle frappa la table de ses poings menottés.

— Elle m'a repoussé et elle a tenté de me tuer ! Elle ne méritait pas de vivre !

Il venait d'avouer le meurtre de sa belle-sœur.

Ella se redressa. Le cœur lourd, elle secoua la tête.

— Vous n'avez pas hésité à éliminer votre propre frère pour prendre sa place. Puis vous avez éliminé la femme que vous désiriez parce qu'elle avait choisi de rester fidèle à son mari disparu et qu'elle ne voulait pas de vous.

— Tais-toi ! Tu ne sais pas de quoi tu parles !

— Vraiment ? Moi, je crois que c'est pour cela que vous dormiez dans la chambre de ma mère, dans son lit, entouré de photos d'elle. C'est pour cela que vous avez déniché cette femme, désespérée au point d'accepter de jouer à votre petit jeu tordu et d'assouvir votre fantasme en se faisant appeler Rose, en se déguisant avec les tenues et les bijoux de la femme que vous aviez tuée, la seule que vous ayez sans doute jamais aimée.

Le silence s'abattit sur la petite salle d'interrogatoire.

Soudain tassé sur lui-même, son oncle avait baissé les yeux. Il n'osait plus la regarder. Elle avait eu ce qu'elle désirait : il était vaincu.

Etrangement, elle sentit un poids énorme glisser de ses épaules, remplacé par une caresse légère, celle des mains de ses parents et de Lela, lui disant qu'elle avait fait ce qu'il fallait. Lui transmettant leur amour depuis l'au-delà. L'encourageant à aller de l'avant.

Alors elle sortit sans se retourner.

32

Debout devant la baie vitrée, Gabe contemplait la vue sur le parc, tout en réfléchissant à la conversation téléphonique qu'il venait d'avoir avec Dane. Une semaine après le transfert du bétail à Wolf Ranch, tout était en place. Les hommes engagés avec l'aide du Dr Potts faisaient du beau boulot. Plusieurs d'entre eux avaient transformé l'un des bâtiments en dortoir pour s'y installer.

Les mains d'Ella se posèrent sur ses épaules.

— Les grands espaces te manquent ?

Elle lisait si bien en lui. Il étouffait, dans cette ville peuplée d'une foule au comportement étrange qui semblait prendre un réel plaisir au tohu-bohu perpétuel. Claustrophobe, il n'aspirait qu'à sauter sur son cheval pour sillonner la prairie au galop et respirer à pleins poumons l'air des montagnes.

Il l'attira contre lui.

— Je viens d'avoir un coup de fil de Dane.

— Comment ça se passe, là-bas ?

— Bien, mademoiselle Wolf. Vos bêtes engraissent et sont aux anges. La maison a retrouvé ses meubles, et mes affaires y ont été installées. Il y a deux jours, Blake a débarqué avec Angel et Belle. Naturellement, ils sont tombés sous son charme. A mon avis, il va vouloir les récupérer pour en faire des champions.

— S'il essaie de me les prendre, tu lui casseras le nez, hein ?

— Tout ce que tu voudras, chérie.

Ces derniers jours, par une sorte d'accord tacite, ils s'étaient appliqués à préserver une certaine légèreté entre eux, évitant de discuter de son retour dans le Montana ou d'y faire la moindre allusion. Un départ inévitable auquel ni l'un ni l'autre ne voulait penser.

Ella se dressa sur la pointe des pieds pour poser un baiser sur sa joue.

— Je t'emmène faire la fête, ce soir.

— Ah bon ?

— Je veux te présenter à mes amis.

— Il paraît qu'aujourd'hui est un jour spécial, fit-il remarquer en plongeant la main dans sa poche pour en sortir le bracelet à breloques acheté la veille.

Il le tint du bout des doigts, laissant jouer la lumière sur le rubis en forme de cœur, encadré d'un « L » et d'un « E » en or.

Ella poussa un petit cri étranglé.

— Joyeuse Saint-Valentin, chérie !

Il tapota le cœur. Il lui avait déjà donné le sien, mais celui-ci, elle le porterait en souvenir des jours passés ensemble. Parce que bientôt, les souvenirs seraient tout ce qu'il leur resterait…

— Oh ! Gabe, il est magnifique.

Emue, elle tendit son poignet. Il agrafa le bracelet et posa un baiser sur le dos de sa main.

Elle lui sourit.

— Moi aussi, j'ai quelque chose pour toi. Mais quelque chose de différent.

— Quoi ? Pas de bijou ?

— Tu verras. Montons dans ma chambre. Il faut nous préparer pour sortir.

— Chérie, si je monte avec toi, nous n'irons nulle part.

D'autorité, elle lui prit la main et l'entraîna vers l'escalier.

— Alors nous partirons *après*, déclara-t-elle en lui décochant un sourire coquin par-dessus l'épaule.

— Après quoi ?

Elle se retourna vers lui et sauta dans ses bras en nouant les jambes autour de sa taille.

— Nous n'avons pas beaucoup de temps. Emmène-moi au lit, cow-boy.

— Ah, ces filles de la ville ! Ce qu'elles peuvent être autoritaires…

Comme elle ouvrait la bouche pour protester, il la fit taire d'un baiser et grimpa l'escalier quatre à quatre jusqu'à sa chambre où ils atterrirent sur le lit, bras et jambes emmêlées.

Gabe se pencha sur Ella. Elle dormait encore. La gorge serrée par l'émotion, il contempla l'ombre de ses cils sur sa joue, son corps aux courbes délicates qui le rendait fou de désir, sa peau veloutée, si douce, si fragile. Il pressa les lèvres sur son épaule, puis lentement, remonta dans son cou pour tracer une ligne de baisers le long de sa joue.

Elle cligna des paupières et ses grands yeux papillotèrent un instant avant de se fixer sur lui.

— Bonjour, chérie.

Elle lui sourit, tout en faisant courir ses doigts sur son torse.

— Salut, bien dormi ?

— Je crois.

Il avait passé la plus grande partie de la nuit, le regard rivé au plafond, savourant la chaleur de son corps lové contre le sien et redoutant l'instant où l'aube se lèverait.

— Nous nous sommes couchés tard, murmura-t-elle en s'étirant comme une chatte.

— C'est ce qui arrive, quand on sort faire la fête.

La veille, après avoir fait l'amour, elle l'avait envoyé sous la douche en lui ordonnant d'enfiler sa tenue la plus habillée. Puis elle l'avait poussé dans une limousine qui les avait déposés devant l'entrée d'un club à la mode qu'elle avait réservé pour ses amis et ceux de Lela. Là, elle était montée sur scène pour rendre un tendre hommage à sa sœur en racontant des anecdotes de leur enfance. Des amis l'avaient rejointe et chacun avait commencé par un : « Je me souviens de la fois où… » La plupart des anecdotes étaient amusantes et joyeuses, quelques-unes poignantes, mais toutes témoignaient de la bonté, de l'humour et du charme de Lela, une jeune femme qui avait laissé son empreinte dans chacune de leurs vies.

Puis, devant tous leurs amis émus aux larmes, Ella avait

porté un dernier toast à sa sœur. Elle avait ensuite fait entrer l'orchestre et déclaré que Lela aurait souhaité une fête, certainement pas un enterrement. Après quoi, elle avait vidé son verre de vodka cul sec, la musique s'était déchaînée et tout le monde s'était amusé.

Visiblement dans son élément, Ella était heureuse. Il était clair qu'elle adorait ses amis et que cette adoration était réciproque. Dès l'instant où il l'avait rencontrée, il l'avait trouvée belle et forte, mais là, elle était tout simplement rayonnante.

Sa place était ici, pas avec lui dans le Montana. Il n'avait pas le droit de l'éloigner de ceux qu'elle aimait. Ce ne serait pas juste. Elle avait déjà tant souffert. Même s'il rêvait de partager sa vie avec elle, le plus important, c'était son bonheur. Le plus important, c'était de la savoir heureuse.

Ella jeta un coup d'œil au réveil sur la table de chevet.

— Il est encore tôt. Reviens donc te coucher.

Elle lui tendit les bras. Il se pencha pour l'embrasser, mais s'écarta très vite. Elle le dévisagea, surprise.

— Qu'est-ce qui ne va pas ? Tu fais une drôle de tête.

Il hésita. Il avait désespérément envie de lui faire l'amour à nouveau, de fermer les yeux sur la réalité, de retarder l'inéluctable…

— Il est temps que je parte, dit-il.

— Où vas-tu ?

— Je rentre chez moi.

— Maintenant ?

— J'ai un vol à 8 heures.

Elle se redressa en ramenant les draps sur sa poitrine.

— Je ne comprends pas.

Il s'obligea à croiser son regard. Sur ses traits se lisaient soudain la peur et le chagrin. Elle semblait si jeune, si vulnérable. Mais prête à recevoir le coup et à l'encaisser.

— Tu sais très bien que je ne peux pas rester ici indéfiniment. J'ai un ranch à faire tourner dans le Montana.

— Mais il n'y a pas d'urgence. Tout se passe bien, là-bas. Dane te l'a dit lui-même, pas plus tard qu'hier soir.

Il y avait dans ses yeux une douceur implorante. Il rassembla son courage.

— Ella, je t'en prie. Nous deux, ça ne peut pas durer ainsi. Tu le sais aussi bien que moi depuis le début.

— Parce que je suis prise en tenailles entre New York et le Montana. Entre Wolf Enterprises et toi. Oui, je le sais. Mais tout ce que j'ai, Gabe, je le dois à ma famille et à ceux qui travaillent pour la compagnie. Je ne peux pas tout abandonner comme ça.

— Tu n'as pas à t'excuser de faire ton devoir, Ella. Si tout repose sur tes épaules aujourd'hui, c'est parce que tes parents et ta sœur te savaient suffisamment forte, intelligente et compétente pour poursuivre ce qu'ils avaient commencé, et faire de Wolf Enterprises ce qu'ils espéraient. Et tu réussiras, Ella. Parce que tu es une femme exceptionnelle. Je t'ai entendue parler des nouveaux projets que tu veux mettre en œuvre, j'ai entendu l'enthousiasme dans ta voix quand tu discutais de la nouvelle gamme de produits cosmétiques. Tu as trouvé ta place, chérie. Et c'est bien. C'est là que tu dois être.

— Alors… tu ne veux plus de moi ?

Les larmes étincelèrent soudain dans ses yeux, le mettant au supplice.

— Chérie, je t'aime. Et c'est pour cela que je ne peux te demander de venir vivre avec moi une existence à laquelle tu n'aspires pas vraiment. J'ai déjà commis cette erreur, je ne recommencerai pas. Je ne veux pas que ce lien si particulier entre nous laisse place à la rancœur et à la haine, parce qu'il nous est impossible de vivre ensemble sans sacrifier une part de nous-mêmes. Si tu viens vivre avec moi, tu finiras par me détester.

— Non, Gabe. Il me faut juste un peu de temps pour mettre les choses en place ici, avant de venir te rejoindre.

— Chérie, ta vie est ici, dans cette ville, avec tes amis et l'entreprise que t'a léguée ton père. Pas dans un ranch perdu du Montana.

— Mais nous pourrions faire en sorte que cela fonctionne, insista-t-elle d'une voix tremblante. Il suffit de s'organiser. Je ne veux pas que ce soit terminé, nous deux.

Il tenta d'ignorer les larmes dans ses yeux, les larmes qui ruisselaient sur ses joues. Il ne supportait pas de briser son cœur déjà si malmené. Chacune de ses larmes le déchirait, mais il n'avait pas le choix.

— Nous sommes associés pour Wolf Ranch, reprit-il. Tu sauras toujours où me trouver, mais soyons réalistes. Toi et moi pour la vie, ce n'est pas possible. Je ne peux pas te demander d'être une femme différente de celle que tu es, et je ne peux pas devenir un autre homme.

Il venait d'accomplir l'acte le plus difficile de toute sa vie. Et savoir qu'il l'avait fait pour Ella, pour lui, et que c'était la seule façon de garder intact cet amour qu'ils avaient partagé, ne le consolait pas pour autant.

Il se détourna et quitta la chambre, conscient du vide qui s'insinuait en lui, gagnant rapidement son âme. Conscient de la souffrance pulsant à chaque battement de son cœur en miettes.

33

Gabe précéda son frère dans l'écurie jusqu'au box où s'ébattait un poulain turbulent.

— Merci d'être venu chercher Fléau. Il a besoin d'être dressé.

— Je croyais qu'il s'appelait Bo, lui fit remarquer Blake.

— Peut-être, mais dès qu'il y a une sottise à faire, il n'en rate pas une, maugréa Gabe. Comment ça se passe, de ton côté ?

— Bien. Et toi ?

— Tu peux informer maman que tout va *très* bien.

Blake prit un air angélique, mais Gabe le connaissait trop bien pour y croire.

— C'est bon, inutile de faire l'innocent. Je me doute que ce n'est pas pour rien que tu as préféré venir jusqu'ici chercher le poulain, au lieu d'attendre que je te l'amène plus tard.

— Tu n'as toujours pas appelé Ella ?

— Fiche-moi la paix avec ça.

Nullement découragé, Blake enfonça le clou.

— Je ne comprends pas pourquoi tu as rompu. Bon, d'accord, son boulot est à New York, le tien est ici. Cela dit, vous êtes tous les deux propriétaires de ce ranch. Or, tu ne lui parles plus et elle n'a pas remis les pieds ici. Ça fait deux semaines.

— Merci d'avoir si brillamment résumé la situation !

— Tu n'es donc pas amoureux de cette femme ?

Gabe resta silencieux. Mais les phalanges blanchies de ses doigts crispés sur le portail du box étaient plus éloquentes que les mots. Bien sûr qu'il l'aimait. Il l'aimait plus que tout au monde, mais il ne pouvait lui demander d'abandonner sa vie pour vivre la sienne. Tôt ou tard, elle lui en voudrait. Elle finirait par le haïr. Et cette idée était insupportable. Alors, mieux valait s'en tenir aux merveilleux souvenirs plutôt que de les voir se ternir jour après jour, si elle venait vivre avec lui, loin de ses repères, de son travail et de ses amis…

— Tiens ! On dirait que c'est elle qui a finalement décidé de venir jusqu'à toi, annonça Blake en pointant le menton vers la porte grande ouverte de l'écurie.

Stupéfait, Gabe cligna des yeux.

Une voiture s'arrêta devant le bâtiment, Ella sortit, claqua la portière derrière elle et marcha vers lui, l'air furieux, le regard étincelant. Elle n'avait jamais été plus belle qu'en cet instant.

— Gabe, il faut que je te parle ! lança-t-elle.

Il mourait d'envie de la prendre dans ses bras, de l'embrasser comme un fou pour chasser la colère sur son visage, et de ne plus jamais la laisser repartir. Mais elle ne lui appartenait pas. Elle ne lui avait jamais vraiment appartenu. Alors, pourquoi revenait-elle ?

— Salut, de quoi veux-tu me parler ? répliqua-t-il d'un ton léger.

— Je détiens 80 % de cet endroit, dois-je te le rappeler ?

— Difficile d'oublier. Les bêtes sont marquées à ton nom, tout comme l'enseigne surmontant le portail.

— Bonjour, Ella, intervint Blake, visiblement impressionné.

Gabe le poussa vers la porte.

— Toi, tu sors.

— Vous restez dîner, Ella ? demanda Blake, souriant comme un idiot.

Elle ouvrit la bouche pour répondre, mais la referma et dirigea sur Gabe un regard encore plus féroce.

Blake les dévisagea tour à tour et sortit en laissant échapper un petit rire.

— Tu m'as abandonnée, laissa tomber Ella d'un ton sec.

Mais la douleur qui traversa son regard atténuait quelque peu la colère dans sa voix.

— Je ne t'ai pas abandonnée, répliqua-t-il fermement. Je suis rentré chez moi.

— Tu disais que tu m'aimerais toujours.

— Ella, je t'ai aimée à la seconde où je t'ai vue. Et tu me manques terriblement. Depuis deux semaines, je ne cesse de penser à toi et ça me rend dingue. Mais cela ne change rien au fait que nous ne sommes pas faits pour vivre ensemble.

Elle secoua la tête avec véhémence.

— Décidément, tu ne veux rien comprendre !

— Bien au contraire, je comprends parfaitement que ta place n'est pas ici. Regarde-toi. Dehors, il gèle et tu te promènes sans manteau, en chemisier de soie avec un gilet manches courtes. Et des talons aiguilles, par-dessus le marché, totalement inadaptés pour patauger dans la neige.

Apercevant à son poignet le bracelet qu'il lui avait offert pour la Saint-Valentin, son cœur se serra. Elle le portait toujours...

— Tu es plus à ta place dans une salle de réunion en train de présider un comité directeur que dans cette écurie, poursuivit-il.

Il n'avait aucune envie de prononcer les mots suivants, mais il enfouit les mains dans les poches arrière de son jean, rassemblant son courage.

— Tu ferais mieux de rentrer chez toi, Ella. Ta vie n'est pas ici.

Il vit les larmes étinceler dans ses yeux. Le cœur déchiré, il retint son souffle et attendit.

Il ne fut pas déçu.

Serrant les poings, elle fit un pas menaçant vers lui.

— Comment peux-tu prétendre m'aimer et me dire de retourner chez moi ? Je n'irai nulle part tant que tu n'auras pas répondu à ma question !

— Laquelle ?

— M'aimes-tu *vraiment* ?

Il serra les poings. Elle ne faisait décidément rien pour lui faciliter la tâche.

— Ella, qu'est-ce que tu fais ici ?

— Ce que je fais ici ? C'est pourtant simple. Tu es là. Alors je suis venue te rejoindre. Où que tu sois, je veux être près de toi. Tu ne comprends donc pas ? Je t'aime. Je veux partager ma vie avec toi. Avoir des enfants avec toi. Elever des chevaux et des vaches avec toi. Je croyais que c'était ce que tu voulais aussi.

— Bon sang, Ella, bien sûr que c'est ce que je veux ! Mais je ne suis pas certain que tu réalises à quel point il serait difficile pour toi de vivre ici, tout en assurant la direction de Wolf Enterprises, surtout quand la neige nous isole du monde une partie de l'année, nous privant d'électricité et d'Internet.

— Gabe, j'ai une armée d'employés qui travaillent pour moi. Ma présence à New York n'est pas indispensable. Et je ne souhaite pas qu'elle le soit. Je veux vivre. Oui, je veux diriger l'entreprise de mon père, mais aux côtés de l'homme que j'aime. Que faut-il que je te dise pour te convaincre que la vie que nous pourrions bâtir ici, ensemble, c'est celle que je désire, celle dont j'ai besoin, celle que j'attends ? Je t'aime, Gabe. N'est-ce pas suffisant pour surmonter les écueils ?

Quelques instants, il soutint son regard sans mot dire.

— Ma réponse à ta première question est : oui, je t'aime, répondit-il enfin. Et oui, moi aussi, je ne souhaite rien d'autre que de partager ma vie avec toi. Mais je ne veux pas que ta décision soit influencée par le drame que tu as traversé ou par moi. Je veux que ce soit *ton* choix.

— Ça l'est depuis le début, Gabe. Pourquoi crois-tu que j'ai monté notre association sur le ranch ? Pourquoi crois-tu que j'ai fait venir Belle et Angel ? Ma vie est ici. Sur cette terre. A tes côtés.

Il la contempla longuement, puis lui tendit les bras.

— Alors pourquoi tu restes à trois mètres de moi ?

Comme si elle n'avait attendu que ce signal, elle se jeta à son cou et l'embrassa avec une telle fougue qu'il faillit en perdre l'équilibre. Puis elle prit son visage entre ses mains.

— Tu m'as tellement manqué, cow-boy…

— Et moi donc ! Je ne peux pas dormir sans toi.

— Alors, emmène-moi au lit.

Il ne se le fit pas dire deux fois. Sans la lâcher, il traversa l'écurie.

— La maison est trop loin, murmura-t-il dans son cou, tenaillé par le désir.

— Nous construirons un cottage à côté de l'écurie.

— Notre petit nid d'amour.

— Exactement, acquiesça-t-elle en lui mordillant l'oreille. Mon bureau aussi, pour ne jamais être trop loin de toi.

Résistant à l'envie de la prendre là, tout de suite, contre l'arbre le plus proche, il allongea le pas et réussit à atteindre la maison.

Ils passèrent sans s'arrêter devant Blake, qui buvait une bière au salon. Mais avant de refermer la porte de sa chambre sur eux, Gabe ne put s'empêcher de sourire en entendant le commentaire de son frère.

— Petit veinard ! Je suppose qu'elle reste dîner ?

Epilogue

Il était tard. Ella ouvrit la porte d'entrée, fatiguée mais heureuse d'être enfin à la maison. Elle détestait chaque jour passé loin de Gabe. Elle n'avait cependant pas eu le choix pour remettre de l'ordre dans sa vie et dans l'entreprise familiale. Elle avait vendu l'appartement sur Central Park et acheté un loft pittoresque qui lui plaisait autant qu'à Gabe, quand ils venaient passer quelques jours à New York. Elle avait tiré un trait définitif sur son oncle. Celui-ci n'avait pas été long à accepter sa proposition. Elle avait payé les frais d'avocat, et en échange, il avait plaidé coupable. Il passerait le restant de ses jours en prison.

Le passé était désormais derrière elle. Devant elle s'ouvrait l'avenir aux côtés de l'homme dont elle était passionnément amoureuse, sur les terres qu'elle aimait depuis sa plus tendre enfance.

Ces deux dernières semaines, elle n'était revenue à Wolf Ranch qu'une seule fois. Pour un jour seulement. Et Gabe était aussi impatient qu'elle de voir enfin s'organiser leur vie de couple de façon permanente. Lorsqu'ils étaient séparés, ils passaient des heures au téléphone à partager les petits détails de leur quotidien.

Sans bruit, elle se fraya un chemin dans la maison plongée dans le noir, jusqu'à la chambre. Là, le sourire aux lèvres, elle se déshabilla, laissant tomber ses vêtements un par un au pied du lit.

Gabe dormait sur le ventre. Elle se glissa sous les couvertures, se pencha pour déposer une ligne de baisers sur son épaule, sa nuque, jusqu'à son oreille, et lui murmura :

— Chéri, je suis rentrée.

Il déplia un bras qu'il passa autour de sa taille, et roula sur le dos, l'entraînant avec lui. Elle se retrouva allongée sur son torse.

— Quelle heure est-il ?

— Minuit passé.

— Je t'ai appelée tout à l'heure.

— J'étais dans l'avion.

— Tu m'as manqué, murmura-t-il en enfouissant son visage dans son cou comme il avait l'habitude de le faire.

Elle sourit.

— Toi aussi, tu m'as manqué.

— Joyeux anniversaire, murmura-t-il contre ses lèvres, avant de descendre plus bas pour s'emparer de la pointe d'un sein.

Elle se cambra à sa rencontre, s'abandonnant aux sensations, au contact de sa peau contre la sienne, à la chaleur de son corps, à la caresse de ses mains, de sa bouche… Le laissant s'emparer d'elle et l'embraser tout entière, tandis que leurs corps vibraient à l'unisson.

Glissant sur le côté, Gabe se redressa sur un coude, contempla Ella un instant, heureux, et effleura du bout des doigts l'arc délicat de ses sourcils.

— Promets-moi que tu seras là, demain matin.

— Je ne retourne pas à New York avant deux semaines et pour deux jours seulement.

— Vraiment ?

— Oui. J'ai vingt-cinq ans, aujourd'hui. Un nouveau départ. Désormais, ma place est ici, près de toi.

Il fronça les sourcils.

— Tu es sérieuse ?

Elle prit son visage entre ses mains. S'éclaircissant la gorge, elle tenta de refouler l'émotion qui menaçait de la submerger.

— Très sérieuse.

Il la dévisagea un instant, silencieux, puis, lentement, se

pencha pour l'embrasser. Tendrement, délicatement. Avant de s'allonger sur le côté, de façon à être face à elle, les yeux dans les yeux.

Il lui sourit.

— Tant mieux. Parce que j'ai une surprise pour toi.

— Quelle surprise ?

— Ton cadeau d'anniversaire.

— Qu'est-ce que c'est ?

— Tu verras demain, répondit-il en frottant son nez contre le sien. Je suis content que tu sois là.

— Je t'ai dit cent fois que tu devrais prendre un chien pour te tenir compagnie.

— Dis plutôt que c'est *toi* qui rêves d'avoir un chien.

— Je suis certaine que cela te plairait aussi, chéri.

Elle le sentit sourire contre son bras. Heureuse, satisfaite et comblée, elle s'enroula autour de lui comme une liane et ferma les yeux.

S'efforçant de masquer son excitation, Gabe aida Ella à grimper dans le pick-up.

— Tu avais vraiment prévu de prendre un vol pour New York pour être avec moi ce soir ? demanda-t-elle pour la quatrième fois de la journée.

— Je n'allais pas te laisser seule pour ton anniversaire, répondit-il en posant un rapide baiser sur ses lèvres avant de refermer la portière et de courir s'asseoir derrière le volant.

— J'ai eu ton message, avant-hier soir. Tu avais deviné juste. J'étais sortie dîner en ville avec des amis, histoire de le fêter avec un peu d'avance.

— J'ai vu les photos sur le web.

— Tu m'espionnes ?

— Je vérifiais simplement que tu étais souriante et heureuse et que tu ne broyais pas du noir, même si je sais combien Lela te manque.

Elle secoua la tête, visiblement émue par la tendresse et l'attention constante dont il l'entourait.

— Où m'emmènes-tu ? Il fait presque nuit.

— Tu verras, répondit-il, le sourire aux lèvres.

Il ralentit en scrutant la route. Ils étaient arrivés. C'était là.

— Zut ! s'exclama-t-il. Tu entends ce bruit ? Je crois que l'attache de la remorque s'est desserrée. Je vais jeter un coup d'œil.

Il s'arrêta sur le bas-côté, descendit de voiture, disparut derrière la remorque et attendit qu'Ella s'impatiente et vienne voir ce qu'il fabriquait. Ce ne fut pas long, mais il avait l'estomac noué et les mains tremblantes de nervosité. Il espérait qu'elle apprécierait sa surprise.

A la seconde où elle contourna le pick-up et où elle l'aperçut, un genou à terre en train de lui tendre une bague, elle porta les mains à sa bouche.

Emu, il se racla la gorge.

— C'est à cet endroit précis que je t'ai trouvée, chérie. Sur cette route. Dès que je t'ai vue, j'ai compris qu'il y avait un je-ne-sais-quoi chez toi dont je ne pourrais me passer. Je t'aime, Ella Wolf, et je désire partager le restant de mes jours avec toi. Veux-tu m'épouser ?

Elle s'approcha lentement, son regard plongé dans le sien.

— Oui, murmura-t-elle, bouleversée. Oui, je le veux, Gabe Bowden.

Il prit sa main et lui glissa la bague au doigt. Puis il se redressa, l'enveloppa de ses bras et prit ses lèvres.

Un aboiement étouffé leur parvint de la remorque.

— Qu'est-ce que c'est ? demanda-t-elle.

— Ton cadeau d'anniversaire.

— Tu m'as acheté un chien !

Il sourit.

— Tu en avais tellement envie que je n'ai pas pu résister.

Comme deux gamins, ils éclatèrent de rire. Gabe prit la main de sa future épouse et la posa contre son torse afin qu'elle puisse admirer la bague. Deux anneaux sertis de diamants soudés l'un à l'autre par une émeraude.

— Ces anneaux représentent nos vies, expliqua-t-il. L'émeraude, le souvenir de ta sœur, la couleur de vos yeux à toutes deux.

Elle leva sur lui un regard embué de larmes.

— Oh ! Gabe, elle est magnifique…

— Comme toi, chérie.

Un jappement impatient les arracha à la quiétude de l'instant. A contrecœur, Gabe lâcha Ella et ouvrit la remorque. Une boule de poils en jaillit pour se jeter dans les bras de sa toute nouvelle maîtresse et lui lécher la figure.

— Il a quatre mois. Il a appris à être propre, mais il va falloir lui enseigner les bonnes manières.

— Je l'adore ! s'exclama Ella sous les coups de langue du chiot.

— Tant mieux. Parce qu'à partir de maintenant, c'est toi, moi et Bentley.

— *Bentley ?* lança Ella en riant.

— Oui. Ça nous va bien.

Il l'embrassa de nouveau.

— Et maintenant, dépêchons-nous. Maman a préparé un dîner d'anniversaire avec toute la famille. Nous lui avions promis, tu te souviens ? Nous allons annoncer nos fiançailles qui seront de courte durée.

— Courtes comment ?

— Eh bien, il faut que nous soyons mariés avant notre départ en voyage de noces pour Bora Bora.

Le voyage qu'elle avait prévu de faire avec Lela pour leur vingt-cinquième anniversaire. Il avait hésité mais espérait que ce geste la toucherait.

Enivrée de bonheur, elle se hissa sur la pointe des pieds et pressa son front contre le sien.

— Merveilleux, murmura-t-elle contre ses lèvres.

Gabe prit le chiot qu'il installa sur la banquette arrière du pick-up, puis, se tournant vers Ella, il l'enveloppa de ses bras et leva les yeux vers le ciel étoilé.

— C'est beau, n'est-ce pas ?

— Il n'existe pas de plus bel endroit au monde qu'ici.

Elle était sincère, il l'entendit dans sa voix. Et quelque chose en lui s'apaisa.

— As-tu eu tout ce que tu souhaitais pour ton anniversaire, chérie ?

— Tu es tout ce que j'ai toujours souhaité.

Si vous avez aimé ce roman,
ne manquez pas la suite dans votre collection Sagas :

L'amour comme seul combat, à paraître en décembre 2016
La vengeance comme seul espoir, à paraître en février 2017

Retrouvez en décembre,
dans votre collection

◆ SAGAS ◆

Tentation défendue, de Cara Connelly - N°48

UN MARIAGE À TOUT PRIX - TOME 3/3

Christine ne décolère pas. Certes, son dernier article a fait scandale et mis en difficulté une sénatrice mais, en attendant que tout se calme, est-elle vraiment obligée de revenir à l'écriture de papiers people en couvrant le mariage d'une des stars montantes du cinéma ? Surtout quand le mariage en question est organisé par Dakota Rain, acteur de renommée mondiale et frère du futur marié, qui déteste au plus haut point les journalistes ? Pourtant, Christine le sait, elle n'a pas le choix : si elle veut garder son travail, elle va devoir se glisser parmi les invités et glaner des scoops, au nez et à la barbe de Dakota...

Un amant en héritage, de Jodi Thomas - N°49

NOUVELLE VIE À RANSOM CANYON - TOME 3/3

Lone Heart Ranch... S'il y a bien un endroit au monde où Jubilee a été heureuse, c'est dans le ranch de son arrière-grand-père. Alors quand elle apprend que ce dernier, décédé récemment, lui a légué ses terres, elle voit une nouvelle chance s'offrir à elle. Ne vient-elle pas justement de perdre son emploi ? Sur un coup de tête, elle décide de tout abandonner pour prendre en charge le ranch et le faire tourner. Et qui mieux que Charley Collins, le séduisant contremaître qui s'est présenté chez elle le matin-même, pourrait l'aider dans cette opération ?

L'amour comme seul combat, de Jennifer Ryan - N°50

TROIS COW-BOYS À AIMER - TOME 2/3

Associé du Three Peaks Ranch avec le vieux Bud, Blake mène sa vie de la manière la plus paisible qui soit. Alors quand il apprend que Gillian, la petite-fille de son vieil ami, s'est blessée alors qu'elle tentait d'échapper à son père violent, il est terriblement choqué. D'autant que la jeune femme arrive peu après au ranch, couverte de cicatrices. Le cœur de Blake s'emballe et, aussitôt, il se le promet : il protègera Gillian autant qu'il le peut et lui apportera toute la tendresse qu'elle n'a jamais eue...

Retrouvez en décembre, dans votre collection ♦ SAGAS ♦

NOUVEL AVENIR POUR LES SŒURS WAREHAM, une trilogie intégral **de Penny Jordan - N°51**

La revanche d'un milliardaire

Effarée, Lizzie contemple les ruines, devant elle. Pourquoi Ilios Manos a-t-il ordonné l destruction du vieil immeuble qui était son seul bien ? En agissant ainsi, il a détruit l dernière chance qu'elle avait de gagner un peu d'argent et d'échapper à la pauvreté Sans compter qu'il semble persuadé qu'elle est associée à ceux qu'il considère comm ses ennemis jurés…

La maîtresse de Raphael Della Striozzi

Décoratrice paysagiste, Charlotte doit travailler sur un projet avec le beau, le rich et le puissant Raphael Della Striozzi. En dépit de leur relation professionnelle tendue Charlotte ressent très vite pour Raphael une irrépressible attirance, à laquelle elle fin par céder. Tout en sachant que pour son amant, hostile à tout engagement, il ne s'ag que d'une brève aventure…

L'honneur d'un père

Lorsqu'il apprend que la jeune femme avec laquelle il a passé une nuit lors d'un bre séjour à Manchester, cinq ans plus tôt, a eu des jumeaux, Sander comprend aussitôt qu' est le père de ces derniers. Furieux qu'elle lui ait caché la vérité pendant si longtemps, exige de Ruby qu'elle l'épouse et vienne vivre auprès de lui en Grèce, avec les enfants..

LA PASSION DES FRÈRES COULTER, une trilogie intégrale **de Lois Faye Dyer - N°52**

L'amant aux yeux verts

Dès qu'elle croise le regard vert de Cade Coulter, Mariah comprend que cet homm sombre et ténébreux la déteste et la prend pour une intrigante. Révoltée par une tell injustice, elle s'efforce pourtant de se montrer aimable avec lui : Cade est son nouvea patron, et elle ne peut pas se permettre de perdre son travail…

Ce lien si puissant

Cynthia a du mal à en croire ses yeux. Zach Coulter, l'homme que toutes les femme convoitent, se tient là, devant elle, et la couve d'un regard chargé de désir. Un affolan appel auquel elle refuse pourtant de céder. Zach est en effet un séducteur, et il est éviden qu'il ne tardera pas à l'abandonner pour une nouvelle conquête…

Retour à Indian Springs

De retour à Indian Springs, le ranch où il a passé une enfance difficile, Eli Coulter es bouleversé. Et sa rencontre avec la séduisante Amanda ne fait qu'attiser son trouble.. Se pourrait-il que le destin lui offre enfin une chance d'être heureux sur ces terres qu'i a fuies dès qu'il en a eu l'occasion ? Sans doute pas, car il découvre bientôt que cell qui fait battre son cœur ne l'a approché que pour lui soutirer des informations sur s famille…

Composé et édité par HarperCollins France.

Achevé d'imprimer en septembre 2016.

BLACK PRINT

Barcelone

Dépôt légal : octobre 2016.

Pour limiter l'empreinte environnementale de ses livres, HarperCollins France s'engage à n'utiliser que du papier fabriqué à partir de bois provenant de forêts gérées durablement et de manière responsable.

Imprimé en Espagne.